FOGMIRROR
안개 거울

안개 거울

초판 1쇄 발행 2023년 6월 15일

지은이 박종삼
펴낸이 장길수
펴낸곳 지식과감성#
출판등록 제2012-000081호

교정 이주연
디자인 정한나, 서혜인
편집 정한나, 서혜인
검수 김지원, 정윤솔
마케팅 정연우

주소 서울시 금천구 벚꽃로298 대륭포스트타워6차 1212호
전화 070-4651-3730~4
팩스 070-4325-7006
이메일 ksbookup@naver.com
홈페이지 www.knsbookup.com

ISBN 979-11-392-1120-7(03810)
값 15,000원

- 이 책의 판권은 지은이에게 있습니다.
- 이 책 내용의 전부 또는 일부를 재사용하려면 반드시 지은이의 서면 동의를 받아야 합니다.
- 잘못된 책은 구입하신 곳에서 바꾸어 드립니다.

지식과감성#
홈페이지 바로가기

FOGMIRROR

안개 거울

박종삼 지음

차례

거울 안개	7
안개 거울	27
라일락쇼핑	47
여비서	66
음화	86
왕소금	105
남자 노래 도우미	125
덫	145
붉은 잎	165
속 쓰림	185
해외여행	204
빛줄기	224
구급대원	243
아우디, 광교호수공원	262
덧붙이는 글	279

거울 안개

거울 속으로 들어가니 뿌연 안개가 마치 하얀 그림자와 같은 모양으로 머물러 있었다.

"잠 좀 푹 자고 싶다. 아무 생각 없이 깊이 쉬고 싶은데 그럴 수가 없어!"

"우린 손발로 뛰어야만 하는 사람들이라 그렇잖아! 으으으."

중년의 부부에게 있어 고달픈 자화상이었다. 안개에 비친 거울이 겨울비를 닮아 차갑다 못해 살풍경으로 비춰졌다.

"우린 그리 나이 많은 것도 아닌데 벌써 얼굴이 폭 삭았다."

"그런 것 같다."

주름살이 그녀의 마음을 더더욱 아프게 만들었다. 남편 잘못 만난 것이 무슨 업보라고 마음을 다잡으려 했지만 그게 그리 쉽지 않았다. 통화를 하던 부부의 전화가 갑자기 끊겼다.

그 후 그녀 혼자서 중얼거렸다.

"처음엔 잘 모르고, 돈 많이 물려받고 잘생겼다고 느껴 저런 남자에게 가면 한평생 행복할 거라고 확신했던 거였지, 겪어 보니 아니야. 그 많던 돈이 다 풍비박산 날 줄이야."

조금도 여고 동창들과 비교하고 싶지 않았지만 최근 자꾸만 걸려 오는 그놈의 여고 동창 회장 전화 때문에 그녀의 가슴이 산산조각 났다.

모이면 남편 얘기가 주를 이루기 때문에 서로 각자의 남편을 상호 비교 검토하는 시간으로 채웠다. 여성으로서 꽤 이른 나이에 염세주의를 느껴 간혹 속세를 끊고 싶다는 충동에 사로잡힌 채 자연인 프로를 즐겨 보고 동경하기 시작한 게 벌써 2년이 다 되어 갔다.

'아! 나도 저런 깊숙한 산에 들어가 나물 뜯고 끓여 먹으며 살고 싶다. 으으으.' 소파에 앉아 이런 말을 혼자 중얼거렸다.

강원도 정선의 동강 따라 깊숙이 들어간 산에서 홀로 사는 한 남자 자연인을 소개하는 채널인데 그저 꽤 부러운 눈빛으로 바라봤다. 자식 때문에 섣불리 훌쩍 떠나기도 조금 그랬다. 모든 게 정리되면 저 자연인이 나오는 채널처럼 저렇게 떠나리라! 마음먹은 홍단비였다.

딸자식이 벌써 고등학교를 졸업하고 모란대학 2학년이니 뒷바라지하기가 여간 힘든 게 아니었다. 한참 멋도 부리고 화장에 신경을 쓸 나이니 그랬다. 부인 단비의 나이 46세에 이런 망상이 든다는 건 심각했다. 몇 해 전에 남편은 분수에 맞지도 않은 주식 투자에 혈안이 되어 돈을 왕창 잃었다.

그즈음 방송에 주가 조작이 횡행했음이 나오자 더더욱 가슴을 쓸어내렸다. 남편 김왕태도 배운 게 마땅치 않아 주식으로 망한 뒤 오토바이 배달업 하다가 그것도 재수 없게 빗길에 미끄러져 대형 사고가 나고 말았다.

그 후유증으로 지금껏 고생하고 있다. 나이 50세가 갓 넘은 51세에 할 일이 없어 최근 아파트 경비원으로 들어갔다. 주야로 도는데 가만히 앉아 있다 보니 또 이런저런 다른 대박을 터트릴 궁리를 하고 있는 것 같다. 코라아파트 단지에 넘나드는 값비싼 외제차나 국산 최고급 차를 보면 시샘의 눈빛을 보내곤 했다. 자신도 한때 주식 투자를 성공하여 그런 삶을 살겠다고 계획했었기 때문이다. 그러다가 부친이 물려준 그 많은 유산을 다 날려 버렸다.

최근까지만 해도 아내 홍단비는 죽전역 부근의 대형 음식점에 서빙을 하러 다녔다. 그러나 남자 손님들이 치근거려 더 이상 일하기가 쉽지 않았다. 그래서 주방 설거지로 바뀌었다가 퇴근할 때 기다리고 있던 남자들이 달라붙는 바람에 아예 관둬 버렸다. 그녀는 나름 완고한 성격을 가지고 있었다. 그 후 잠시 쉬는 중에 교차로를 훑어보다가 여자 혼자서 하는 빌딩 미화원 자리가 있어 문의 전화를 걸었다.

"아 네, 여기 성남 지역 벼룩시장 교차로에서 보고 문의드립니다. 모란역 2번 출구에 라일락쇼핑이세요?"

"아! 그렇습니다. 네, 여성 미화원을 1명 모집합니다. 오늘 오후 1시에 한번 들르세요."

"네, 알겠습니다."

홍단비는 새해 벽두부터 눈발이 내리는 날 교차로를 통해 모란역 2번 출구에 위치한 라일락쇼핑 빌딩으로 향했다. 집이 모란이라 가까워서 한결 나았다. 도착하니 꽤 큰 빌딩이었다. 평소에 지나가며 눈여겨보질 않았다. 들어가 경비에게 물었다.

"빌딩 미화원 문의하러 왔습니다."

"아 네, 저기 엘리베이터로 2층 올라가셔서 총무팀으로 들어가시죠."

경비의 말대로 올라가 총무팀으로 들어갔다. 총무팀장으로 보이는 남자가 다가와 "자 앉으세요."라고 말했다. 앉자마자 그가 "하실 수만 있으면 됩니다. 언제부터 나오실 수 있습니까?"라고 물었다.

"네, 내일이라도 나오겠습니다."

"그럼 내일 아침 8시까지 나오세요. 아침 8시 반 시작이고, 오후 4시면 끝납니다."

상당히 간단하게 절차가 통과됐다. 밖으로 나와 집으로 돌아왔다. 작년에 다녔던 죽전역 부근 대형 음식점보단 한결 낫다고 판단했다.

여자 혼자 하는 미화 일이라 남자 손님들의 치근거리는 행동은 없을 거라고 생각해서였다. 수진동 신라빌라 집에 들어가기 전 과일 가게에 들러 딸 다희에게 주려고 사과, 배를 사 갔다.

다희는 현재 방학이라 집 근처 어학원을 다니며 공부하고 있다. 들어가니 다희는 소파에 걸쳐 낮잠을 자고 있었다. 엄마가 들어오는 소리에 슬며시 눈을 뜨며 깨어났다.

"얘, 다희야. 너 주려고 과일 사 왔다. 자, 먹어라."

"와아! 과일이다."

모녀는 식탁에 앉아 과일을 먹었다. 다희는 별안간 "엄마, 현대 사회의 핵심은 신용이야. 신용 사회라고 할 수 있어. 신용 사회에서는 현금을 보유하지 않아도 신용만 좋으면 돈을 얼마든지 대출받아 물건도 사고 일상에 필요한 모든 서비스를 제공받고 누릴 수 있어! 히히히."라며 단비의 마음을 조금 아프게 했다.

"……."

단비는 침묵을 지켰다.

그러자 딸 다희는 "개인적 차원에선 신용을 기반으로 하여 더 많은 물질적, 정신적 행복을 누릴 수가 있다고. 그중 신용 카드가 핵심 중의 핵심이지!" 하며 왠지 엄마 단비를 압박하는 느낌을 좀처럼 지울 길이 없었다. 단비는 속으로 '얘가 나이도 먹고, 벌써 대학교 2학년이다 보니 돈이 많이 들어서 그러는구나! 으으으. 그런데 내가 네게 돈을 많이 주고 싶어도 줄 형편이 못 되니 마음이 아프다. 눈물이 난다! 아아악.' 하고 비통해했다. 그러던 차에 문을 열고 남편 왕태가 들어왔다. 그도 과일을 사 들고 왔다.

"어! 과일을 먹고 있었네! 나도 지금 과일을 사 가지고 오는데."

그도 식탁에 앉아 과일을 먹었다. 지금 이 순간 부인 홍단비는 아까 미화 일 알아보러 간 일을 말할까 하다가 딸이 듣고 있어 일부러 회피했다. 딸에게 알려지면 심적 부담을 안겨 줄 수 있었기 때문이다. 그래서 부인은 남편에게도 아파트 경비원이라고 다희에게는 말하지 말라고 평소에 귀띔한 상태였다. 어떻게든 딸의 기를 세워 주기 위함이었다. 남편 왕태는 며칠 전부터 비트코인에 관한 정보를 수집한다는 사실은 절대 말하지 않았다.

중원구 성남동의 코라아파트 경비원 중 한 명이 주식에 손을 댔다가 실패한 후 작년부터 비트코인에 손을 대기 시작했다. 왕태는 그에게 한 수 가르쳐 달라고 애걸하여 배우고 있었다.

최근 그와 함께 거래소에 가기도 했다. 코라아파트에 1년 먼저 들어온 그 경비원은 세세히 왕태에게 코치도 해 줬다.

1년 일찍 경비원을 시작한 이장한은 나이도 왕태와 같은 51세 동년배라 더더욱 친밀하게 지냈다.

비트코인이라는 너무 생소한 걸 시작한 김왕태에게 있어 이장한이란 존재는 그야말로 절대적인 스승 같은 존재였다. 왕태 가족들은 오붓하게 과일을 다 먹고 커피 한 잔씩 마셨다. 다희는 "나 방에 들어가 공부 좀 해야지! 히히히." 하며 방으로 쏙 들어갔다.

딸이 들어가자 단비는 "자기야, 나 내일부터 모란역 2번 출구에 있는 라일락쇼핑 빌딩으로 미화 일하러 다닌다. 그렇게 해서 한 푼이라도 더 벌어야지! 으으, 다희가 대학교 2학년이라 들어갈 돈이 상당히 많아. 지금도 그런 얘길 하다가 당신이 들어와 그친 거야." 하며 탄식을 쏟아 냈다.

"그래 잘 됐네! 그렇게 하면 되지 뭐!"

"여긴 여자들만 하는 일이라 작년에 대형 음식점에서 있었던 그런 일은 일어나지 않을 거야, 안 그래?"

작년 한 해 음식점 서빙 일을 하다가 남자 손님들에게 호되게 접근 대시를 받으며 시달린 그녀라서 이렇게 판단했다. 이에 대해 남편 왕태는 묵묵부답이었다.

"아! 난 피곤하다. 들어가서 그만 쉬어야겠다."

왕태는 욕실로 들어가 샤워를 하고 방으로 들어가 누워 버렸다. 주야로 바뀌는 경비원 일이라 취침 시간도 일정치가 않았다.

오늘따라 부인도 피곤했는지 소파에 기대어 잠시 낮잠이 든 사이 눈 깜짝할 사이에 저녁때가 다 되어 이젠 저녁을 먹어야 할 시간이 왔다.

그녀는 눈을 비비며 일어나 남편을 깨우고 딸 다희에게 "저녁 먹게 나오라."라고 했다. 왕태도 눈을 비비며 일어났는데 전화가 와서 보자 동료 경비원 이장한이었다.

"아아! 장한 씨, 지금 밥을 먹어야 하니까 이따가 제가 전화하겠습니다."

"그래요, 왕태 씨."

아마 이장한이 또 비트코인에 대한 무슨 말을 하려는 것이라고 추측했다. 식탁에 모인 가족은 저녁 식사를 했다. 한창 밥을 먹는 중 난데없이 딸 다희가 "아빠, 왜 아빠는 밤에 근무하고 대낮에 들어오고 그러는 거야? 밤에 뭐하는 건데?"라고 물으며 의심스러운 눈빛으로 바라봤다.

"음, 밤에 하는 사업이야."

"뭔데?"

"야, 다희야, 넌 그런 거 알 것 없어. 얼른 밥이나 먹어."

그러자 부인 단비는 속으로 가슴이 아팠다. 자신도 내일부터 라일락쇼핑 빌딩으로 미화 일을 하러 가야 하는데 여간 심란한 일이 아닐 수가 없었다. 내일부터 일하는 장소도 집과 가까운 거리고, 남편이 일하는 코라 아파트도 이 주변이라 행여 딸 다희의 눈에 보일 수도 있기에 몹시 신경이 예민해지기 시작했다. 그렇지만 또 만약 그리 보게 돼도 하는 수 없는 일이 아니겠는가! 한편으론 체념하는 마음도 들었다.

오늘부터 새해를 맞이하여 새로운 저녁 드라마가 방영될 거라는 예고를 본 기억이 있어 XBT 채널을 틀었다. 드라마를 보며 스트레스를 잊는 그녀로선 이게 유일한 낙이었다. 매일 자연인 프로그램만 볼 순 없기 때문이다.

정각 7시 반에 드라마가 나오기 시작했다. 등장인물들부터 꽤 화려했다. 제목은 '숨겨진 재산'이다.

새해를 맞이하며 시작하는 드라마라 무슨 내용일까! 사뭇 궁금하기도 한데 일단 제목부터가 '숨겨진 재산'이라는 글자에서 볼 수 있듯이 무슨 비자금에 관한 게 아닐까! 짐작해 봤다.

게다가 단비가 가장 좋아하는 남자 탤런트 채광역이 출연하기에 그녀로선 더더욱 흥분의 도가니로 빠져들었다. 시작 전 안내문에는 월화 드라마라고 나왔다. 월요일, 화요일에만 저녁 7시 반부터 8시 반까지 한다는 것이다.

이 드라마는 첫 회 시작부터 남자 주인공 채광역이 여자 주인공 최숙희의 입술을 향해 심한 마찰을 일으키며 꾹꾹, 꾹 누르는 장면부터 연출되었다.

"으으으아악!"

이에 탤런트 광역을 평소 엄청 좋아하던 시청자 단비는 가슴이 철렁하며 탄식을 쏟아 냈다. 홧김에 확 꺼 버릴까! 리모컨을 집어 들었다가 다시 놀란 표정으로 한숨을 푹 쉬고 그냥 내려놓았다. 왜냐하면 여자 주인공 최숙희가 그에게 귀싸대기를 아주 세게 후려쳤기 때문이다.

다시 시청에 집중하기 시작했다.

작렬한 멜로디 소리가 울려 퍼지더니 숙희는 뒤로 확 돌아서서 어떤 골목으로 흐느끼며 정신없이 달려갔다.

단비는 '아! 참 드라마 희한하다. 시작부터 저 여자가 저 남자를 한 대

때리고 울며 도망치다니! 기가 막히다.' 하며 혼잣말로 중얼거렸다.

단비는 아마 자신이 좋아하는 남자 탤런트 광역이 저 숙희라는 여자 탤런트와 사귀었다가 다른 여자를 만나는 바람에 배신감을 느낀 숙희가 충격으로 저러는 것이다! 라고 어느 정도 추측했다.

그런데 웃긴 건 드라마 시작 단계부터 배경을 생략한 채 저 장면이 나오니 이상한 진행이란 느낌을 좀처럼 지울 길이 없었다.

대충대충 보다 어느새 8시 반이 되어 끝나 버렸다. 다른 채널을 이리저리 돌리는 순간 방에서 잠시 휴식을 취하던 남편 왕태가 쏜살같이 뛰쳐나오더니 밖으로 나갔다. 방금 전 왕태가 그리 나간 이유는 아까에 이어 또 경비 동료 장한으로부터 전화가 걸려왔는데 그의 집 신라빌라 인근에 와 있다는 말을 들어서였다.

신라빌라 정문에 나가자 장한이 손짓을 했다. 다가가자 장한은 왕태를 어디론가 데리고 갔다. 카페였는데 무심코 들어가니 구석에서 한 중년 여성이 웃고 있었다.

왕태는 문득 어디선가 본 듯한 기억이 스쳤다.

그녀의 나이는 왕태와 같은 51세다. 몇 해 전 뜻밖의 과부가 되고 말았다.

방수지는 벌써 몸이 들썩들썩 거리기 시작했다. 왜냐하면 김왕태를 보고 첫눈에 반해 울렁거렸기 때문이다.

"안녕하세요. 앉으시지요."

그녀의 부드러운 인사에 그도 덩달아 반하여 울렁거리기 시작했다. 둘이 마주앉은 중간 지점에 장한이 앉았다.

왕태는 그녀를 어디선가 본 듯한데 그녀 또한 그런 기분이 들었다. 두 사람이 멀뚱멀뚱 그런 기억들을 떠올리려고 애쓰는 순간 장한이 나서서 말했다.

"여기 이 친구는 같은 코라아파트의 경비로 일하고 있습니다. 혹시 본 기억이 있을 수도 있겠죠?"

그제야 수지는 "아하! 맞아요. 그 경비 복장을 하고 있어 제가 기억을 못한 거예요. 이제 얼굴이 생생히 기억납니다. 하하." 하며 환하게 웃었다.

왕태도 조금씩 조금씩 기억이 나기 시작했다.

그녀는 두 남자가 꽤 이른 나이에 아파트 경비 업무를 하는 것에 대해 다소 의아하게 생각했다. 수지는 왕태의 얼굴을 빤히 바라보다가 문득 더욱 친밀해지고 싶단 마음이 앞섰는지 "우리 코라아파트는 꽤 운치가 좋지요? 히히히." 하며 친밀해질 수도 있는 말을 이어 갔다.

"네, 그렇습니다."

왕태는 아직까지만 해도 이 여자가 비트코인의 귀재라는 사실을 전혀 몰랐다. 장한은 이 사실을 말하려고 마음먹었다.

"왕태 씨, 여기 방수지 씨는 비트코인의 여왕입니다. 제가 수지 씨에게서 한 수 배우고 있습니다. 하하하."

그러자 왕태도 눈이 번쩍 뜨여 그녀를 바라봤다.

"아! 그러십니까? 그럼 제게도 한 수 가르쳐 주십시오. 우하하하." 하고 호탕하게 웃었다.

수지는 재빨리 비트코인의 새로운 정보를 알리고자 핸드백 안의 책자를 꺼냈다.

"이걸 보십시오. 이게 바로 요즘 전 세계가 들썩이고 있는 가상 화폐 신정보입니다."

그들은 허겁지겁 책자를 이리저리 훑어봤다.

장한은 아직 큰 재미는 보지 못했지만 눈이 휘둥그레졌고 왕태는 갓 초보라 호기심이 가득했다.

그 순간 뜨거운 커피가 나왔다. 수지는 재빨리 일어나 쟁반을 들고 왔다.

"자아, 우리 일단 뜨거운 커피를 마시고 봅시다. 히히히."

"그럽시다. 하하."

희한한 반응은 장한이 그 커피를 다 마시더니 번개같이 일어나 나가 버린 것이다.

수지는 속으로 환호성을 터뜨렸다.

어쩜 나의 마음을 그리도 잘 알까! 단둘이 말할 기회를 준 장한은 센스 만점이다. 그러면서 자못 희한한 마음마저 들었다.

그녀는 홀짝홀짝 커피를 마시며 세세하게 가상 화폐에 대해 그에게 설명했다.

"호호호. 우리 다음에 시간되면 거래소에 한번 가 봅시다. 그럴까요?"

"네, 그러도록 하겠습니다. 하하."

"왕태 씨, 혹시 투자와 투기가 어떻게 다른지 압니까?"

"아아! 글쎄요. 잘 모르겠는데요. 그냥 대충 하나는 좋은 거고 하나는 나쁜 것 같은데요."

왕태는 이 개념을 잘 몰랐다. 그러자 수지가 장황히 설명했다.

"저축이나 적금은 경제생활을 하며 얻은 소득 중에서 일상에 필요한

만큼 소비하고 미래에 쓰일 돈을 대비하여 남겨 놓은 걸 말하죠. 가정을 꾸려 나가는 입장에서 이런 저축은 적금, 예금, 증권 각종 금융 자산과 부동산과 실물 자산으로 남습니다. 그래서 '돈이 돈을 낳는다'라는 말은 돈을 수익성 있는 곳에 운용했을 때 가능합니다. 가정에 현금을 보관해선 가능하지 않습니다. 만약 물가가 상승하는 경우에는 그만큼 돈의 값어치가 줄어들어 낭패를 보기도 합니다. 그러니 미래의 가치 증식을 목적으로 저축한 돈을 다양한 형태의 자산으로 전환하는 걸 투자라고 부릅니다."

이 말을 듣자 그는 고개를 이리저리 갸웃거리며 "아아! 네네." 하고 웃어 버렸다.

"앞으로 더 많은 경제 상식을 제게 코치해 주십시오. 너무 좋은 시간이 되고 있어요."

"아이 뭘요. 이젠 서서히 왕태 씨도 제게서 더 많은 비트코인과 부동산 상식을 알게 될 거예요. 호호호."

수지는 재빨리 왕태에게 번호를 알려 줬다.

시간이 밤 9시로 넘어가자 그녀는 "그만 일어납시다. 다음에 만나요." 하며 씨익 웃었다.

먼저 나가는 그녀의 뒷모습을 물끄러미 바라본 그는 너무 빼어난 몸매에 침을 질질 흘리며 감탄사를 쏟아 냈다. 뒤이어 카페를 나온 그는 다시 신라빌라 집으로 들어갔다. 들어오는 남편 왕태에게 아내 단비는 "어! 아까 어딜 그렇게 허겁지겁 뛰쳐나간 거야?"라고 물었다.

그러자 "아니 그냥 갑갑하여 잠시 바람 쐬러 나갔다 온 거지 뭐!" 하며 태연한 척 다시 방으로 재빨리 들어가 버렸다. 그녀는 내일부터 일할 걸 생각하니 다소 긴장되는 마음뿐이었다.

더군다나 아침 8시 반부터 일이라 빨리 잠을 자야겠다고 판단했다. 평소처럼 밤 11시에 자지 않고 10시에 잠에 들었다. 어느새 날이 밝아 아침 7시가 되자 요란한 벨소리에 그녀가 깨어났다.

그리 멀지 않은 거리라 금방 갈 수 있었다. 모란역 2번 출구 라일락쇼핑 건물이다. 건물 안 종합 사무실로 들어갔다. 앉아 있던 직원이 안내를 해줬다. 라일락이라고 글자가 새겨진 작업복으로 갈아입고 청소에 들어갔다.

5층인 건물 안을 혼자 청소 하는 일이라 간단했고 특히 남자와 함께하는 일이 아니라서 그녀가 우려했던 일이 생길 확률은 아직까진 전무했다. 한편 남편 왕태도 일어나 성남동 코라아파트로 향했다.

어젯밤 방수지와 번호까지 주고받은 터라 기분이 무척 싱숭생숭했다. 먼저 전화를 하긴 조금 그렇고 혹시나 지나갈까! 눈여겨 밖을 주시했다. 그러는 사이 느닷없이 전화가 걸려오는데, 확인하니 바로 그녀였다. 출근 시간을 어떻게 알았는지 너무 딱 맞춰 걸려오는 전화에 다소 당황스러웠다. 혹시 장한이 이 시간을 알려 줬는지 의구심마저 들었다. 일단 전화를 받아 봤다.

"아! 여보세요. 먼저 전화를 하셨군요? 하하."

"네, 그렇습니다. 당신이 이곳에 출근하는 걸 먼발치에서 다 보았습니다. 히히."

"네, 알겠습니다. 지금은 업무를 보는 시간이라 다음에 제가 전화드리도록 하겠습니다."

"네, 그래요."

그는 오늘부터 주간에만 근무를 했다. 그의 요청이 받아들여졌기 때문이다. 대신 동료 장한이 야간만 하는 것으로 일단락 지었다.

코라아파트엔 국민밖에 모르는 당 국회 의원 김광복이 살고 있다는 소문이 입주민들 사이에서 자자했다. 하지만 광복은 입주민이라는 것을 감추려고 애써 노력하고 있었다.

왜냐하면 그는 몇 해 전 몹시 고독하고 외로움에 젖어 여비서를 데리고 이 아파트에 들락날락거렸다는 소문이 한때 정계를 강타했기 때문이다. 이미 그는 15년 전 이혼할 때 아내였던 채희미에게 자식들의 양육권을 넘겨줘 버렸다.

그 후 이 코라아파트로 이사하여 홀로 살아온 것이다. 35살 이른 나이에 이혼하게 됐다. 이혼 사유는 그의 바람이 문제였다. 그 당시 바람의 상대는 몇 해 전 문제된 그 비서가 아니고 공인 회계사였다.

회계 문제로 회계사를 만났다가 눈이 맞아 버린 것이다. 채희미는 그 당시 엄청난 충격을 받고 바로 이혼 신청을 하였다. 현재 아들 하나, 딸 하나를 희미가 혼자 키우고 있었다. 아들이 고3, 딸은 고1이다.

광복은 오늘 일이 없는지 코라아파트 주변을 이리저리 돌아다녔다. 오늘은 한겨울답지 않게 날씨가 꽤 포근한 기운이 감돌았다. 그 덕분에 그는 놀이터 벤치에 앉아 새해를 구상하는 시간을 가질 수 있었다. 을동 앞 벤치에 앉아 회상에 젖은 그에게 또 다른 설렘이 밀려오는 일이 일어났다. 바로 갑동에 사는 과부인 수지가 반려견을 끌고 유유히 광복 옆을 지나가는 것이었다. 그녀의 자태에 광복은 순간 심장이 멎는 듯한 심정을 가눌 길이 없었다. 그녀의 몸매에 완전 푹 빠져 자신의 몸이 들썩거리기 시작했다.

이 코라아파트는 굉장히 특이하게 벽에 화려한 꽃그림과 갑, 을, 병, 정이라는 한자가 새겨져 있다. 갑, 을, 병, 정 4개 동으로 이루어져 있다. 도심 아파트 치고는 꽤 작은 아파트에 해당된다. 층수는 15층이다.

그의 색욕의 광기, 이런 현상은 지금만이 아니라 늘 어디를 가든 그랬다. 그 순간 어디선가 전화가 걸려 와 확인해 보니 여비서였다. 여비서 반하숙은 늘 조석으로 그에게 전화를 넣고 지시를 받았다.

"야, 내가 조금 이따가 전화할게 일단 끊어."

"네, 의원님."

그의 이런 행동은 방금 전 이 길을 반려견과 함께 걸었던 이름 모를 입주민 때문이었다. 심기가 사납단 것이다. 광복은 영국산 담배를 하나 꺼내어 불을 붙였다.

지나간 수지는 경비원 왕태의 눈에 띄기 위해 경비실 주변을 반복하여 배회했다.

유리문 밖으로 보이는 그녀의 모습에 경비원 왕태는 가슴이 쿵 하며 자리에서 벌떡 일어났다.

그 순간 그녀도 유리문 안쪽을 바라봤다.

유리문을 사이에 두고 두 사람은 두 눈이 딱 부딪쳤는데 상당히 홀린 눈빛을 주고받았다.

그러자 수지는 손을 막 흔들었다. 그러나 왕태는 그저 가만히 바라보고만 있었다. 이곳 직장의 조직 공동체의 일원이기 때문에 약간 신경이 쓰였다. 이를 눈치챈 그녀는 뒤돌아서서 다시 갑동으로 갔다. 그때까지도 광복은 그 벤치 그 자리에 앉아 줄담배를 피우고 있었다. 그사이 그녀가 되돌아오는 모습이 보이자 그는 목에 힘이 들어가며 용기인지 객기인지 뭔지 이런 게 발동되었다. 이런 배경에는 자신이 많이 알려진 정치인이라 우월감에 젖어 있는 심리가 있었다.

그는 마지막 담배를 바닥에 확 집어 던지며 그녀에게 달려갔다.

"아하하, 안녕하십니까? 저는 이 코라아파트 을동에 사는 국민밖에 모르는 당 국회 의원 김광복이라고 합니다. 같은 입주민으로서 매우 반갑습니다. 우하하하하." 하고 호탕하게 웃었다.

수지는 발을 멈추며 그를 빤히 쳐다봤다. 브라운관 뉴스에서 많이 보긴 본 것 같은 기억이 문득 스쳤다.

"네, 그러십니까? 그렇다면 반갑군요."라는 반응을 보였다.

그녀는 잠시 멈칫하며 무슨 말을 더 하려 했는데 그녀의 반려견이 앞으로 막 움직이며 가려고 몸부림치는 바람에 하는 수 없이 따라 움직였다.

이에 광복은 화가 치밀어 올라 발을 번쩍 들어 개를 한 대 걷어찰 것만 같은 제스처를 취했다.

깜짝 놀란 수지는 "어어! 아니 왜 그러세요? 의원님? 이 나라를 대표하는 국회 의원님께서 동물 보호법도 모르십니까? 왜 개를 걷어차려고 그러는 것입니까? 에잇, 전형적인 동물 학대입니다." 하며 그를 매섭게 노려봤다.

당황스러운 광복은 조금 난처해지자 속내를 드러내기 시작했다.

"하하하. 아니 입주민님 제가 이렇게 귀여운 개를 왜 때리려고 하겠습니까? 저는 그 누구보다 동물을 사랑하고 보호하는 사람입니다. 제가 입주민님께 그 무언가 애정 표현을 하려는 순간 이 개가 달아나려고 움직이는 바람에 방해가 되어 화가 치밀어 올라 그랬던 것입니다. 흠, 흠."

 어쩌면 반려견의 동작으로 인해 그가 무척 단도직입적으로 그녀에게 애정 표현을 하게 되는 명분을 얻기도 하였다.

 워낙 다혈질이고 적극적인 성향인 그는 국회 의원들 중 가장 활발한 성격이었다. 발의 건수도 최다일 정도이다.

 그런 표현을 받은 그녀는 조금 당혹스러운 표정으로 "어! 그게 그런 것입니까? 음!" 하며 먼 산만을 바라봤다.

 이런 그의 애정 표현에 대해 반려견이 못마땅했는지 잠시 방심한 틈에 그의 허벅지를 있는 힘껏 세게 확 물어 버렸다. 개는 낯선 남자가 주인에게 추근거린 것에 대해 심히 짜증 난 것 같았다.

 "으으으릉릉 커컹컹컥!"

 "으으악악악!"

 "어어! 죄송, 죄송합니다. 야, 야, 야, 예솔아, 그렇게 막 국회 의원님을 물면 안 되지!"

 그녀가 반려견 예솔이를 재빨리 옆으로 밀어붙였다.

 그는 속으론 무척 짜증 났지만 동물을 꽤나 좋아하고 보호한다는 이미지를 부각하기 위해 "우하하하하. 에이 뭐! 개가 사람을 좀 물을 수도 있지요. 뭐! 아아! 괜찮습니다. 다 그런 것입니다. 푸하하." 하고 밝은 표정으로 호탕하게 웃으며 개를 사랑스러운 눈빛으로 바라봤다.

 이에 속아 넘어간 수지는 답례 차원으로 야릇한 미소를 지었다.

 "아하! 우리 개는 원래 사람을 안 무는데 국회 의원님이 너무 대단하게 보여서 존경심의 의미로 한 번 그렇게 확 문 것 같습니다. 히히히."

이로써 두 사람은 서로 간의 관심을 조금씩 드러내는 순간을 맞이했다.

그녀는 살짝 웃으며 "아하! 의원님, 우리 오다가다 보면 서로 아는 척이나 하고 지냅시다." 하고 쓱 지나가 버렸다.

"아니, 아니, 이봐요. 그냥 가면 어떻게 합니까? 번호라도 알려 주고 가야죠?"

뜻밖의 번호를 알려 달란 말에 그녀는 다소 황당하다는 표정으로 그저 유유히 지나쳐 버렸다.

입주민들이 우르르 몰려오자 다소 당황한 그는 손으로 얼굴을 가리며 약간 빠른 걸음으로 자신이 사는 을동으로 들어갔다.

넓디넓은 45평 아파트에 혼자 사는 그는 무료한 시간을 때우기 위해 즐겨 듣던 클래식을 틀었다. 이 아파트는 도심 아파트 치고는 4동으로만 되어 있어 규모는 꽤 작은 듯해도 특이하게 평수는 꽤 넓은 편이었다. 게다가 독특하게 갑, 을, 병, 정 동이라 명칭을 붙였으니 더욱 특이했다.

아메리카노와 함께하는 깊은 클래식이 무르익어 갈 즈음 아까 전화했다가 끊은 여비서 반하숙으로부터 전화가 걸려 왔다.

"야, 그래그래. 내가 아까 잠시 뭔가 생각할게 있어서 끊자고 한 거다. 그래 이젠 말해 봐라, 하숙아."

"네, 의원님. 어제 의원님이 부탁한 자료를 준비했어요. 작년 1년간 성인들이 포르노 CD를 제작하여 판매한 현황을 입수하였습니다."

"그래그래 잘했다. 수고 많았다. 하하하하. 내가 국감 자료로 쓸려고 그랬지 뭐! 별 것 아니야 흠흠. 내일 의원 사무실로 들어와."

"네."

법사위 소속 국민밖에 모르는 당 국회 의원 김광복이 이 자료를 입수하는 배경에는 이걸 토대로 사회 문제를 일으켜 처벌을 강화해야 한다는 여론을 만들어 피해자들에 대한 인권 보호, 특히 여성들을 위해 주는 척하는 것과 사회적 약자, 피해자를 위한 특별법을 제정하는 과업을 쌓아 다음 당 대표 선거에 나설 야심찬 포부가 있었다.

현행법은 음화제조죄, 음화소지죄, 음화반포죄로 처벌되는 규정이 있긴 했다. 그러나 그가 구상하는 것은 처벌을 무지막지하게 강화해야 한다는 내용이었다.

제243조 음화반포등, 음란한 문서, 도화, 필름 기타 물건을 반포, 판매 또는 임대하거나 공연히 전시 또는 상영한 자는 1년 이하의 징역 또는 500만 원 이하의 벌금에 처한다. 시효는 5년으로 한다. 제244조 음화제조, 제243조의 행위에 공할 목적으로 음란한 물건을 제조, 소지, 수입 또는 수출한 자는 1년 이하의 징역 또는 500만 원 이하의 벌금에 처한다. 시효는 5년으로 한다.

이렇게 되어 있는데 그는 최소 10년 이하의 징역과 10억 이하의 벌금에 처하고 시효는 10년으로 하는 초강경 특별법을 완성하려는 것이었다.

여성 피해자를 보호한다는 페미니즘에 입각한 대목이기도 했다. 문제는 음화에 등장하는 동영상 여성이 동의한 경우와, 모르는 경우로 나눌 수 있을 것 같다.

이 부분은 그는 동의를 했든 안했든 가릴 것 없이 위와 같은 초강력 법을 만들려는 의지가 가득했다.

여러 가지 말들이 많을 수밖에 없는 법안인 듯했다.

그 피해의 당사자가 남성이 될 수도 있는데 여성 보호라는 미명하에 선심성으로 이어진다. 정작 보호가 될 것도 아무것도 없다. 이런 세세한 부분은 정교하게 다루질 못하고 그저 주먹구구식의 졸속으로 접근하고 있다. 하지만 워낙 단순한 사람들이 많다 보니 이런 사탕발림 법안에 현혹되어 가기 일쑤였다.

광복은 점심을 챙겨 먹고 잠시 잠이 들었는데 낭떠러지에서 굴러떨어지는 악몽을 꾸고 식은땀을 줄줄줄 흘리며 가까스로 깨어났다.

"어, 어, 억, 이게, 이게 뭐야 뭐!"

한겨울에 흘리는 특이한 식은땀이다.

아까 오전에 코라아파트 자신의 집 갑동으로 들어간 수지는 다시 경비원 왕태가 보고 싶었는지 그가 퇴근할 무렵 경비실 앞쪽으로 유유히 걸어갔다.

오늘자로 모란역 2번 출구에 위치한 라일락 빌딩에 첫 출근을 하고 오후 4시에 일을 마친 단비는 남편이 근무하는 성남동 코라아파트 앞 대형 과일 가게에 싱싱하고 맛있는 과일들이 많다는 소문을 듣고 사러 가고 있는 중이었다.

단비가 도착한 시각은 4시 40분쯤이었다. 왕태도 5시쯤이면 퇴근이라 한참 갈 준비를 하고 있었다.

안개 거울

　문제는 수지가 경비실 앞으로 거의 다다랐다는 부분이다. 수지는 경비실 안을 바라보며 왕태를 지긋이 주시했다.
　그 순간 둘은 두 눈이 딱 마주쳤다. 이번에도 그녀는 그에게 막 손을 흔들었다.
　그러자 그의 얼굴이 아주 환하게 퍼지며 황홀경에 빠져들었다.
　부인 단비는 과일을 사서 들고 경비실 쪽으로 천천히 걸어가다 웬 모르는 여자가 남편 왕태를 향해 계속 손을 흔드는 장면을 목격했다.
　다소 어리둥절한 표정으로 주시했다. 그러는 사이 낯선 여자는 경비실 문을 열고 아예 들어가 버렸다.
　그러자 왕태가 고무된 얼굴로 그녀를 반기는 것이었다. 이때부터 부인 단비의 마음은 몹시 의구심 가득한 심경으로 치달았다.
　왕태는 수지를 만나 좋긴 했지만 이런 현실이 마냥 즐거울 수만은 없었다. 장소도 그렇고 아직 근무 시간이었다.

"아니, 내 입장이 있으니 나가 주시는 게 좋을 것 같습니다. 제가 잠시 후 전화 드리겠습니다."

"아! 그런가요? 히히히."

수지가 야릇한 웃음을 짓고 나가려는 찰나에 정문 밖에 서 있던 단비와 왕태는 두 눈이 딱 마주쳤다. 남편 왕태는 엉거주춤한 자세로 매우 당혹스런 표정을 지었다.

벌써 어떤 변명을 늘어놓을지를 떠올렸다. 경비실 밖으로 나간 수지에게 들릴까 두려워 수지의 카톡에 '아! 저 지금 여기 정문 밖에 제 아내가 와 있어요. 그러니 그냥 돌아가 주세요. 상황이 최악입니다.'라고 긴급 문자를 전송했다.

수지는 카톡 알림 소리에 보니 이런 내용이라 조금 놀라며 정문 밖을 한 번 쓱 쳐다보곤 누군지 관찰한 뒤 고개 돌려 자신의 집 갑동으로 올라갔다.

금세 시곗바늘은 4시 58분을 가리켰다. 퇴근 시간이 2분 남았다.

그는 사복으로 갈아입고 나가자 부인 단비가 매섭게 노려보며 "복잡하군! 쯧쯧." 하며 혀를 끌끌 찼다.

이미 마음속으로 철저한 대비를 한 그는 최대한 태연하게 "복잡할 것 하나도 없다. 자, 가자 집으로. 오늘 라일락 빌딩 첫날 고생 많았어! 하하." 하며 짧게 웃었으나 좀처럼 넘어가지 않는 그녀였다.

"그건 누구야? 바른대로 말해 봐!"

"음, 입주민이 내게 불편을 해소해 달라고 민원을 제기한 거야! 하하."

이 말에 부인 단비의 의구심은 포화 상태였으나 그냥 속아 넘어가 주리라! 마음먹었다. 이미 오래전에도 남편 왕태의 꼴사나운 난봉꾼 행동들이 많았으나 모른 척 넘어간 적도 많았다. 그동안 잠잠하다가 또 도졌구나! 생각했다.

남편 왕태는 차도 없어 아내와 함께 걸어서 수진동 신라빌라 집으로 들어갔다.

단비는 오늘 근무 첫날부터 그리 유쾌하지 못한 현장을 목격하며 들어갔는데 들어간 후에도 그리 쉽게 가라앉질 않았다.

비닐 봉투에 든 과일을 응접실에 확 집어 던지자 사과, 꿀, 배가 바닥에 널브러져 버렸다. 깜짝 놀란 남편 왕태는 "아니 자기야, 이거 왜 그래? 왜 그러는 거야?" 하며 허겁지겁 달려들어 과일들을 주웠다.

그 시각 어수선한 상황에 한창 코라아파트에서 경비 업무를 보고 있을 동료 장한으로부터 전화가 걸려 왔다.

왕태는 재빨리 베란다 쪽으로 가 전화를 받았다. 장한은 "잘 들어갔어? 왕태 씨?" 하고 막 웃었다. 지금 이 순간 그가 막 웃어 버린 이유는 아까 수지가 오후 5시쯤 이곳에 잠시 왔다가 황급히 달아난 사연을 전화로 알려 왔기 때문이었다.

왕태는 그가 왜 그러는지 모르기에 "왜 막 웃어? 장한 씨?" 하고 물었다.

그러자 그는 "아니, 아닙니다. 잘 쉬었다가 내일 봐요." 하고 전화를 얼른 끊어 버렸다.

끊고 난 왕태는 왠지 기분이 개운치가 않았다. 어렴풋이 짐작은 되었다.

단비는 큰 틀로 참으며 저녁 식사를 준비했다.

얼른 밥 먹고 난 후 어제부터 시작한 새로운 월화 드라마 '숨겨진 재산'을 보며 스트레스를 풀려고 했다.

그녀가 스트레스를 풀 수 있는 유일한 길은 자신이 좋아하는 드라마 남자 주인공을 한 번이라도 더 보는 것이다. 때마침 딸 다희가 문을 열고 들어왔다. 어학원에 갔다 오는 것이었다. 다희는 외동딸이라 끔찍이 신경을 쓰는 편인데 특히 남편 왕태 때문에 단비는 더더욱 예민해지곤 했다. 딸에게 정신적 타격이 올까 봐! 그러는 것이다.

어느새 식사 준비가 끝나고 이들은 식탁에 모여 밥을 먹기 시작했다. 다 먹자 단비는 곧바로 XBT 채널을 틀었다. '숨겨진 재산'을 보기 위함이었다.

"다희야, 너도 이 드라마 볼래?"

"아니, 난 들어가 영어 공부해야지. 그래야 모란대학교를 벗어나 한국외국어대학교로 편입하지! 호호호."

"그래라. 원래 재밌는 드라마는 나 혼자 보는 게 더 재밌고 더 감칠맛 나는 거다."

그러자 다희는 왜 엄마가 아빠와는 함께 시청을 안 하는지 자못 이상하다고 느꼈다. 양치하러 욕실로 들어가는 아빠를 매섭게 노려보며 자신의 방으로 들어갔다.

단비가 기다리고 기다리던 새로운 드라마가 2회를 맞아 방영되었다.

자신이 좋아하는 남자 탤런트 채광역이 나와 그의 모습에 빠져들었다.

오늘은 어떤 스토리가 이어질지 사뭇 궁금하고 기대되었다. 드디어 화면이 열렸다. 또다시 깜짝 놀라며 전율이 느껴졌다. 어제 첫 회에 이어 오늘도 똑같은 장면이 연출되었다. 여자 탤런트 최숙희는 느닷없이 남자 탤런트 채광역을 향해 귀싸대기를 아주 세게 후려쳤다.

이 전율의 귀싸대기를 얻어맞은 그가 그 자리에 퍽 하고 쓰러졌다. 시청자 단비의 가슴은 철렁했지만 마음 한구석에선 남녀 주인공 둘이 달콤하게 사랑에 빠진 것보다 균열이 더더욱 기쁘게 느껴졌다. 그만큼 광역을 무지막지하게 좋아하고 있단 반증이었다.

드라마는 시간이 흐를수록 점입가경으로 치달았다. 오늘도 어느새 1시간이 훌쩍 지나 끝날 시간이 됐다. 단비는 문득 '내 남편이 광역이었으면 얼마나 좋을까!' 하고 상상의 나래를 펴며 자신의 손으로 허벅지를 아주 세게 꽉 꼬집었다.

그러면서 자신의 몸을 달구며 희열에 빠졌다.

다른 채널엔 별 관심 없어서 텔레비전을 꺼 버렸다.

멍하니 있다 오늘 일 첫날이라 그런지 졸음이 막 쏟아져 슬며시 눈이 감겼다.

잠들자마자 무슨 꿈을 꾸게 되는데 탤런트 채광역과 자신이 라일락 빌딩에서 우연히 만나 대화를 나누게 된 후 연인으로 발전하는 내용의 꿈을 꿨다.

꿈은 계속 이어지는데 광역이 서서히 걸어와 단비의 입술을 향해 꾹꾹꾹 누르는 것이었다. 그러는 사이 여자 탤런트 숙희가 갑자기 나타나 광역의 허리를 세게 잡아당기며 귀싸대기를 아주 세게 후려쳤다.

이에 놀란 단비가 "이게 뭐하는 년이야? 어휴~ 이 시발." 하며 그녀의 귀싸대기를 아주 세게 후려쳤다. 단비에게서 초강력 귀싸대기를 얻어맞은 탤런트 숙희는 감정이 격해져 단비와 격렬한 몸싸움을 벌였다. 단비는 몸을 이리저리 뒤척이다가 식은땀을 줄줄 흘리며 잠에서 깼다.

벽시계를 보자 밤 9시였다.

꿈 내용에 무척 고무된 그녀는 벌떡 일어나 냉장고로 달려가더니 캔 맥주를 꺼내어 단번에 확 들이켰다.

"우하하하 이런 꿈도 있다!"

마치 승리자가 된 듯한 기분에 엉덩이를 좌우로 막 흔들었다.

"아, 제대로 잠을 자야지." 하고 이불을 깔고 누웠다. 다시 잠들며 또 그 스토리를 꾸고 싶었으나 다신 재현되진 않았다. 어찌된 일인지 이번엔 극심한 가위에 눌려 몸을 이리저리 흔들다가 가까스로 깨어났다.

식은땀은 아까 그 꿈을 꿨을 때보다 3배였다.

"아! 이건 또 뭐야!"

그저 맥없이 픽 쓰러져 옆으로 누웠다. 어렸을 때 부모에게서 가위에 눌렸을 땐 바로 눕지 말고 옆으로 누워 자라는 말을 들었던 기억이 스쳤기 때문이다.

그렇게 했더니 그 현상이 사라져 고요히 잠에 이룰 수 있었다.

눈 깜짝할 사이에 날이 밝아 왔고 요란한 벨소리에 가까스로 일어나 출근 준비를 했다.

아침 8시 반부터 일을 시작하기에 최소 7시엔 기상해야만 했다.

어젯밤 천당과 지옥을 오고 간 꿈을 꿔 오늘은 무슨 일이 생길지 자못 궁금하기도 했다.

아침 9시부터 일을 시작하는 왕태는 다소 여유가 있어 아직 자고 있었다. 충분히 알아서 갈 거라고 생각하기에 단비는 딱히 깨울 필요 없다고 생각했다.

늦지 않게 허겁지겁 나가 달려갔다. 그리 먼 거리가 아니니 그럴 수 있었다.

라일락이란 글자가 새겨진 작업복은 하루가 지나자 그녀에게 조금씩 조금씩 어울리기 시작했다. 여성 혼자서 하는 미화 일이라 더더욱 홀가분한 것도 있었다. 일하는 시간에 다소 고독도 존재했다. 시작하자마자 어젯밤 그 양분된 꿈 내용이 스쳤다.

그러는 사이 밖에서 엄청난 아우성과 소란함이 일어났다. 무슨 패싸움이 일어났는지 궁금하여 단비는 유리창 밖을 바라봤다.

"와아! 이번 XBT 채널에서 방영하는 '숨겨진 재산' 주인공 채광역과 최숙희가 왔다. 와우우우우 아하하하하."

"뭐야, 뭐야, 광역과 숙희가 왔다고……. 어디, 어디야. 어디에 있어?"

여기저기에서 너무 놀라 호들갑을 떨며 열렬히 반가움의 아우성을 치는 소리들…….

순간 단비는 아연실색하며 너무 놀라 쓰러질 것만 같았다. 그 꿈이 이런 기쁜 결과를 맺는구나! 하며 펄쩍펄쩍 뛰었다. 그렇지만 실물로 보며 만족해야 할 뿐 가까이하기엔 너무 먼 대상이었다. 이렇게 이른 아침에 방송 관계자들이 줄줄이 나타나 대성황을 이뤘다. 단비는 미화 장비를 바닥에 집어 던지고 번개같이 밖으로 뛰어나갔다.

좀 더 가까이서 자신의 짝사랑 대상 탤런트 채광역을 보기 위함이었다. 그가 서 있는 지점으로 다가갔다.

길을 지나가는 많은 행인들도 주인공에게 다가왔으나 광역은 별 대수로워하지 않았다. 그러나 단비가 나타나자 그의 눈이 조금 흐려지기 시작했다.

가슴에 라일락쇼핑 빌딩이란 글자가 새겨진 작업복 때문인지 그 무엇인지는 아직 몰랐다. 라일락이란 글자를 뚫어지게 쳐다보는 그였다. 그러자 상대역인 숙희는 조금 어리둥절한 표정을 지었다. 단비는 그가 자신의 가슴을 집중하여 쳐다보자 문득 꿈에 그린 그 동작을 연상했다. 바로 그가 자신의 입술을 향해 꾹꾹꾹 누른 그것이다. 그러면서 지그시 눈을 감았다.

그녀의 간청이 받아들여진 걸까! 광역은 "아하, 꽃 이름이 너무 좋군요. 하하." 하며 미소를 지었다.

그 꿈에 거의 준하는 생시였다.

"아하하하. 네 이 작업복에 새겨진 꽃을 제가 가장 좋아합니다. 여기 라일락 빌딩에서 실내 청소하는 미화원입니다."라고 단비가 화답했다. 그 순간 그는 촬영 준비를 위해 돌아서 한두 발 내딛었다. 단비는 여기까지가 그와 자신의 마지막이란 생각을 하니 큰 바위같이 굳은 탁탁한 아쉬움이 밀물처럼 밀려왔다. 객기인가, 만용인가! 평소 엄청난 살림형에 얌전한 그녀가 난데없이 그 꿈과 정반대의 내용으로 도발을 감행했다.

단비는 걸어가고 있는 광역의 앞으로 달려가더니 느닷없이 그의 입술을 향해 꾹꾹꾹 눌러 버렸다.

이 장면은 이곳에 모인 모든 방송 관계자들을 경악게 한 대형 사건이었다. 행인들은 너도 나도 폰을 꺼내어 이 대형 사건을 동영상으로 찍는 데 여념이 없었다. 현재 촬영 중은 아니니 방송 사고라고 할 순 없으나 그에 버금가는 사건임엔 틀림없었다. 관계자들의 반응과는 다르게 정작 미화원에게서 입술을 빼앗긴 광역은 환한 미소를 띠며 되레 그녀를 아주 세게 꽉 끌어안아 버렸다.

그러자 행인들은 "와아 이참에 상대역을 저 여자로 바꿔, 바꿔, 바꿔라!" 하며 환호성을 터뜨렸다. 별안간 빌딩 미화원이 행인들에 의해 대형 스타로 변신하고 있었다. 실제 스타는 아니지만 기세가 그랬다.

그러자 상대역 최숙희가 달려들어 광역의 허리를 아주 세게 잡아당겼다.

"야, 광역아. 지금 이게 뭐하는 짓이야? 어휴~ 진짜 너무 쪽팔린다. 쪽팔려. 유명인이 이게 할 짓이야? 저런 여자에게!"

저런 여자라는 표현이 순간 미묘한 파장을 일으키며 단비의 가슴을 갈기갈기 찢어 놓았다. 단비는 가뜩이나 신경이 예민한 상태였는데 이번 건으로 더더욱 포화 상태로 치달았다.

"뭐야! 저런 여자라니, 저런 여자가 뭐야? 그럼 넌 이런 여자냐?"

단비는 자신이 미화 복장을 하고 있고 청소 일을 하는 것에 여자 탤런트가 비아냥거렸다고 판단하여 쏘아붙였다.

"야, 내가 지금 미화 옷 입고 청소하고 있으니까 저런 여자라고 막 나가지? 네가 볼 땐 나같이 청소하는 사람들은 다들 돈도 없고 못나고 못 배운 사람들이라고 생각하지? 그래, 난 사실 네 판단 그대로 돈도 하나도 없고 못 배우고 소외되기도 했지. 근데 다른 수많은 미화원 중엔 부유층도 많고 벤츠, BMW, 아우디 신형 타고 저택에서 출퇴근하는 인간들도 엄청 많고 잘 배운 여자들도 꽤 되더라고……. 그 인간들은 집에서 놀면 심심하니까 외로움을 달래려고 나와 청소하는 경우도 많고, 의사가 아무 운동이나 막 움직이라 했다고 운동 차원으로 나와 청소하는 경우도 셀 수 없이 많아. 그럼 그 인간들도 네 말대로 다 저런 여자니? 이 세상은 그렇게 간단치 않고 오묘하고 웃긴 거야! 너무 알 수 없는 일들이 많아.

그래서 인생사 새옹지마라고 하는 거야."라고 맹폭을 날린 뒤 단비는 확 달려들어 숙희의 귀싸대기를 아주 세게 후려쳤다. 퍽퍽. 짝짝. 이 대목은 꿈과 일치됐다. 아까 입술을 향해 꾹꾹 누른 주체만 반대였다.

평소 일을 많이 하던 손이라 파워도 남달랐다.

탤런트 숙희는 바닥에 퍽 하고 쓰러졌다. 그녀가 쓰러지자 방송 관계자들은 너무 놀라 황급히 제재하며 112에 신고를 했다.

5분도 채 안 돼 경찰들이 출동하여 상황 조사를 했다.

경찰들이 가해자를 연행하려 하자 되레 광역이 달려와 "이 여잔 그냥 우발적인 폭행을 하게 된 겁니다. 어쩌면 피해자인 탤런트 최숙희가 가해자에게 인신 모욕적 막말을 하여 그런 측면도 있는 것 같습니다. 그러니 많은 참작 바라겠습니다."라며 누군지도 모르는 미화원 복장인 단비를 옹호하고 나섰다.

아까 이름 모를 단비에게서 기습적인 키스 세례를 받은 게 에로틱하게 느껴져서일까! 이에 숙희는 부아가 치밀어 올라 광역에게 기습적으로 귀싸대기를 후려쳤다.

"야, 인마. 넌 뭐하는 놈이야? 네가 우리 방송 동료냐? 건달이냐? 에잇, 이게 저런 여자에게 입술 선물을 받더니 완전 정신이 돌았구나!"

그러자 뒤로 잠시 빠져 있던 수많은 방송 관계자들이 달려들어 숙희를 제재하며 만류했다.

"숙희 씨가 참아요. 어쩌다가 리허설이 이렇게 꼬였는지 모르겠네요. 으으."

그녀는 아까 낯선 미화 복장의 여성한테 폭행을 당한 건 자신이 광역을 한 대 세게 후려친 걸로 대체하고 그냥 재수 없는 일로 여겨 넘어가려고 했다. 자신의 위치와 명예와 체면을 고려한 것이다. 하지만 더 이상 이런 기분으론 진행할 수 없다는 걸 느껴 "난 이 드라마에서 빠지렵니다." 하고 자신의 차를 몰고 가 버렸다.

그녀가 타고 가는 빨간 마세라티 기블리는 오늘따라 유난히 처량하게 보였다.

경찰들도 물러갔다. 그 후 광역은 단비를 마냥 바라봤다. 그러자 아까처럼 많은 행인들은 "와아 광역 씨, 그렇게 그 여잘 쳐다만 보지 말고 이참에 상대역을 저 여자로 바꿔, 바꿔, 바꿔, 바꿔라~" 하며 우레와 같은 함성을 질렀다.

그도 행인들의 함성에 조금 의식됐는지 "아아아 여러분 여러분, 이런 건 제가 그렇게 하고 싶다고 결정하는 게 아닙니다. 이 드라마의 모든 권한은 감독님에게 있습니다." 하며 고개를 다른 데로 돌리는데 왠지 말의 뉘앙스는 마치 그러고 싶다는 느낌을 흘렸다.

그랬으나 감독은 꿈쩍도 하지 않고 엑스트라 중 1명에게 손짓하며 숙희를 대체하라고 말했다. 결국 그렇게 정해졌다. 그러는 사이 라일락쇼핑 관리소에서 단비에게 전화가 걸려 왔다.

"네, 여보세요."

"아니 홍단비 씨, 지금 거기서 뭐하고 있는 겁니까? 당신은 미화원입니다. 거기서 그런 거나 볼 상황이 아닙니다. 얼른 들어와 청소하세요."

관리소장의 전화였다. 그녀는 "아! 맞아 내가 지금 이럴 때가 아니지! 얼른 가서 일해야지" 하고 혼잣말로 중얼거리며 건물로 들어갔다. 그녀

안개 거울 37

가 돌아서 가는 장면을 뒤에서 광역은 마냥 우두커니 바라만 볼 뿐이었다. 그녀는 정신없이 빗자루로 마구 쓸고 걸레로 마구 닦았다.

하지만 정신은 무척 혼미해진 상태였다. 꿈에 그린 짝사랑 배우 채광역의 입술을 훔친 역사적인 순간 때문이었다.

그녀는 입술에 맺힌 침방울을 단 한순간이라도 더 유지하려고 오늘 점심 식사는 생략하려는 엽기적인 생각까지 했다.

밖에서 한창 탤런트 숙희 대체역을 찾아 촬영을 마친 XBT 채널 드라마 '숨겨진 재산' 관계자들은 일제히 자리를 떠났다. 이 자리를 떠나면서 남자 주인공 채광역은 아까 그 이름 모를 여자 미화원이 일하는 라일락쇼핑 빌딩을 쳐다보며 갔다.

오늘 하루 종일 미화원 단비는 단비대로, 탤런트 광역은 광역대로 낯설지만 감미로운 입술 교환으로 정신이 몽롱한 상태에서 시간을 보냈다.

한편, 어제 여비서 반하숙에게 국감 자료를 준비해 오라고 국회 의원 김광복이 지시를 한 바대로 그녀는 마포구 공덕동 자이아파트 주변에 있는 그의 의원 사무실로 들어갔다.

이 자료를 쭉 훑어보던 국민밖에 모르는 당 국회 의원 김광복은 "아하! 너무 좋아 이걸 이용해 내 인기 좀 올리고 당 대표 해 먹자! 우하하하하. 여성들의 인기를 올리는 최고의 수법은 바로 페미니즘 자극이라고. 크크큭." 하며 아주 달콤한 표정을 지었다.

오전 내내 이 자료를 분석하더니 여비서 하숙과 점심 식사를 하러 나갔다.

"야 하숙아, 넌 어쩜 그렇게 그런 자료를 알아서 착착 구해 오냐?"

"아이, 내가 누굽니까? 난 대한민국 최고 국회 의원 국민밖에 모르는 당 김광복 의원님의 오른팔이자 여비서 반하숙 아닙니까? 호하하하."

이 말에 그는 너무 흥분돼 얼굴이 홍당무가 되며 "그래그래, 날 그렇게 극진히 알아주는 사람은 너밖에 없다. 우하하하하." 하며 호탕하게 웃어버렸다.

광복은 며칠 앞으로 다가온 국감장에서 이걸 토대로 대스타가 되려고 잔뜩 벼르고 있었다.

이들이 주문한 닭도리탕이 나오자 허기진 배를 채웠다.

거의 다 먹어 갈 때 광복은 "야, 하숙아. 밥 다 먹고 우리 아파트나 가서 놀자고. 으음?" 하며 매우 음흉스러운 표정으로 살살 눈웃음쳤다.

그러자 그녀는 깜작 놀라 "아니, 의원님. 몇 해 전 내가 거기 아파트에 갔다가 입주민들에게 들켜 혼쭐나고, 내 남편에게 개박살 날 뻔한 것 잊었습니까?" 하며 정색했다.

그러자 그는 "야, 야, 야, 그땐 재수 없게 그랬지만 그래서 이번에 내가 차에다 선팅을 더 진하게 했잖아! 그러니 너무 염려 마라, 밖에서 보면 아예 보이지 않을 정도로 암흑이야." 하며 우려를 다소 잠식시켰다.

"아니, 의원님. 그러면 불법 과다 선팅 아닌가요?"

"야, 하숙아. 길거리를 한 번 봐라. 안 그러고 다니는 차가 몇 대나 있냐? 거의 다 그렇잖아! 낄낄낄. 경찰도 이런 건 단속하지도 않잖아."

이 말에 그녀는 안도의 한숨을 푹 쉬었다.

기민하게 반응하는 광복은 차량 기사에게 전화하여 "기사, 오늘은 그냥 쉬시죠. 내가 직접 운전하고 갈 데가 있다고……."라고 통보했다.

하지만 이미 차량 기사는 눈치를 챘다. 워낙 꼬리가 길었기 때문이었다.

하숙으로선 꽤나 오랜만에 다시 가는 그 위험천만했던 코라아파트였다.

지하 주차장에 차를 세우고 엘리베이터로 올라갈 땐 선글라스와 마스크를 높게 올리고 정말 쥐도 새도 모르게 들어가 버렸다. 이들은 들어가자마자 이곳에서의 옛 기억을 떠올리며 번개 같은 섹스를 즐겼다.

그로부터 며칠 후 그가 노리던 국정 감사가 진행되었다. 법사위 전체 회의가 열렸는데 그는 완벽히 준비가 된 자료를 들이대 음화 소지 반포에 대해 열변을 토하며 법무부장관을 몰아세웠다.

"여태까지 이런 문제가 얼마나 해결됐는가?"

법무부장관 한수광은 "앞으로 그런 음화가 퍼지지 않도록 최선을 다하겠습니다."라고 피력하였다.

"너무 애매모호합니다. 더 구체적인 방안을 한번 내놓으시죠. 장관님?"

"관련 법규를 강화하는 방법밖에 없겠습니다."

이날 벌어진 국감은 대략 생색내기에 그쳤다.

며칠 뒤 국감이 종료되자 국민밖에 모르는 당 국회 의원 김광복은 본격적인 특별법을 발의하게 된다. 내용은 지난번에 그가 홀로 집에서 구상한 그대로다. 최소 10년 이하의 징역과 10억 이하의 벌금에 처하고 시효는 10년으로 한다.

게다가 가담자가 피해를 본 경우 그 전에 알았든 몰랐든 가리지 않았다. 이 특별법은 별 문제없이 제정됐다. 즉 음화 제조 소지 반포 처단 특별법이다.

다음 달부터 시행된다.

이 법이 시행되자 전국의 수많은 가담자들은 그야말로 살이 떨리기 시작하였다. 엄청날 정도로 강화됐기 때문이었다.

그래도 이런 행각에 빠져든 이들은 좀체 헤어날 길이 없었다.

이즈음 김광복의 아들 김인철은 강남고 3학년임에도 불구하고 열심히 공부는 하지 않고 한참 스트레스를 푼다며 인터넷 게임을 하다가 잠시 이것저것 다른 채널을 검색하는 과정에 뭔가 신비스럽게 느껴지는 카페를 보게 됐다.

바로 음화 세상이라는 이름의 카페인데 '음화는 여러분의 상처와 아픔을 치유해 줄 것이다.'라는 내용의 휴게 공간이었다.

그래서 호기심이 가득하여 들어가 좀 더 자세히 훑어보았다.

그러다가 너무 깊게 빠지기 시작하여 거기에 나와 있는 연락처로 전화까지 하게 되었고, 자정이 넘은 늦은 시간에 그곳을 찾아갔다. 음화 세상 카페는 신림 사거리에 한 작은 사무실로 설치되어 있었다.

가자마자 그곳에 모인 회원들은 일제히 그를 환영하며 술과 삼겹살까지 제공했다.

"저는 아직 고등학생이라 술은 못 먹어요."라고 거절하였으나 회원 중 일부 여성들은 "아이 뭘 그래요. 우린 고1 때부터 소맥을 몇 병씩 막 섞어 먹었었는데요. 히히히히. 자, 멋지게 드세요. 정력도 엄청 세게 생긴 10대가 그게 뭐에요?" 하며 강제로 먹이기도 하였다.

김인철은 그녀들에게 현혹되어 소맥을 막 들이부었다.

"우린 여기 서울대를 다니는 여학생들입니다. 우린 고등학교 때 너무 공부만 하다 보니 스트레스도 많이 받고 삶이 너무 갑갑하고 싫증나서 한번 신나게 놀아 보려고 음화를 찍습니다. 또 돈도 없으니 그걸 통해 어느 정도 돈벌이도 하고요. 하하하."

"아, 네. 그런가요?"

그는 나름 예쁘게 생긴 여대생들이 자신을 둘러싸고 소맥을 계속 따라 주는 바람에 홀려 시간 가는 줄 모르고 계속 먹다 보니 만취해 버렸다.

"으아! 영계가 술도 잘 먹네! 히히히. 우리랑 같이 음화 세상에 살 거지? 학생? 대답해 봐?"

"아 네, 흠, 흠, 그, 그, 그게 그럴 수 있어요. 네, 하겠습니다. 하하."

그는 정신없이 마냥 그러겠다고 대답했다.

이로써 당장이라도 음화를 찍으려고 잔뜩 벼르는 그녀들이었다. 웃긴 건 갑자기 그녀들 간의 심한 언쟁이 벌어졌다.

"야, 음화는 불법인 거 너희들은 모르니? 그러니 그냥 우리끼리 놀기만 하고 그런 걸 찍어 소지 반포하진 말자고. 그러다 걸리면 진짜 큰일 난다. 벌금 물고 감방 간다고……!"

"뭐야? 무슨 그런 게 다 있어! 우리가 찍어 우리가 팔든 말든 그게 무슨 불법이야? 우리가 그걸로 누구에게 피해를 줬나? 피해자가 없잖아, 그냥 우리들의 장사라고. 그러니까 불법도 아니고 그냥 아무것도 아닌 일종의 영업이라고……!"

서울대 여학생들의 말다툼이 벌어졌다. 정확한 내용을 모르기 때문이었다. 그러자 이를 지켜보던 다른 여학생이 "야, 야, 우리 이런 거 가지고 너무 이러쿵저러쿵 다툴 것 없이 내가 아는 변호사에게 물어보자고. 그럼 그가 정확히 알려 줄 것 아니겠어? 내가 당장 전화해서 물어볼게 기다려."라고 중재했다.

그녀는 자신이 아는 허표발 변호사에게 전화를 하여 물었다.

"허표발 변호사 오빠, 밤늦게 미안해요. 혹시 음란물을 찍어 팔면 불법인가요? 아닌가요? 변호사 오빠 그것이 알고 싶습니다!"

그러자 표발은 "아니, 후배. 이렇게 밤늦게 무슨 전화를 하고 그래? 음화를 찍겠다고? 그게 불법이냐고 묻는 거지? 그게 불법인지 아닌지 나도 잘 몰라! 내가 그런 걸 어떻게 알아! 나는 법에 대해 아는 게 아무것도 없는 사람이야! 그만 끊어. 난 내일을 위해 잠을 자야 돼."라고 말하고 끊어 버렸다.

끊고 난 뒤 그녀는 "참나. 야, 야, 내가 지금 아는 서울대 법대 출신 오빠에게 알려 달라고 전화했더니 자기가 법을 어떻게 아냐며 자기는 법에 대해 아는 게 아무것도 없대. 이거 뭐 하는 놈인지 모르겠다." 하며 매우 어이없는 표정을 지었다.

이 전화로 인해 음화 세상 카페에 모인 많은 회원들은 서로 옥신각신거리며 법으로 문제없다는 측과 불법인 것 같다는 측이 심하게 언쟁하며 갈등과 고민 속에 휩싸였다.

"우린 돈도 없는데 이렇게 해서라도 돈을 모으지, 다른 데 알바하려면 너무 힘들고 피곤해. 이런 거 찍는 건 힘들지도 않고 재밌잖아! 시간도 그렇고……!"

"뭐야? 아니 아무리 돈이 중요하고 필요하긴 하지만 꼭 이렇게 해서 벌어야겠어? 돈은 깨끗하게 벌어야지, 정직하게 벌고."

"이런 뚱딴지같은 소리하네! 야, 옛말에 돈은 개같이 벌어 정승같이 쓰라는 말도 있다. 그냥 막 묻지 마. 막가파로 벌면 돼! 하기 싫으면 하지 마. 우리만 할 테니까."

이에 또 다른 회원들은 "야, 야, 이건 합법 불법의 문제가 아니고 그냥 윤리적 도덕적 차원에서 어째 좀 그렇다. 여기서 그만 관두자! 이게 쪽팔리게 뭐냐? 어휴~ 그런 거나 찍자고 하고 말이야! 그냥 술이나 실컷 먹고 운전이나 하는 음주 운전 동아리나 만들자고 야, 야, 다들 어때?"라는 제3의 제안을 내놓는 회원들도 나타났다.

이 사무실에 모인 많은 회원들은 서로 의견이 일치되지 않아 핏대를 올리며 자신의 주장만을 거듭 되풀이할 뿐이었다. 날카롭게 대치되는 살벌한 분위기가 연출되었다.

그렇게 오밤중이 되어 각자 흩어졌다.

다음 날이 되자 이들은 서로 음화에 대해 찬성하는 회원들끼리만 만나 본격적으로 제조 반포를 하자는 쪽으로 선회했다.

하기 싫다는 사람들까지 설득하려고 애쓰며 혈압 올려 스트레스 받지 않겠단 의지였다.

결국 서울대 여학생 5인과 강남고 3학년 김인철 이렇게 6명이 적극적으로 음화 소지 반포에 가담하게 됐다.

김의원의 포퓰리즘 및 페미니즘이 주효하며 그에게 후원금이 쏟아졌다. 더불어 그에 대한 인기도 하늘을 찔렀다.

특히 사회적 약자인 여성 보호라는 미명하에 이뤄진 거라 더더욱 그랬다.

그즈음 어느새 라일락쇼핑 미화 일을 한 지가 한 달이 지나가는 단비는 이 건물 앞으로 그 드라마 관련자들이 또 올 거라고 고대했지만 나타나질 않자 실망감이 컸다.

15일이면 어느덧 지난 한 달분 월급이 나왔다. 그렇기에 기대심리가 가득했다.

200백만 원이 채 안 되는 185만 원이다.

이 월급을 받으면 제일 먼저 무엇을 할 것인가! 일을 하면서도 이런 생각에 빠져들었다. 무엇보다 딸 다희를 위해 써야겠다고 생각했다.

단비는 엄마로서 자식을 위해 충실히 임하고 있으나 왕태는 아빠로서 그렇지 못하고 벌써 엉뚱한 방향으로 한참 기울어 버렸다.

왕태는 수지와 은밀히 더더욱 가까워져서 한 달 사이에 자주 만나는 지경에 이르렀다. 그가 경비로서 순찰하러 여기저기 돌아다니다가 공터에 앉아 그녀와 밀월 데이트를 즐기는 장면을 목격한 사람들이 한둘이 아니었다.

심지어 수지의 차를 타고 밖으로 나가 외식을 하고 들어오는 일도 자주 일어나곤 하였다. 그녀는 비트코인의 여왕답게 차량도 롤스로이스를 타고 다녔다.

이를 목격한 동료 경비가 시샘하기 시작하였다. 그러던 중 하필 이날은 왕태 부인 단비가 그가 일을 마치는 5시경에 오고 있었다. 그 시각 왕태는 화장실에 들렀는데 동료가 재빨리 왕태 부인에게 뭐라고 소곤소곤 거렸다. 왕태의 최근 행동에 대해 고자질해 버린 것이다.

이에 단비로서도 어느 정도 감은 잡고 있었으나 입체적인 고자질에 상당한 충격 속으로 빠져들었다. 왕태가 나오자 동료 경비는 얼른 자리를 피했다. 왕태는 부인 단비가 이곳에 와 있자 조금 놀랐으며 단비가 이 순간 왜 얼굴이 일그러져 있는지 전혀 몰랐다.

"음, 오늘도 여기까지 와 있네! 자, 가자고 자기야."

"그래."

이들 부부는 함께 퇴근길에 올랐다. 이들이 한두 발짝 내디딜 때 난데없이 수지가 빨간색 롤스로이스를 타고 유유히 경비실 쪽으로 내려왔다. 차 안에서 둘의 뒷모습을 보고 다소 움찔하며 속력을 최대한 줄이며 내려갔다.

두 사람의 모습이 완전히 사라지자 이젠 어느 정도 속력을 내어 밖으로 쭉 빠져나갔다.

라일락쇼핑

며칠 뒤, 15일이 되자 단비는 라일락쇼핑에서 신한은행 계좌로 월급 185만 원을 받았다. 이것저것 떼자 175만 원이 실수령액이 됐다. 그녀는 이 월급을 받자마자 무려 155만 원을 모란대학교 2학년에 다니는 딸 다희에게 건넸다.

"엄마, 히히히히. 내게 이런 큰돈을 주는 거야? 호호호." 하며 다희는 껑충껑충 뛰었다. 이날은 남편 왕태의 월급날이기도 한데 그는 195만 원이었다.

그도 이것저것 떼고 185만원을 받게 됐는데 이 전액을 자신의 비트코인 스승인 방수지에게 쏘려고 마음먹었다. 사실 이 금액은 그녀 입장에선 완전 껌값도 안 되는 액수였지만 그래도 조금 괜찮은 여성 의류 한 벌쯤은 구입할 수 있기에 왕태가 직접 구입하여 건네려는 발로였다.

한참 단비와 딸 다희가 집에서 화기애애한 시간을 보낼 때 아빠 왕태는 5시 퇴근 후 수지의 차 롤스로이스를 타고 광교호수공원을 향해 내달렸다.

그러는 사이 집에서 다희가 아빠에게 전화를 걸었다. 왕태가 핸드폰을 보니 딸이었다. 그래서 받지 않았다. 오늘은 그도 비트코인의 여왕 수지와 최초의 로맨스를 이뤄야겠다는 야심과 욕망을 드러내는 심정이었다. 그간 그녀의 차로 여기저기 숱하게 돌아만 다녔지 뭐 이렇다 할 이정표를 남기질 못했는데 오늘은 그냥 넘기질 않으리라! 라며 다짐했다. 이런 심리가 일치됐는지 그녀도 똑같은 생각을 하고 핸들을 잡았다. 목적지에 금세 다다랐다. 2월 중순이라 꽤 추운 편이었으나 이들의 애정의 눈빛으로 다 녹여 버릴 정도였다.

"참! 배고프다. 우리 밥부터 먹읍시다. 호호호."

"그래요."

내려 인근 레스토랑에 들어가 최고급 양식을 먹었다. 주차장에 세워진 롤스로이스를 지나가는 행인들이 아트 디자인에 반해 한 번씩 다 쳐다보았다.

양식을 다 먹은 이들은 나와 여기저기 돌아다니며 바람을 쐬었다. 왕태는 느닷없이 수지의 손을 잡았다. 이에 그녀는 전혀 놀라지 않고 그를 바라보며 미소를 보냈다.

"더 뜸들이지 맙시다. 수지 씨?"

"뭐! 그렇지요. 뭐!"

그는 손이 수지의 손에서 허리로 올라갔다. 그런데도 그녀는 조금도 어색한 표정을 짓지 않았다. 조금 떨어진 지점에 호수모텔이라는 간판이 걸린 곳이 있어 무작정 그곳으로 들어갔다. 이들은 오늘 최초로 몸을 섞었다.

나이가 같은 51세라 관계가 끝나고 나서도 무척 화기애애한 분위기로 대화가 이어졌다.

아까 딸 다희가 전화했을 때 남편이 전화를 받질 않자 단비는 이미 어느 정도 눈치를 채고 있었다. 단비는 다희의 얼굴을 보자 마음이 아팠다. 남편 왕태가 딸 다희에게 정성 어린 신경을 써 주길 바랐지만 엉뚱한 짓을 하고 다녀서였다.

불안한 건 다희가 알게 될까 봐! 여간 예민해지는 게 아니었다. 지금 한참 광교호수공원 인근 호수모텔에서 관계를 마친 둘은 술을 한잔하고 싶었지만 다시 돌아가야 했기에 자제했다.

다시 그녀의 차를 타고 코라아파트로 돌아왔다.

내리자 야간 경비 업무를 보던 왕태의 동료 장한이 환하게 웃으며 반겼다. 문제는 왕태가 오늘 수지와의 관계를 자신만의 로맨스로 착각하는 데 있었다. 이미 장한은 예전에 수지와 단 한차례 그런 로맨스가 있었다. 그러나 장한은 그 후 몸을 사렸다.

그가 그랬던 이유는 자신의 부인의 삼엄한 경계가 있었기 때문이었다. 그러다가 그가 수지와 왕태가 만나게 되는 자리를 만든 게 또 다른 시발점이 된 셈이었다.

이때 장한이 웃었다.

그러자 그녀는 차안에서 왕태의 옆구리를 살짝 꼬집었다. 조금도 내색을 하지 말라는 사인이었다. 복합적인 심리가 작용했던 것이다. 이를 눈치챈 왕태는 차에서 내려 장한에게 다가가지 않고 그냥 돌아서서 자신의 집 수진동 신라빌라 쪽으로 막 달려갔다.

수지는 재빨리 코라아파트로 액셀을 밟고 올라가 버렸다.

코라아파트로 들어간 그녀는 몽롱한 기분에 사로잡혔다. 그녀의 감정이 장한에서 왕태로 급변하며 심경이 기울었다.

한편 왕태가 평소보다 꽤 늦게 들어오자 부인 단비는 그를 매섭게 노려봤다. 딸 다희는 엄마의 속도 모르고 "와우! 난 엄마한테 오늘 155만 원을 받았다. 엄마의 첫 월급날 내게 그만큼 준 거라고……. 근데 아빠도 오늘이 첫 월급날이라고 엄마가 그러던데 내게 아무것도 없는 거야?" 하며 아빠 왕태를 매섭게 노려봤다.

그도 명색이 아빠라 마음이 뜨끔했다.

그는 이미 아까 애인 수지와 광교호수공원에서 데이트할 때 오늘 받은 자신의 월급 195만 원 전액으로 그녀를 위해 고급 의류를 선물하겠다고 약속한 상태라 심란했다.

그래서 찔리는 가슴을 안고 그저 쓱 들어가 욕실로 갔다가 나와 방으로 들어갔다.

딸 다희는 엄마에게 다가가 "아니, 엄마. 왜 아빠는 오늘 월급을 받아 내게 아무것도 없는 거지?"라고 물으며 몹시 못마땅한 표정을 지었다.

단비는 뭐라고 말할 엄두가 나지 않아 그저 고개만 옆으로 저었다.

단비는 지난달 자신이 과감한 기습 키스를 성공시킨 채광역이 출현하는 '숨겨진 재산'이란 드라마를 최근 정황이 없어 보지 못했었다. '오늘은 꼭 시청하리라!'라고 생각한 단비는 지금 바로 드라마가 시작하는 시간이라 리모컨을 눌렀다.

자신이 그리고 그리던 광역이 나왔다. 그런데 순간 깜짝 놀란 건 상대역 최숙희가 나오지 않고 딴 여자 탤런트가 나오는 것이었다.

그간 그때 그 키스 사건과 폭행 사건 때문에 안 보다가 오늘 새삼스레 모처럼 보자 이렇게 변해 있었다. 드라마는 끊이지 않고 계속 봐야 아는 건데 한 달 넘게 안 봤더니 헷갈릴 지경이었다.

오늘은 드라마가 약 10분쯤 지나자 채광역과 최숙희 대체 배우로 나온 여자가 모텔로 들어가 붉은 시간을 채우는 장면이 아주 길게 나왔다.

이에 단비는 탄식을 쏟아 냈다.

"으으으. 남편이 골치 아픈 짓하더니 드라마까지 내 속을 썩이는구나! 아아아."

"엄마, 그게 무슨 말이야?"

"아니, 아니야. 그냥 그렇단 거야! 그냥 그런 거다. 넌 그만 들어가서 공부해야지. 그래야 네가 바라는 한국외국어대학 영문과로 편입할 수 있지? 안 그래?"

"음, 그렇긴 해. 그럼 난 그만 영어 공부하러 들어간다."

딸이 들어간 후 단비는 혼자서 아주 흥미롭게 드라마 '숨겨진 재산'을 봤다.

계속 이어지는 주인공들의 장면들은 혼자서 쓸쓸히 지켜보는 시청자 단비의 가슴을 철렁철렁하게 만들었다. 오늘따라 유난히 남자 주인공 채광역과 예전 최숙희가 물러나고 새로 대체된 반빛나가 아까 그 장면에 이어 또 다른 장소로 옮겨 또 그렇게 붉은 시간들을 채워 가고 있었다.

시청자 단비는 이젠 흥미로운 마음보단 열받아 핏대가 오르기 시작했다. 이젠 자신이 좋아하는 탤런트를 보며 육체노동과 남편이 속 썩이는 부분을 해소하려 한 마음에 한계 벽에 다다르고 말았다. 오히려 정신적 고통까지 추가되는 극심한 상황으로 치달았다.

그래서 전원 버튼을 누르니 꺼지자 리모컨을 응접실 바닥에 확 집어던졌다.

혹시 앞으로 또다시 드라마 '숨겨진 재산' 제작진들이 라일락쇼핑 앞으로 올 날이 있을까! 기대를 하며 이런저런 잡념 속에 사로잡혀 잠에 들었다.

소파에 기댄 채 꽤 이른 초저녁에 잠이 든 건데 또 무슨 꿈을 꾸게 되었다.

다음 날 화요일 아침에 이 드라마 숨겨진 재산 관계자들이 라일락쇼핑에 와서 또 그때처럼 촬영을 하는 것이었다. 이번엔 최숙희 대타로 상대역을 맡게 된 반빛나와 홍단비가 서로 격렬히 다투는데 채광역은 처음엔 빛나의 편을 들다가 5분 뒤 돌변하여 단비의 편을 들다가 결국 감독으로부터 잘리는 사태를 맞았다.

꿈치고는 무척 리얼했다.

단비는 이리저리 뒤척이다가 깨어나고 말았다. 눈을 번쩍 뜨니 밤 10시 반밖에 되지 않았다. 그녀는 혹시 내일 이런 일이 생시로 벌어질까! 자못 의아한 기분마저 들었다.

"에이 꿈은 꿈이지 뭐! 어휴~" 하며 한숨만 푹 쉬고 말았지만 지난번에도 꿈이 다음 날 생시로 이어진 일이 있어 조금 기대하는 심리도 작용했다.

이번에도 또 그럴까! 하며 다시 잠이 들었는데 이번엔 깨어나지 않고 아침까지 쭉 잠을 잤다.

아침 7시까지 출근이라 6시면 어김없이 일어났다. 남편 왕태는 출근 시간이 8시라 아직도 자고 있었다. 단비는 샌드위치를 하나 먹고 허겁지겁 나갔다.

그녀는 출근하자마자 미화복장으로 갈아입고 계단을 막 쓸고 닦았다.

오늘도 무슨 일이 밖에서 일어났는지 많은 사람들이 아우성치는 소리가 들렸다.

재빨리 창밖을 쳐다보자 심장이 머질 것만 같은 일이 터졌다. 지난번에 이어 오늘도 그 꿈이 생시가 되는 현실을 맞았다.

바로 드라마 '숨겨진 재산' 관계자들이 대거 몰려 있다. 광역도 이리저리 왔다갔다 하고 있다. 단비는 더 가까이서 보기 위해 쏜살같이 내려가 그곳으로 달려갔다.

그도 이 시각 그녀가 달려 내려올 거라고 예상하고 있었다. 사실 이걸 겨냥해 일부러 이곳으로 가자고 유도한 광역이다.

그녀로선 그 무엇보다 지난달 이 지점에서 자신이 광역의 입술을 훔친 달콤한 기억이 뇌리를 스쳤다.

그로써 두 사람은 40일 만에 또다시 보게 되는 순간을 맞았다.

광역은 그녀를 보자 너무 반가워 펄쩍펄쩍 뛰며 "아하! 이렇게 또 보게 되니 너무 반가워요. 우하하하하." 하며 호탕하게 웃었다.

이 순간 반빛나는 지난달 그 문제가 된 방송 사고가 기억이 떠올라 더 이상 안 되겠다 싶어 얼른 조치를 취한다는 일념으로 단비에게 달려들기 시작했다.

"그때 그 여자 아닙니까? 그때 방송을 깨 놓고 오늘 왜 또 난리입니까? 어서 꺼지지 못해?"하며 마치 단비에게 죄인 다루듯 하였다.

그러자 단비도 화가 치밀어 올라 "뭐야? 넌 뭐야? 탤런트나 하는 주제에 말이야!"라며 삿대질을 해 댔다. 그녀들은 서로 고성이 오고 가며 얼굴에 핏대를 올렸다.

그러자 광역은 몹시 당황스러워 얼른 달려들어 둘을 떼 놓으며 단비를 향해 "방송에 방해되는 행동은 삼가 해 주십시오."라고 탤런트 빛나 편을 들었다.

여기까지 단비의 꿈 내용과 너무 일치되는 기이한 일이다.

단비는 지금 이 순간 또 무슨 객기인지 만용인지 모르나 지난달 그때 그 순간처럼 또다시 용기가 발동되었다.

그래서 그녀는 광역의 입술을 잔뜩 노려보다가 느닷없이 그의 입술을 향해 자신의 입술을 갖다 대고 꾹꾹 눌렀다. 이에 그도 깜짝 놀라며 얼굴이 경직되었다.

속으론 무척 반기는 마음도 들긴 하나 내색할 순 없었다.

2월 16일 화요일 아침. 라일락 빌딩 앞에서 또 단비가 광역에게 키스를 퍼부었다.

이 키스 장면에 반한 주변 많은 관객들이 "우아아하하하." 우레와 같은 박수를 치며 또 그때처럼 "와아! 상대역 주인공을 저 여자로 바꿔라 바꿔라 바꿔라" 하고 소리를 질렀다. 이에 광역, 단비는 우쭐한 기분에 사로잡혔다. 그렇지만 상대역 빛나는 독을 씹는 심정으로 치달았다.

그녀에게서 이런 무지막지한 키스 세례를 받은 광역은 하늘이 몽롱하게 보여 그만 감독에게 "아하! 감독님, 이 여잘 제 상대역으로 캐스팅해 주십시오." 하고 충격적인 요청을 하며 고개를 번쩍 들었다.

상대역 반빛나는 완전 충격적인 표정으로 광역을 바라보며 "야 너 지금 미쳤냐? 이게 나 알기를 어디 똥개로 아나?" 하며 죽일 듯이 노려봤다.

빛나도 숙희와 같은 46세라 36세인 광역보다 무려 10살이나 많아 위와 같이 반말로 막 하는 것이다.

그러나 이 주변 분위기는 완전 미화원 복장을 한 단비에게 모든 힘을 실어 주는 형국이었다. 게다가 남자 상대역 광역마저 단비 편을 들고 나오자 분위기는 한껏 달아오르기 시작했다. 그러자 다시 한번 행인들은 "우아하하하하. 이참에 바꿔라, 바꿔라, 바꿔라~ 그래야 이 드라마가 대박 난다. 우하하하하~ 오호 오호 오호." 하며 아까보다 더 크게 함성을 질렀다. 이에 감독도 마음이 흔들렸는지 고개를 끄덕거리며 "자아, 그러면 이렇게 많은 사람들이 저 미화원을 원하는 걸로 봤을 때 한번 몇 가지 테스트를 해 보도록 하겠습니다. 하하하." 하며 단비의 손을 들어 주었다.

빛나는 순간 혈압이 오르기 시작했다.

"아니 감독님, 지금 뭐하자는 겁니까? 이게 뭐 하는 짓입니까? 에잇!" 막말 수준이었다.

그러면서 감독이 서 있는 곳 가까이 다가가 눈을 부릅뜨며 느닷없이 그의 멱살을 움켜잡고 막 당겼다. 너무 놀란 감독은 빛나의 손을 확 뿌리치며 "어어! 이게 이런." 하고 한숨을 푹 쉬고 나서 단비를 가리키며 "이 봐요. 한번 내가 하라는 대로 해 봐요. 준비하세요."라고 말했다.

반빛나로선 최악의 상황을 맞았다. 그녀는 부아가 치밀어 올라 더 이상 이곳에 있어선 안 된다고 판단하여 자신의 차 볼보 S90을 타고 달아나 버렸다.

지금 이 순간 감독이 이런 결정을 내린 배경에는 지난달 이곳에서 이와 똑같은 일이 발생했을 때 단비의 연기 감각이 남다르다는 게 포착됐었기 때문이다.

즉석으로 광역의 상대역으로 변신한 홍단비는 자신이 어젯밤 꾼 그 꿈이 너무 현실적으로 이뤄짐이 그야말로 기적 같았다.

여성 미화원 복장을 바닥에 확 던지며 "와아아아." 하고 함성을 지른 후 아까에 이어 또다시 그의 입술에 자신의 입술을 갖다 대고 더 세게 꾹꾹 눌렀다.

지금 이 시간 라일락쇼핑 관리소장은 미화원 단비가 보이질 않아 창밖을 주시하자 드라마 '숨겨진 재산' 제작진들과 무슨 대화를 주고받는 게 보여 이상하다 여기고 밖으로 나왔다.

관리소장은 나와서 그녀에게 다가가 "단비 씨, 왜 청소 안 합니까? 왜 여기 탤런트들과 이게 뭡니까?" 하며 이상하게 쳐다봤다.

드라마 감독은 나서서 "아하! 그렇습니까? 소장님 여기 여성분이 단비로군요. 이름도 참 예쁘네요. 우리 남자 주인공 채광역 씨와 여기 단비 씨가 너무 잘 어울리는 것 같아 제가 과감히 기존 상대역인 반빛나를 몰아내고 단비 씨를 상대역으로 즉석 캐스팅했습니다. 하하하."라고 결정 내용을 밝혔다.

깜짝 놀라며 "네에 우리 미화원 단비 씨가 탤런트 채광역의 상대역으로요?" 물으며 관리소장은 완전 아연실색했다.

광역도 단비의 이름을 처음으로 알게 되는 순간을 맞았다.

"단비 씨, 이름이 너무 예뻐요. 흐흐흐"

관리소장은 그저 우두커니 바라만 볼 뿐이었다. 소장은 단비가 바닥에 던진 라일락이라 새겨진 미화원 복장을 얼른 주워 들고 한숨을 푹 쉬었다.

감독은 일단 메모된 기본적인 대사를 그녀에게 건네고 숙희에 이어 빛나에 이어 후속 요원으로 적합한지 실험해 보았다.

"단비 씨, 그냥 그 종이를 보면서 하세요. 잘할 것 같아요."

그녀는 이 순간 눈물이 핑 돌았다. 자신이 그토록 오매불망 그리워하던 남자 탤런트 광역의 상대역으로 발탁되다니! 감격 그 자체였다.

감격 그 자체를 한껏 승화하고자 그녀는 이번엔 키스가 아닌 그의 몸을 아주 세게 꽉 끌어안고 막 흐느껴 울었다.

"울지 말아요. 단비 씨."

광역의 따뜻한 위로는 이젠 본격적인 따뜻한 사이로 변하는 순간을 맞았다. 10년 연하의 남자의 에로틱한 목소리였다. 이제부턴 그녀의 진가가 나오는 타임이다.

"나는야 라일락 여인이라네~ 하지만 지금 이 순간 그 꽃에 향기를 달았지! 히히."

이 말에 상대역 광역은 어리둥절했다. 감독은 "단비 씨, 종이에 적힌 대사를 하시죠." 하며 재촉했다.

"네, 그럴까요."

그녀는 메모된 그 종이를 보며 그야말로 제대로 감정을 이입하여 대사를 이어 나갔다. 한 구절인데도 주변 관계자들을 완전 블랙홀에 빠뜨리는 수준이었다. 그만큼 경탄 그 자체였다.

"와아 천재구나 천재! 저렇게 연기를 할 수가 있다니! 으아하하."

"그래그래, 맞아 맞다!" 여기저기에서 감탄하는 소리들…….

감독은 "아아 더 볼 것 없어요. 단비 씨의 연기력은 천재적인 수준입니다. 우리가 바로 즉시 전력감으로 인정하여 채용하겠습니다. 우하하하." 하며 쾌재를 불렀다.

관리소장은 너무 놀라 "와아! 우리 건물 미화원인 단비 씨가 순간적으로 탤런트가 되다니! 너무 대단하다. 대단하십니다." 경탄하며 우레와 같은 박수를 손바닥이 터져라 짝짝짝짝 짝짝 쳤다.

소장은 덧붙여 "오늘 건물 청소는 제가 다 하겠습니다. 너무 감격적인 일입니다." 하며 곧바로 건물로 들어가 단비가 놓고 온 빗자루와 걸레를 들고 이리저리 밀고 다녔다. 단비는 오전에 기본적인 연기를 마치고 드라마 관계자들과 인근으로 점심식사를 위해 들어갔다.

식사를 마치고 나온 그녀는 곧장 라일락쇼핑으로 들어가 사직서를 던져 버렸다.

40여 일간의 라일락쇼핑 미화원 생활을 접었다. 이 사실이 일제히 연예계 기사에 도배되었다. 이날 저녁때가 되자 남편 왕태도 관련 기사를 접하며 알게 되었다.

그는 다소 놀라운 마음도 들긴 했으나 그리 대단하다고 여기지 않았.

그만큼 아내에 대한 관심이 없었다. 어제 광교호수공원에서 수지와 감미로운 첫 섹스가 벌어진 것이 어마어마하게 정신을 혼미하게 했기 때문이었다.

오늘 길거리 캐스팅에 대성공을 거둔 단비는 남편 왕태와 딸 다희에게 알리려고 급히 전화를 넣었다.

왕태는 이 소식을 접하고 그저 대수롭지 않게 무덤덤하게 받아들였다. 이에 부인 단비는 벌써 눈치를 챘다. 그 여자에게 단단히 홀리긴 홀렸구나!

다희는 엄마 단비의 전화를 받고 너무 얼떨떨하여 목소리가 잠겼다.

"아니, 아아아, 어, 엄마, 엄마가 탤런트가 돼? 그게 그, 그럴 수도 있나? 으악."

"얼른 집으로 들어와, 다희야."

남편 왕태는 이런 소식을 받고도 얼른 집으로 들어오질 않고 코라아파트 경비 업무가 끝나고 수지를 만나기 위해 정문 밖에서 기다리고 있었다.

2월 16일 화요일 오후 5시 왕태 퇴근 후 코라아파트 정문에서 수지를 기다렸다.

수지가 나오자 그녀의 차, 롤스로이스를 타고 죽전 쪽으로 달려갔다. 죽전 신세계 백화점에서 내려 에스컬레이터를 타고 유유히 올라갔다.

어제 광교호수공원에서 그녀와 데이트할 때 약속한 고급 의류를 선물할 시간이 왔다. 여성 의류 코너를 여기저기 돌아다니다가 "자아, 수지 씨. 마음에 드는 옷을 한번 골라 보시지요."

"이거 맘에 드는데……!"

"그래요. 어디 한번."

가격대를 보자 어쩜 그렇게 185만 원 그대로인지. 어제 자신이 경비원으로 받은 월급과 완전 똑같았다.

"그래요, 이걸로 하세요. 수지 씨."

"아하! 그러면 되겠다!"

그녀는 나름 만족하는 표정으로 "히히히히." 하며 웃었다.

결국 수지는 왕태로부터 아파트 경비원 한 달 월급 185만 원에 해당되는 의류 선물을 받았다.

"내게 옷을 선물했으니 술값은 내가 내야지! 히히히히." 하고 그녀는 술을 먹자고 권했다.

"아! 그럽시다. 수지 씨."

죽전 신세계 백화점을 나와 먹거리 골목에서 양주와 고급 요리를 먹었다. 한창 먹는 중 아내 단비에게서 전화가 걸려와 안 받았더니 이번엔 딸 다희에게서 전화가 왔다. 그래도 받지 않았다. 다희는 "엄마, 왜 아빠는 전화를 안 받지? 이렇게 엄마가 탤런트가 된 날 축하해 줘야 할 것 아냐?" 하며 다소 짜증난 투로 말했다.

"……."

엄마가 침묵을 지키자 딸은 재차 반복하며 물었다. 이에 속이 터질 것만 같은 단비는 급기야 최근 일어난 아빠의 문제에 대해 털어놓았다.

사실 이 말을 툭 털어놓기엔 적지 않은 부담을 느낀 것은 있지만 이미 그녀로선 이참에 갈라설 계획까지 세워 놓았기에 그럴 수 있는지도 몰랐다. 딸 다희를 포기할 순 없어서 미리 알리고 파경 후 양육권 문제로 다툴 때 유리한 국면을 선점하는 의미도 있었다. 무척 놀라며 충격을 받을 줄만 알았던 다희가 되레 무덤덤하게 받아들이는 표정으로 일관하자 단비는 마음을 놓았다.

"엄마 나도 이미 대충 눈치는 채고 있었어! 난 원래 눈치가 빠른 여자거든."

"으으으으, 너도 그랬구나! 나 참."

모녀가 이토록 집에서 걱정과 근심이 끊이질 않는 시간에 왕태와 수지는 그곳에서 술을 먹고 수지구청역 쪽으로 비틀대며 걸어갔다.

신세계 백화점 앞에다 세워 놓은 롤스로이스는 그대로 그 자리에 있었다.

"수지 씨, 여기 수지구청역 쪽으로 가니 기분이 묘하군요? 수지 씨? 안 그래요? 우린 지금 수지구청역 쪽으로 가고 있잖아요? 하하하하"

"왜 내 이름이 어디가 어때서요? 히히히히"

수지는 지금 이 시간 왕태와 함께 수지구청역 쪽으로 걸어가며 호탕하게 웃었다. 그곳에 거의 다다랐는데 먹거리 골목이 또 나와 또 2차로 술을 들이부으러 들어갔다. 이번엔 맥줏집이었다. 수지는 과부라 아무런 거리낌이 없으나 왕태는 문제가 됨에도 불구하고 개의치 않았다.

이 골목은 유난히 요란하고 복잡한 곳이었다. 한창 정신없이 맥주를 들이붓고 있는데 구석에 코라아파트 입주민인 현 국민밖에 모르는 당 국회 의원 김광복이 여비서 반하숙과 맥주를 먹고 있었다.

이들은 아까 1시간 전부터 이곳에 들어와 계속 술을 마셨기에 얼굴이 취한 기색이 역력했다. 수지는 자리에 앉아 벽에 붙은 메뉴들을 여기저기 훑어보는 중 광복의 얼굴을 보게 되었다.

"어! 저 사람 국민밖에 모르는 당 국회 의원 김광복이잖아! 저 사람도 여기에 왔네!" 하며 혼잣말로 중얼거렸다.

그러자 왕태가 "어! 수지 씨, 그게 무슨 소리에요? 누가 왔다고요?" 하며 뒤를 바라봤다. 왕태는 광복을 보고 누군지 몰랐다. 정치에 별 관심이 없기 때문이다.

16일 저녁. 수지구청역 주변 호프집에서 광복, 수지 부딪치다.

왕태, 수지가 소곤소곤 거리는 사이에 광복도 수지를 보게 되었다.

"어! 저 여잔 우리 코라아파트에 사는 사람이잖아!" 하며 지난달 아파트 공원에서 잠시 부딪혀 대화를 나눈 기억이 뇌리에 스쳐 움찔했다.

하숙도 궁금한 나머지 그쪽을 바라봤다. 수지는 "왕태 씨, 저 사람 몰라요? 성남시 국회 의원이요. 모르세요? 우리 같은 코라아파트의 입주민이기도 합니다."라고 왕태에게 말했다.

"모르죠. 내가 왜 저런 놈을 알아야만 합니까? 정치 사기꾼 새끼들!"

"으하하하하."

방금 전, 거친 욕설을 미세하게 하였으나 국회 의원 광복의 귀에 묘하게 스며들어 갔다.

가뜩이나 자존심만으로 쩔어 붙은 그로선 더더욱 광분할 수밖에 없었다. "뭐야 저건. 감히 나 같은 사람에게 뭣이 어쩌고저쩌고 뭐라고 지랄이야." 하고 자신에게 뭐라고 한 방향을 쳐다보며 날카롭게 노려봤다. 수지와 하숙도 덩달아 대립되는 분위기를 연출했다. 급기야 경비원 왕태도 화가 치밀어 오르기 시작했다.

그래서 벌떡 일어나 광복이 앉아 있는 쪽으로 천천히 걸어갔다. 그러자 몹시 놀란 수지가 뒤따라 붙으며 "왕태 씨, 그러지 말아요. 그러면 안 됩니다." 하고 팔을 잡아당겼다.

지금 왕태가 유난히 정치인에 대해 증오를 느끼는 이유는 몇 해 전 자신이 야심찬 주식 투자를 하다 폭삭 망했는데 그 당시 주가 조작이 횡행했고 또 작전 세력들과 정계 관련자들이 상당히 연결됐다고 알려졌기 때문이다.

그렇다고 광복이 꼭 연루됐다고 볼 순 없지만 왕태는 정치에 정자만 나와도 극심한 알레르기를 느꼈다.

왕태는 "당신이 우리 코라아파트의 입주민이야?" 하며 눈을 부릅떴다.

광복은 이 난리 치는 사람을 어디선가 본 듯한 기억이 계속 밀려왔다. 하지만 선명히 떠오르진 않았다. 기억이 날 듯 말 듯 눈만 깜빡깜빡하는 사이에 수지가 광복에게 "국회 의원님, 이 사람은 우리 코라아파트 경비원입니다. 그냥 이해하시고 얼른 자리를 피하세요. 그냥 실수로 한 말 같습니다."라고 제안했다.

"이렇게 피할 순 없다. 경비원 주제에 말이야!"

"뭐? 경비원 주제에라고?"

방금 전 국회 의원 광복이 경비원을 비하하는 말을 하자 왕태는 격분을 감추지 못했다.

"야, 이 자식아. 네가 국회 의원이면 국회 의원이지 의원 새끼가 뭐 별거라고……. 네가 볼 땐 경비원들이 다 나처럼 소외되고 못 배우고 가난한 사람들만 하는 줄 알지? 물론 너처럼 생각하는 인간들이 엄청 많긴 해. 그런데 실상은 그렇지 않아. 나는 극빈층이라 이 일을 하지만 다른 아파트 가 보면 상류층, 부유층이고 잘 배운 놈들인데도 집에서 놀기 갑갑해서 소일거리라도 하려는 경우도 엄청 많다. 이렇게 사회 현실을 뭘 제대로 알고나 떠들어라. 그래야 국민들의 마음과 현실을 더 자세히 알 수가 있지. 그래야 제대로 완전한 민의를 대변하고 그런 거야!"

이들은 신분에 대해 날선 신경전이 일어났다.

광복은 혈압이 터질 것만 같았다. 정치 사기꾼이란 소릴 들어서다. 그러나 왕태가 대놓고 한 거라기보단 그저 멀리서 혼잣말로 중얼거리듯 한 거라 별 의미가 없을 수도 있었다.

"내게 정중히 사과하면 욕설로 인한 법적 조치는 거둘 수도 있다."

그의 입에서 법적 조치란 말이 나오자 왕태는 더더욱 감정이 격해졌다.

왕태는 느닷없이 국회 의원 광복의 멱살을 움켜잡고 추켜올렸다. 그러자 여비서 하숙은 펄쩍펄쩍 뛰며 "아니, 지금 뭐하는 겁니까? 얼른 이거 놓지 못해요. 이분은 바로 성남지역구 국회 의원이십니다. 빨리 그 손을 놓으십시오. 제가 비서로서 강력히 경고합니다." 하며 제재했다.

이에 아랑곳하지 않은 왕태는 왼손으로 계속 멱살을 잡은 채 오른손으로 그녀의 가슴을 확 밀쳐 버렸다. 퍽퍽….

그런데 또 다른 문제는 그 가슴을 밀치는 과정에 여성의 은밀한 부위가 그의 손에 정확히 맞닿았다는 것이다.

"어어! 이 아저씨 지금 어딜 손에 대는 거야? 당신 지금 날 성추행한 거야!" 하며 하숙의 얼굴이 완전 경색되었다.

이를 보던 수지는 "명색이 국회 의원 비서란 여자가 그게 할 소리야? 이 남자가 그냥 그러겠냐고 자꾸 당신들이 엉뚱한 소릴 하니까 그렇지! 어휴~ 이 시발." 하며 격한 반응을 쏟아 냈다.

이로써 쌍쌍이 짝을 이루어 격돌하게 되는 상황을 맞았다.

급기야 맥줏집 사장이 황급히 달려왔다.

"아아아, 손님들 여기서 이러지 말아요."

수지가 위와 같이 "성남 국회 의원과 여비서 참 잘한다. 여기 수지구청역 옆 먹거리 골목에 와 벌건 밤에 술이나 퍼먹고 말이야!" 재차 독설을 퍼부으며 더 한술 더 떠 "김광복 의원은 이 여비서로도 양이 차질 않아 지난번 코라아파트 공터에서 내게도 접근하더니 내가 무시하고 피하니까 여비서를 데리고 놀고 있구만. 당신 몇 년 전에도 이 여비서를 데리고 코라아파트에 들락날락거렸단 기사가 언론에 도배됐지?" 하며 그의 치부를 드러내며 공격을 퍼부었다. 그러자 사장은 실내가 어둑어둑하여 잘 몰라봤는데 이 말을 듣고 자세히 보니 국회 의원 김광복이 맞았다.

"아니, 의원님께서 여기에 다 오시고 저는 여기 맥줏집 사장으로서 의원님을 제일 존경하고 있는 한 사람입니다. 하하하하."

광복은 여간 입장이 난처한 게 아니었다. 이를 눈치챈 여비서 하숙이 그의 옆구리를 꼬집었다. 알아챈 그는 쏜살같이 밖으로 나가 버렸다. 하숙이 계산을 하고 뒤따라 나갔다.

차량 기사가 대기하고 있던 차에 올라타 황급히 다른 곳으로 달아났다. 지금 계속 그 맥줏집에 남아서 술을 먹는 수지, 왕태는 줄기차게 국회 의원 광복에 대해 험담을 늘어놓았다.

"난 코라아파트 경비로 한 달 반 있으면서 저놈을 본 적 없습니다. 하하하."

"뭐! 못 볼 수도 있지 뭐. 히히히."

지금 한참 여비서 하숙과 멀리 피한 광복은 경비원 왕태에 대해 앙금이 증폭되어 갔다.

그는 이미 머릿속으로 저 경비원을 해고 조치해야겠다는 구상을 했다. 그러기엔 코라아파트 관리소장에게 엄청난 압박을 넣어야만 하는데 그게 그리 쉬울지 모를 일이었다.

괜히 한참 국회 의원이랍시고 이런 아파트 관리 운영 경영에 대해 끼어들었다가 자칫 알려지기라도 하면 완전 개망신을 당할 수도 있고 더 알려지면 직권 남용 같은 걸로 의원직을 유지하기가 어려울 수도 있는 상황이 올 수도 있었다.

여비서

이미 이 정도 생각은 하고 있는 터라 다른 제3의 방법, 꼼수로 그를 몰아낼 복안을 세울 공산이 컸다. 아파트 주변을 산책이라도 하다 맞부딪히면 여간 괴롭고 짜증날 일이 아닐 수 없기 때문이다.

기사가 들을 수 있기에 코라아파트에 내린 후 보내고 난 뒤 하숙과 이 대목을 논의하기 위해 공터로 갔다. 차량 기사는 제네시스 90을 한참 타고 가다가 무슨 심술이 불었는지 은밀히 코라아파트 인근으로 돌아와 차를 세우고 공터로 쥐도 새도 모르게 걸어왔다.

그가 다시 온 사실을 단 1%도 예상할 수 없는 상황에서 하숙, 광복은 이 코라아파트 경비원을 해고 조치 취하는 내용을 의논하고 있었다. 문제는 차량 기사 홍수황이 다 듣게 되었다는 것이다.

내용은 이랬다.

"하숙아, 그놈이 감히 하늘같이 높은 말이야, 다음에 국민밖에 모르는 당 대표가 될 하늘같이 높은 내게 막말하는 것 봤지? 내가 이 아파트 관리소장에게 압력을 넣어 저 자식을 쫓아낼 거라고. 물론 내가 한 게 아닌 것처럼 제3자를 하나 끌어들여야 되겠지! 우하하하하."

"맞아요, 의원님. 그런 놈은 그냥 둬선 안 됩니다. 어디 감히 아파트 경비원 주제에 다음 유력 당 대표가 되실 우리 김광복 집권당 국회 의원께 그럴 수가 있겠어요. 어휴~"

"그래그래, 난 우리 하숙이 밖에 없다! 크크크크큭."

이들은 취기가 가시질 않아 혀가 꼬부라진 채로 말하다가 하숙이 느닷없이 자신의 입술을 그의 입술에 갖다 대고 꾹꾹 눌렀다.

이 장면을 차량 기사 수황이 보고 속으로 "어휴~ 저런 것들이 국정을 이끌어 나간다고. 쯧쯧, 내가 네들 싣고 다닌다는 게 진짜 쪽팔린다." 하며 재빨리 핸드폰을 꺼내어 동영상을 찍었다. 기사가 된 지 불과 3개월밖에 되지 않은 수황은 몇 해 전 이들의 코라아파트발 불륜 행각과 사회적 파장에 대해 자세히 몰랐다. 그 당시 다른 일을 하던 수황은 세파에 찌들어 텔레비전을 제대로 본 일이 없기에 그런 사회 기사를 잘 알지 못했다. 지금에야 이들의 이런 행각을 인식하는 순간이었다.

"하숙아, 저기 우리 집으로 들어갈래? 저번에 저길 들어가고 한참 안 들어갔잖아?"

"그렇긴 한데 의원님, 지금은 시간이 너무 늦었습니다. 집에서 남편이 기다리고 있어요. 너무 늦으면 의심할 수도 있죠 여간 신경 쓰이는 게 아니야!"

지금 어느 정도 떨어진 지점에서 이들의 대화를 기사 수황이 다 찍고, 듣고 있으니 앞으로가 문제가 될 듯했다.

수황은 혼잣말로 "아아! 지겹다, 지겨워. 나도 이거 못 할 짓이다." 하고 촬영을 중단한 뒤 돌아서 풍덕천동으로 갔다. 광복은 하숙을 데리고 아파트로 들어가려고 애를 썼으나 그녀는 오늘 시간이 안 좋다며 거부의 뜻을 표했다. 그러는 사이 그녀에게 어디선가 전화가 걸려오는데 바라보자 남편이었다.

"쉿! 일단 전화 좀 받고."

그녀의 남편 허표빈은 매우 거친 목소리로 "야, 너 지금 뭐 하는 거야? 왜 집에 들어올 생각을 안 하는 건데?"라고 물었다.

"그래, 잠시만 기다려. 들어갈게. 자기 주려고 과일 가게에 들러서 조금 늦는 거라고."

그녀는 끊고 나서 깊은 한숨을 내쉬었다. 한편 남편은 부인을 의심하기 시작했다.

몇 해 전에 그런 불미스런 일이 있었지만 큰 틀 대인배 정신으로 견뎌 왔는데 아내가 또 도진 것 같은 느낌을 좀처럼 지울 길이 없었다.

점점 표빈의 인내심에 한계가 오는 듯했다. 외동딸을 생각하여 이를 악물고 참아 온 그였다. 하숙은 자신의 집 용인 기흥구 하갈동으로 택시를 잡아타고 내려갔다. 하갈동 하갈아파트 에이동 101호가 집인데 들어가자마자 남편 허표빈의 얼굴빛이 몹시 안 좋았다. 마치 성난 하이에나 같았다.

"야, 하숙. 너 뭐 하는 여자야? 너 왜 그래? 오래전에도 너 지랄 떨고 다닐 때 내가 내 정신으로 참은 줄 알아! 내 딸래미 하나를 생각하며 참은 거다. 그때 우리 채나가 없었다면 넌 벌써 죽었어! 으으으으!"

허표빈은 딸 채나를 들먹이며 갑자기 비명을 질렀다.

불과 저녁 9시가 조금 넘어간 시간인데 이토록 압박을 가하는 그였다.

시간이 중요한 게 아니라 뭔가 께름칙한 느낌이 들어서다.

이에 그녀는 매우 태연한 척하며 "아니, 난 국회 의원 비서관이라 국회 활동을 위해 이것저것 자료를 준비할 게 많다고……. 나도 자기와 오붓한 시간을 많이 갖길 원해. 히히히히." 하며 마지막엔 웃어 버렸다. 그러다가 슬며시 그에게 가까이 다가가 입술을 꾹꾹 눌렀다. 남편 표빈은 워낙 단순한 성격이라 또 속아 넘어갔다.

더 완벽히 속이기 위해 난데없이 그의 몸을 안마까지 해 줬다.

이로써 무사히 위기를 넘기는 그녀였다.

한편, 현재 국민밖에 모르는 당 김광복이 발의하여 지금 한참 시행되고 있는 음화 제조 소지 반포 처벌 특별법은 여러 가지 부작용도 존재하긴 하지만 일사천리로 진행되어 갔다.

적발 건수도 엄청나게 늘어나고 있었다. 고등학생부터 시작하여 성인들까지 망라하였다. 이로써 일시적이긴 하지만 김광복 의원의 인기는 하늘을 찌를 듯하였다.

문제는 이런 법안 자체가 특히 여성의 인권 보호라는 데 초점이 맞춰지긴 했지만 그즈음 갑작스레 남성이 피해를 보는 사례가 하나 등장하고 있었다.

2월 17일자 조간신문에 도배된 사회면 기사인데, 고3 남학생이 여러 명의 여대생들의 꾐에 넘어가 강남 대치동의 한 오피스텔에서 나체로 음화를 촬영하여 반포한 혐의로 입건된 사건이다.

'강남고등학교 3학년 김인철은 인터넷 카페로 알게 된 서울대학교 여대생 5명의 찜으로 자주 만나서 술도 여러 차례 먹다 여학생 중 한명이 거주하는 강남 대치동의 한 오피스텔에서 양주를 퍼붓고 음화를 찍어 제조한 뒤 소지하다 반포한 혐의로 수사 기관에 입건되었습니다. 김인철 학생은 자신의 가족 관계라든가 이 사건의 경위에 대해선 일체 입을 열지 않고 있습니다. 그저 스트레스가 많아 그랬다고만 밝혔습니다. 이상으로 사회부 정병삭 기자였습니다.'

유티아 아침 뉴스에 보도된 내용이다. 김광복은 아침에 눈을 뜨며 무심코 텔레비전을 켰다가 유티아 뉴스를 보자 가슴이 철렁하며 심장이 멎는 듯했다.

까닭은 김인철의 사진과 학교로 볼 때 자신의 아들이기 때문이었다.

부인 채희미와 15년 전 이혼하여 엄마 밑에서 자란 아들 인철이 어느덧 고3이 됐는데 이런 사회 문제를 일으킨 것 자체가 여간 괴롭고 고통스러운 게 아니었다.

하필 자신이 만든 초강력 처단 특별법으로 아들이 법망에 걸려들게 생겼으니 말이다.

유티아 아침 뉴스를 미쳐 못 본 현재 양육권자인 어머니 채희미는 정오가 다 되어서 알게 됐다. 강남경찰서 강력계로부터 통보가 와서야 알게 된 것이다.

희미는 마음이 아팠다. 아들 인철이 이런저런 스트레스에 시달렸다는 것은 알고 있었지만 이런 일이 일어날 줄은 꿈에도 상상하지 못했다.

현재 시민 단체 바른생활실천모임 회장직을 맡고 있는 그녀는 허겁지겁 강남경찰서로 달려갔다. 들어가자마자 희미는 흐느끼며 "야, 야, 인철아, 이게 어떻게 된 일이야? 으으으윽." 하며 괴로움을 금치 못했다.

이에 아들 인철은 아무런 말없이 고개를 숙였다. 이번 음화 사건의 관련자 5명의 여학생도 옆에 붙잡혀 있었다.

희미는 여자들을 매섭게 노려보다 갑자기 달려들어 "네년들 때문에 우리 인철이가 이렇게 된 거야! 우리 애는 피해자라고!" 하며 고래고래 소리를 질렀다.

그러다가 서울대 여학생 5명을 때리려고 하자 지켜보던 순경이 재빨리 달려들어 가로막았다.

"아줌마, 지금 아줌마가 그러면 안 되죠. 저리 비켜요."

담당 순경은 "아줌마가 이 남학생의 어머니로군요. 강남고 3학년 김인철군은 여기 옆에 있는 서울대 여학생 5명과 한 명씩 번갈아 가며 음화를 찍어 판매까지 했습니다. 이 건은 그리 단순치가 않습니다. 왜냐하면 지난달 국회법사위에서 통과된 특별법 때문입니다. 특히 집권여당인 국민밖에 모르는 당 김광복 국회 의원이 발의한 법안인데 어마무시한 가중처벌 규정이 있습니다. 김 의원만 아니었다면 이 죄가 그렇게 크진 않았으나 김 의원의 영향으로 무지막지하게 강화되고 형량도 5배나 늘어났으며 벌금도 10배 이상 늘어나 버렸습니다. 이에 일선 경찰에선 이 규정을 따를 뿐입니다. 자, 그만 저리로 물러나 계십시오. 이젠 아들과 여기 옆에 있는 여성 5명은 대폭 강화된 특별법으로 처벌을 받게 될 것입니다."

"뭐야? 국회 의원 김광복이 그랬다고……?"

희미는 속이 더더욱 찢어졌다. 김광복은 15년 전 자신의 남편이었기 때문이었다.

그 당시 이혼할 때 아들 하나, 딸 하나인데 나 대신 잘 키워 달라고 신신당부를 했던 그였기 때문이다. 이것은 지나간 과거사이지만 왜 하필 지금 형국에 그런 쓸데없는 특별법을 만들어 우리 아들을 더 깊은 수렁에 빠뜨리는 것인가!

이런저런 좋지 않은 감정들이 밀물처럼 밀려왔다.

물론 그가 우리 아들을 골탕 먹이려 겨냥했다고 생각하진 않지만 결과론적으로 이렇게 되었기 때문이다.

비통한 심정 가눌 길이 없는 순간에 강남경찰서 벽에 붙어 있는 텔레비전을 통해 뉴스 속보가 요란하게 나오고 있어 집중하게 되었다. 나오는 순간 그녀는 "어어어어. 이건 또 뭐야! 으으으." 하며 어리둥절한 기분 속으로 빠져들었다.

'김광복 의원의 차량 기사 홍수황의 폭로가 이어지는 내용'이라 그녀는 깜짝 놀라며 뉴스에 집중했다. 수황이 동영상을 들고 나와 기자들에게 유포하는 장면이 나왔다. 김광복과 여비서 반하숙의 밀월을 알리는 것이었다. 수황의 결심은 어젯밤 찍은 동영상을 알려 국민에게 판단하게 했다.

그러면서 그는 차량 기사를 관둔다는 말도 덧붙였다. 정치부 기자들을 다 모아 놓고 대폭로했다. 국정을 이끌어 가는 자가 이래서 되겠는가? 라는 명분을 걸고 외치고 있는 중인데 생방송이라 파급력도 상당했다.

희미는 이 속보를 보자 어리벙벙한 기분이 되었다.

방금 전 속으로 그를 찢어지게 원망했는데 불과 몇 분도 지나지 않아 그가 저런 구설수에 휘말리니 그랬다.

사실 광복으로서도 이번 건은 그리 쉽게 넘길 수가 없을 듯했다.

2016년에도 여비서 반하숙을 데리고 코라아파트에 들락날락한 것은 업무 목적이니 잘 못 봤다는 둥 이리저리 온갖 핑계를 대며 빠져나갔지만 이번은 조금 달랐다.

차량 기사 홍수황의 명백한 증거물에 의한 폭로가 뒤따르기 때문이다.

게다가 하숙의 남편 허표빈의 대응도 만만찮을 것으로 보였다.

점심때가 조금 넘어서야 광복은 재방송 뉴스를 통해 차량 기사의 대폭로를 접하게 되며 망연자실한 상태로 빠져들었다.

아들의 음화 특별법 입건과 자신의 불륜 건이 동시에 터지니 그야말로 미칠 지경이었다.

잠시 착잡한 가슴을 짓누르며 멍하니 대책을 생각하는 중 현관문을 요란하게 두드리는 사람들이 있었다.

마포구 공덕동 자이아파트 주변에 위치한 건물에 의원 사무실을 설치하였는데 이곳의 문을 마치 때려 부숴 버릴 듯이 두드리는 것이었다.

혼자 있었던 그는 다소 당황스러웠지만 뭐 별일이야 있겠나! 싶어 다가가 문을 열었다.

열리자마자 번개같이 여비서 하숙과, 남편 표빈이 독을 뿜을 듯이 들어왔다.

속보를 접하자마자 쳐들어온 듯했다.

표빈은 다짜고짜 "야, 이런 개자식아~"라고 거친 욕설을 퍼부었다. 그러곤 국회 의원 광복의 멱살을 추켜올리며 느닷없이 오른손으로 그의 귀싸대기를 아주 세게 후려쳤다. 또 왼손으로 후려쳤다. 또 오른손, 왼손 번갈아 가며 마구 후려쳤다.

"하지 마. 그러지 마, 자기야. 그러지 말라고." 하며 아내 하숙이 표빈을 잡아당겼다.

그러자 표빈은 더더욱 감정이 사나워져 이번엔 하숙을 향해 오른손, 왼손을 번갈아가며 귀싸대기를 마구 후려쳤다.

부부가 같이 오게 된 건 표빈이 하숙에게 오라고 협박한 후 이곳에 들어와 다 들으라고 강력한 레드카드를 꺼내려는 발상이었다. 어느 정도 분이 풀릴 정도로 그들의 귀싸대기를 후려친 표빈은 "이 새끼들아, 내가 몇 년 전에도 속이 완전 뒤집히는데도 내 외동딸 채나를 생각해 이를 곱씹으며 참았다. 그 당시 5살인 채나가 너무 불쌍해 차마 그럴 수 없었다. 그때 네년에게 그렇게 충분히 말을 했으면 알아들어야지, 지금 또 이게 뭔가? 어휴~ 이런 더러운 년아!" 하며 둘을 싸잡아 맹비난했다.

아까 광복은 얻어터질 때 귀쪽에 강타를 당해 귀밑에서 피가 줄줄줄 흐르고 있었다. 피가 바닥으로 뚝뚝뚝 떨어졌다.

"어! 피, 내 피가 떨어진다. 으으으."

그는 피를 무척이나 소중히 여기는 사람이라 얼른 화장지를 뜯어 귀에 갖다 댔다.

표빈은 둘에게 "얻어터져 억울할 테니 얼른 112에 신고해. 신고하라고. 신고해 봐!" 하며 윽박질렀다. 하지만 그들은 움쩍도 하지 못했다. 자신들의 행동이 너무 삐뚤어져 있어 자칫 더 대형 사건으로 확대될 공산이 크기 때문이었다.

표빈은 아내 하숙을 데리고 나가며 "이제 모든 게 다 끝났어! 끝난 거야!" 하며 고함을 쳤다.

이들이 빠져나간 의원 사무실엔 황량한 적막감이 휑하니 불었다.

광복은 홀로 남아 괴로움의 고독을 씹어 가며 중국산 담배를 하나 꺼내어 물고 불을 붙였다.

담배가 다 타들어 가고 있을 즈음 인터넷을 켜자 벌써부터 자신에게 쏟아졌던 어마어마한 찬사들이 한순간에 수포로 돌아가며 음화 처단 특별법의 공로로 보내 준 후원금도 환수하겠다는 글들이 여기저기 등장했다.

즉, 수많은 지지자들과 네티즌들은 음화 처단 특별법을 만들 정도의 올바른 정의 사회 구현 정의감을 지닐 정도면 그런 여비서와의 불륜 건은 당연히 없어야 했다는 것이었다. 있을 수 없는 사건이다. 즉, 자격과 요건에 미달된다는 것이다.

한 댓글은 '이봐 김 의원 나리, 이런 걸 보고 자기 발등을 찍는다고 하는 거야.'라고 올라왔다. 이에 공감하는 글들이 줄줄이 달라붙었다.

순식간에 악성 댓글이 수천 개가 넘으며 포화 상태가 되자 그는 정신이 돌 정도로 멍멍했고 심장이 멎는 듯했다.

게다가 여비서 하숙의 남편 이혼 소송과 더불어 3천만 원 위자료 청구도 들어올 게 뻔했고, 자신이 만든 강화된 특별법으로 아들 인철이 가중 처벌까지 받게 생겼으니 엎친 데 덮친 격이었다.

잠시 몽롱한 심정으로 머릴 탁자 위에 올려놓고 가만히 있는 사이 또 누군가가 문을 두드렸다. 혹시 아까 와서 난리를 치고 간 하숙의 남편일까! 두려워 열지 않고 그냥 가만히 있었다.

그랬더니 막 두드리면서 웬 여성의 목소리가 들렸다. 하숙의 목소리가 아닌 듯했다. 이건 뭘까! 궁금하여 다가가 열자 옛 부인 채희미였다. 강남경찰서에서 곧장 이리로 달려온 것이었다.

서로는 놀라기도 했지만 당혹스러움이 더 컸다.

그는 희미가 여기에 왜 왔을까 생각했다. 그녀는 다짜고짜 "으으으. 나 지금 강남경찰서에서 오는 거야. 당신 때문에 당신의 엉뚱한 짓 때문에 우리 인철이가 10년 감방 가게 생겼다고! 아아아아악악! 또 뭔 돈이 있다고 10억의 벌금까지……." 하며 괴성을 질렀다.

그러면서 주먹으로 그의 가슴을 세게 찍었다.

"어어어어억."

그녀는 여성이지만 있는 힘을 다해 치는 거라 나름 파워가 실려 있었다. 광복은 아까에 이어 또다시 폭행을 당해 바닥으로 퍽 하고 쓰러졌다.

쓰러진 그에게 옛 부인 희미는 물을 쫙쫙 뿌렸다. 이것으로도 분이 풀리지 않아 구둣발로 그의 옆구리를 세게 걷어찼다.

"으아아아악악."

희미는 그대로 나가 버렸다. 그녀는 돈이라도 해결해 달라고 하려다가 너무 더러운 기분에 그냥 나가 버린 것이다. 광복의 아픔은 몇 배로 늘어났다. 잠시 앞이 아무것도 보이지 않아 사무실 바닥에 누워 천장만을 바라봤다. 속으로 '아아 내가 너무 무리하여 화를 키웠구나! 또 내 꼴은 이게 뭐야. 그 기사 놈이, 내가 그놈을 경계했어야 했는데 말이야. 으으윽.' 하고 피눈물을 흘리며 탄식했다.

무리하게 음화 처단 특별법으로 페미니즘을 자극하여 여성들에게 인기를 끌어올리고 국민밖에 모르는 당 대표가 된다는 광복의 야심찬 목표가 되레 큰 자충수가 되어 참혹한 순간을 맞이했다.

그래서 죄책감마저 들기 시작하여 그야말로 정말 미쳐 죽을 지경이었다.

그러면서 "으으. 그냥 청소년은 그 처단 특별법에 해당되지 않는다고 예외 규정을 둘걸! 괜히 다 집어넣어 버리는 바람에 내가 내 발등을 찍다니. 아아! 우리 아들 인철이를 어쩌지. 내 아들이 너무 불쌍하다. 남의 아들들은 그렇게 걸리든 말든 상관없지만 우리 아들 걸린 건 정말 큰일이다. 미치겠다. 아아! 죽고 싶다. 죽고 싶어 우리 아들을 이 법망에서 어떻게 빼낼까! 빼낼 묘수가 뭐지." 이런 뚱딴지같은 궁리를 했다.

오후 4시쯤 되자 이번엔 남자 비서관 한 명이 쓱 들어와 "의원님, 이번에 불거진 사건 잘 아시죠? 우리 당에서 의원님을 윤리 위 회부에 당원권을 박탈하고 출당 조치할 거라는 통보가 왔습니다. 너무 안타깝습니다. 이를 어쩌지요." 하며 괴로운 표정을 지었다.

"그래, 알았어. 알았으니 그만 가 봐."

"네."

광복은 그저 아무것도 못하고 소파에 기대어 앉아 회한의 눈물을 흘렸다.

차량 기사 수황은 아까 점심때 국민에게 고하는 대폭로 후 사직하고 핸들을 놓고 홀연히 가 버린 상황이라 광복은 기사를 부를 수도 없었다. 한 시간 더 앉아 있다 일어나 대중교통으로 자신의 집 코라아파트 앞에 내려 맥없이 걸어가는데 수지가 놀이터에 앉아 담배를 유유히 피워 대고 있었다.

광복과 수지의 두 눈이 딱 부딪쳤다. 서로는 움찔했다. 이미 수지도 오늘 뉴스를 통해 김광복이 의원직 박탈될 거라는 내용을 알고 있었다. 그래서인지 그녀는 조금 비웃는 표정을 지었다.

이를 눈치 챈 그는 짜증이 나 고개를 옆으로 확 돌려 버렸다. 서로는 어제 날선 언쟁을 벌여 신경이 사나운 상황이었다. 그가 뚜벅뚜벅 자신의 동, 을동으로 향하자 그녀가 뒤따라 붙어 무슨 말을 하려는 몸짓을 취했다.

뒤를 확 돌아서며 "아니, 이봐 아가씨. 당신과 난 할 말이 없는 사람이요. 어제 그 남자 경비원을 좋아하니 잘해 보시오. 저리 가."라고 말하며 노려봤다.

"아닙니다. 난 그 경비를 그리 좋아하진 않습니다. 그 누구도 좋아하지 않아요."

광복은 어이가 없는 표정을 지으며 "참 나, 별일이네!" 하고 잰걸음으로 갔다.

그러자 그녀는 더 빨리 걸어가 그를 가로막으며 "잠시, 잠시만요. 얘길 나눠요." 하며 손으로 막았다.

광복은 그녀가 무슨 시비를 거는 줄 알았다. 그래서 더 빨리 피하려는 건데 그녀가 완강히 막자 잠시 그 자리에 섰다.

"왜요? 나하고 뭔 얘길 하려고……?"

"우리 힘든 인생끼리 저기 벤치에 앉아 '인생이란 무엇인가!'에 대해 토론이나 해 봅시다. 의원님의 고통을 제가 풀어 드릴 수도 있습니다. 히히히."

이상하단 생각은 들었으나 도대체 이 여자가 왜 그러는지 영문이나 알자는 생각으로 가서 앉았다.

그랬더니 그녀는 "오늘 유티아 아침 뉴스를 보니까 세상에 고3 남학생하고 여대생 5명하고 포르노를 찍어 판매하다가 적발됐다고 나오던데요. 혹시 김의원이 만든 법안으로 이 사람들 엄청나게 더 처벌될 거잖아요?

맞죠?"라고 오늘자 보도를 말했다.

광복은 가슴이 쿵 했다. 자신의 아들을 거론했기 때문이다. 김인철이 자신의 아들이라고 보도된 게 없으니 아직은 괜찮지만 무척 신경 쓰이고 괴로웠다.

그래서 잠시 침묵을 유지했다.

말이 없자 수지는 다소 겸연쩍은 기분에 사로잡혀 자신도 덩달아 침묵을 유지했다.

그러다가 침묵을 깬 건 광복이다.

"아! 그건 그렇고 아가씨, 본론을 말하세요. 왜 날 잡아 둔 거요? 뉴스 봤다니까 알겠지만 난 지금 이리저리 꼬인 사람입니다. 당에서 쫓겨날 수도 있고……!"

"난 과부입니다. 2016년에 그렇게 됐습니다. 당신은 무슨 일로 이 아파트에서 여비서와 들락거리고 그랬습니까? 집에 아무도 없어요? 당신도 부인이 없는 홀아비입니까?"

가뜩이나 괴로운데 그녀가 무슨 심문하듯 캐묻자 광복은 숨통이 막히는 듯하였다.

2월 17일 수요일 저녁 6시 반, 코라아파트 놀이터에서 광복과 수지의 대화다.

몹시 화가 난 반말 투로 "그렇다. 왜? 당신은 뭐하는 여자야? 생긴 게 좀 수상하게 생겼어. 당신 뭐야?" 하고 죽일 듯이 노려봤다.

느닷없는 반말에 수지도 조금 놀라며 "당신이 정계에서 쫓겨나게 생겨서 신경이 엄청 예민한가 보네요. 너무 그러실 것 없어요. 원래 인생은 공수래공수거잖아요." 하며 고개를 푹 숙였다.

공수래공수거란 말이 무척 의미 있는 말이긴 하지만 그가 듣기엔 자신을 빈정거리는 듯한 말이라고 해석했다.

"아가씨, 지금 날 약 올리는 거야? 뭐야?"

"아닙니다. 제가 왜 하늘처럼 높은 집권여당인 국민밖에 모르는 당 김광복 의원님을 약 올리겠습니까?"

"흐흠, 병 주고 약 주고 있네! 에잇 참 더럽다."

그는 놀이터 바닥에 가래침을 확 뱉어 버렸다.

"어휴~ 국정을 이끄는 자가 바닥에 침을, 이거 공중도덕도 안 된 인간이잖아!"

한심하단 표정으로 그를 쳐다보다가 수지는 영국산 담배를 하나 꺼내어 피우며 두 모금 빨더니 바닥에 확 던져 버렸다.

"당신이 공중도덕을 안 지키니까 나도 똑같이 도덕을 안 지켜 봤습니다. 에잇!"

이번엔 광복이 중국산 담배를 꺼내어 입에 물려는 순간 이미 퇴근했을 시간이 넘었는데 경비원 왕태가 아직 가질 않고 천천히 놀이터 쪽으로 올라오고 있었다.

왕태가 오는 모습을 보자 수지는 약간 움찔했다. 그녀의 심리상태는 오락가락했다.

어제까지만 해도 왕태와 뜨겁게 만나더니 오늘부터 희한하게 거리를 두기 시작했다. 그 증후로 그가 아까 5시경 퇴근 때 전화를 했는데도 안 받았다는 부분이다.

그래서 그가 아직 안 가고 여기저기 배회하다가 이곳으로 올라오는 것이었다.

아직은 그녀의 집이 아파트 몇 동, 몇 호인지 모르니 쇄도할 순 없었다.

왕태의 눈에 그들의 모습이 포착됐다.

그의 눈은 몹시 휘둥그레지며 당혹스러운 표정으로 변했다.

"수지 씨, 거기서 지금 뭐하고 있는 겁니까? 아니 이게 이럴 수가!"

그와 반대로 그녀는 그저 아무렇지도 않게 태연하고 다소 귀찮은 듯한 표정이었다.

하지만 광복은 조금 당황스러운 표정이 역력했다. 그는 이 상황만으로 그런 것은 아니고 현재 자신의 신상이 무척 심란하기 때문이었다.

왕태는 그 벤치로 다가가 "수지 씨, 도대체 이게 뭡니까? 제 전화는 받진 않고 여기서 이런 사람과 데이트를 즐기고 있었단 말입니까?" 하며 얼굴을 붉혔다.

가뜩이나 신경이 사나운 광복은 방금 전 이런 사람이란 말에 슬슬 속이 부글부글 끓어오르기 시작했다.

뭐라고 반격을 가하고 싶은 충동은 굴뚝같으나 다 필요 없는 일이라 판단하여 그저 꾹 참고 버텼다. 또 어제 수지구청 부근 먹거리 골목에서 벌인 언쟁을 재현하고 싶지 않은 것이다.

완전히 예상치도 못하게 수지는 벌떡 일어나 "아니, 이봐 아저씨. 경비 일 끝났으면 얼른 집에 가서 잠이나 자지 왜 여길 와서 난리 치는 거야?" 하며 핏대를 올렸다.

불과 하루 만에 돌변한 그녀였다.

이에 광복도 매우 놀라며 의아한 기분에 사로잡혔다. 이에 더더욱 놀라고 황당한 건 단연 왕태였다.

급기야 왕태는 매우 충격적인 기분에 "아니, 수지 씨. 엊그제 저와 광교 호수공원에 가서 첫 섹스까지 하고도 지금 이게 뭡니까? 왜 그리 오락가락하는 겁니까? 당신 정말 이상한 여자 아냐? 또 어제는 내 경비 월급 다 털어 죽전 신세계 백화점에서 여성 최고급 의류 185만 원짜리 선물까지 받았잖아요."라고 독설을 내뿜었다.

이에 광복은 어느 정도 예상은 했지만 다소 놀랐다. 이러는 중 아파트 입주민들이 10명이나 넘게 우르르르르 몰려오고 있어 이들은 갑자기 말을 멈췄다.

입주민 중 일부가 국회 의원 광복을 알아보는 이가 있는 듯 집중하여 쳐다보자 그도 괴로운 듯 재빨리 벌떡 일어나 자신의 동으로 황급히 이동했다.

수지도 곧바로 일어나 자신의 동으로 달려갔다. 그만큼 왕태를 대하고 싶지 않다는 심리였다.

왕태는 잠시 우두커니 먼 하늘만 바라보다가 더 이상 안 되겠다 싶어 집으로 돌아갔다.

돌아가곤 있지만 그의 분노는 하늘을 찔렀다. 이게 어찌된 일인지 어리벙벙할 뿐이었다. 집에 들어간 광복도 그런 기분은 마찬가지였다.

광복은 그러면서도 내심 싫진 않고 호기심이 타올랐다. 그러나 아들 인철이 걱정되어 무슨 다른 내용이 있는지 얼른 텔레비전을 틀고 뉴스 채널로 돌렸다.

아들 건에 대해 더 이상 새롭게 나온 기사는 없었다.

본인과 여비서와의 불륜 문제만 집중 조명되고 있었다. 혈압이 터질 것만 같아 바로 꺼 버렸다. 한편 수진동 집에 들어간 왕태는 집안 분위기가 사뭇 썰렁하다는 느낌에 사로잡혔다. 부인과 딸이 아예 아무런 말을 하지 않는 것이다.

침묵을 깬 딸 다희는 "아빠, 더 이상 엄마 속 썩이지 말고 이혼해!" 하며 아빠에게 일격을 날렸다.

왕태는 깜짝 놀라 얼굴이 완전 굳어지며 "어어! 야, 야, 다희야, 그게 무슨 말이야? 너 왜 그래?"라며 다희를 빤히 바라봤다.

"뭘 봐 보기는, 지금 아빠가 날 그렇게 쳐다볼 자격이나 되는 사람이야?"

나름 거친 공격을 퍼부었다.

결국 이날 밤, 딸 다희의 맹폭으로 끝내 부부는 헤어지게 되는 참극을 맞았다.

왕태는 아까 수지가 코라아파트 벤치에서 광복과 데이트하는 괴로운 장면에 이어 지금 이 시각 딸에게서조차 이 같은 조치를 받아 충격이 이만저만 아니었다.

충격의 비중은 되레 수지가 변심한 것이 더 컸다. 가족에 대한 애정은 아무렇지도 않았다.

왕태는 냉장고 안의 소주를 꺼내 안주도 없이 그냥 확 마셨다.

이 장면을 보는 모녀는 몹시 한심하다는 표정을 지으며 방으로 들어가 버렸다.

이 가족의 깨질 시작은 초읽기에 들어갔다.

이 시각 광복은 자신의 지나친 야망이 빚은 객기 가득한 법안으로 아들이 수렁에 빠지게 된 일에 대해 여간 괴로운 게 아니었다.

그래서 냉장고 안의 소주를 꺼내어 안주도 없이 확 들이키고 빈병을 바닥에 세게 팍 던졌다.

쨍그랑 하고 요란하게 깨지는 소리와 함께 유리 파편이 튀겨 벽으로 날아갔다.

그 후 바닥에 퍽 쓰러져 한참을 누워 있다가 온갖 망상들이 스쳐지나 갈 때 문득 지금이라도 사회관계망에 지난 그 법안은 졸속이라 오류가 있어 다시 검토해야 한다고 피력할까! 하는 만용에 사로잡혔다. 문제는 뒤늦게 자신의 약점을 덮고 빠져나가려는 온갖 억측으로밖에 비춰지지 않을 것이라 이 또한 여간 난감한 일이 아닐 수 없었다. 자칫 김인철이 자신의 아들이라는 게 알려지기라도 하면 더 이상 돌이킬 수 없는 패착이 되었다.

차량 기사까지 자신의 여비서 불륜 건을 폭로하며 설쳐 댄 마당에 머리가 터질 듯했다. 그래도 참고 일어나 아들을 구해야겠다는 객기로 사회관계망에 들어가려고 컴퓨터 앞에 앉았다.

그러나 선뜻 움직여지지 않았다. 아직은 인철이 아들이라고 밝혀지지 않았으나 집요한 기자들에 의해 곧 알려질 게 기정사실이라 그랬다.

또 지금 이런 게시 글이 어떤 효과도 전무할 거라 망설여졌다.

아파트 창밖은 조금씩 조금씩 어두워져 이젠 많이 캄캄해졌다.

제대로 된 안주를 먹어 가며 취하고 싶어 아예 밖으로 나갔다.

밤 9시로 기울어 가는 시간이라 인적은 조금 뜸했다. 정문으로 나가 쭉 걸어가 횟집으로 향할 때 누군가 뒤에서 "김 의원님." 하고 크게 불렀다.

그는 깜짝 놀라 뒤를 휙 돌아다보자 방수지였다.

광복은 지금도 그녀의 이름조차 몰랐다.

수지는 재빨리 달려와 광복의 앞을 가로막으며 "여기 횟집에 들어가는 겁니까? 김 의원님?"라고 물으며 지그시 환하게 웃었다.

다소 놀란 표정으로 "그렇긴 한데 당신이 내가 여길 가는 걸 어떻게 압니까?"라고 물었다. 그러자 그녀는 느닷없이 그의 팔을 움켜잡고 "들어갑시다." 하며 밀고 들어갔다.

음화

  자리에 앉아 소주와 방어를 먹었다. 그는 일단 아무런 말을 못 하고 우두커니 먹기만 했다. 소주가 어느 정도 들어가자 그는 이제부터 넋두리를 시작했다.

  감추고 싶었던 아들 사건까지도 서슴없이 내뱉었다. 수지는 고개를 끄덕였다.

  "음 그래요. 의원님, 충분히 그럴 수도 있어요. 안타깝네요."

  아들 문제는 지금 이 순간 그녀에게 최초로 알리는 건데 넋두리를 하니 나름 답답한 마음이 풀리는 것 같았다.

  "코라아파트 입주민이란 것 외에 아는 게 없는데……. 또 그 경비원과 눈 맞은 여자란 것까지……. 그쪽의 이름이 뭡니까?"

  "네, 제 이름은 방수지라고 합니다. 비트코인의 여왕입니다."

  "어! 비트코인의 여왕! 이 이럴 수가……."

  이 말을 끝으로 잠시 침묵하며 술만 들이붓다가 결국 그녀는 속내를 드러냈다.

"전 말이죠, 16년에 남편이 딴 여자를 만나 미국으로 도망쳐 버렸습니다. 그때 내 남편은 국제비트코인의 대부였죠. 거래소에 들락날락하더니 웬 여잘 만나 집에도 안 들어오고 그렇게 홀연히 떠나 버린 겁니다. 그때 충격은 상당했어요. 내가 남자에게서 그렇게 배신을 당하자 나도 다른 남자들을 배신해 보고픈 충동에 사로잡히더군요. 배신했을 때 그 희열을 느껴 보고 싶은 거죠. 상대방이 꽤나 고통스러워하는 장면을 보고 희열과 쾌감을 느낍니다. 나만 상대에게 당하고 견뎌 낼 순 없잖아요. 나도 상대를 그렇게 속을 죽여 봐야죠. 하하하하."

"참! 당신은 희한한 못된 버릇을 갖고 있군요. 그래서 그렇게 그 경비원을 상대로 배신을 한 겁니까?"

"그렇습니다. 그래서 그랬고 이젠 김 의원님을 택하게 된 것이죠. 사실 김 의원님이 그 왕태 경비원보단 백배 낫죠. 호호호."

"그럼 제게도 접근한 후 사귀다가 배신하고 희열과 쾌감을 느껴 보려고 그럽니까?"

"그건 모릅니다. 더 많은 걸 느껴 보고 결정하겠습니다. 히히히히."

"저도 지난달 아파트 놀이터 벤치에 있다가 당신이 지나가는 걸 보고 심장이 멎는 듯했습니다. 바로 당신의 그 매혹적인 자태 때문입니다. 그 후로 당신이 그 경비원과 그런 것 같아 꽤나 속이 쓰렸습니다. 흠흠."

이로써 둘은 서로 교감을 드러냈다.

2월 17일 밤 9시 코라아파트 앞 횟집. 광복과 수지가 술을 먹었다.

어느 정도 만취가 된 두 사람은 그만 자리에서 일어나 코라아파트로 돌아왔다. 갑동에 사는 수지가 윗길로 올라가며 을동으로 들어가는 광복을 향해 손을 흔들었다. 혀가 꼬부라진 발음으로 "잘 들어가요. 광복 의원님." 하고 막 웃었다.

그녀의 웃음에 그는 같이 웃을 수 없었다.

심각한 일들이 오늘 속출했기 때문이다. 그는 소파에 걸쳐 앉아 또다시 아들 걱정이 태산이었다. 그러다가 졸음이 쏟아져 슬며시 잠이 들었다.

잠시 잠깐 잠이 든 건데 굉장히 해괴한 꿈을 꾸었다.

오늘 아들 김인철에 이어 딸 김샛별도 음화 제조 소지 반포죄로 입건되는 내용의 꿈을 꿨다. 샛별마저 이렇게 되자 그는 꿈속에서 정말 미칠 듯이 고통스러웠다.

"안 돼, 안 돼 샛별아. 넌 끌려가면 안 돼. 안 된단 말이야! 아아아악! 으윽." 하며 통곡하다가 깨어나며 식은땀이 줄줄줄 흘렀다.

"아아! 꿈이었구나. 꿈. 설마 이런 일이 생길 리 없겠지! 휴~"

일어나며 냉장고로 걸어가 차가운 석수를 꺼내 쭉 마시며 정신을 차렸다.

갑동에 사는 수지는 이 늦은 시간에 아직도 잠에 들지 않고 멀뚱멀뚱 광복을 생각하며 냉장고 안의 술을 계속 마셨다.

아직까지 고3 김인철 학생이 국회 의원 김광복의 아들이란 걸 아는 사람은 아까 그가 술 먹다가 하소연했기에 방수지가 유일했다. 그녀는 꽤나 광복이 불쌍하다고 느꼈다.

중뿔난 법안 만들기 행동을 한 건 알겠지만 그래도 아들이 불행에 빠진 것에 측은지심을 느꼈다.

2월 18일 목요일 아침, 유티아 뉴스가 나왔다.

어느새 날이 밝았는데 광복은 무척이나 안 좋은 느낌이 드는 아침의 기운을 느꼈다. 또다시 아들 건이 걱정되어 아침 유티아 뉴스 속보를 틀었다. 그러는 순간 가슴이 철렁하며 그의 얼굴을 한순간에 경악 그 자체로 빠뜨리는 기사가 하나 떴다. 그의 딸 김샛별에 대한 기사가 도배되어 있었다.

"강남여자고등학교 1학년 김샛별은 인터넷 카페에 가입하여 이런저런 활동을 하던 중 알게 된 서울대 남학생 6명의 꾐으로 자주 만나서 여러 차례 술도 먹다 그 남학생 중 한명이 거주하는 강남 역삼동의 한 오피스텔에서 양주를 퍼붓고 음화를 찍어 제조한 뒤 소지하다가 반포한 혐의로 수사기관에 입건되었습니다. 이 김샛별 학생은 어제 같은 혐의로 입건된 김인철 학생의 친동생이라고 알려지고 있습니다. 음화 제조 및 소지 반포죄의 처단 특별법은 날이 더할수록 날카로운 창을 닮았습니다. 이상으로 사회부 정병삭 기자였습니다."

어제 아들에 이어 오늘 딸까지 자신이 만든 꼼수 특별법으로 옭아 들어가게 생긴 현실이 참으로 비통하기 짝이 없었다.

그는 아들보단 딸의 비보를 접하고 더더욱 참담한 심정을 가눌 길이 없는 노릇이었다.

광복은 끝내 벌떡 일어나 펄쩍펄쩍 뛰며 "으으으아아아악!" 하며 통곡을 늘어놓았다.

약 10분간 그러더니 잠시 목이 메인 느낌이 들어 소파에 턱 걸터앉았다. 더더욱 공포가 몰려드는 것은 이제 인철, 샛별이 자신의 자식이란 사

음화 89

실이 알려질 것 같은 느낌이 좀처럼 지워지지 않은 것이었다.

그렇다면 자신의 입지는 그야말로 더더욱 깊은 수렁 속으로 빠지는 비통 절통한 것이 기정사실이었다. 광복은 홀로 운전하며 마포구 공덕동 자이아파트 인근 사무실로 가며 탄식만 쏟아 냈다. 눈 깜박할 사이에 도착했다.

들어가자 또다시 남자 비서관이 몹시 걱정스러운 표정으로 쳐다봤다.

광복은 자신의 자리로 들어가 잠시 눈을 감고 회상에 잠겼다. 오늘은 또 무슨 속보들이 뜨는지 주시하며 관찰했다.

그 무엇보다 딸아이 김샛별에 대한 문제가 가슴을 파고 들어왔다. 아까 아침에 나온 기사 외에 또 다른 기사가 나오진 않았다.

'아아! 내가 만든 괴상한 특별법으로 내 아들딸의 신세를 완전 망치게 하다니!' 하며 속으로 분노와 슬픔을 쏟아 냈다. 스마트폰을 내려놓고 잠시 꾸벅 졸았는데 누가 앞으로 와 우두커니 서서 눈물을 흘렸다.

마치 꿈을 꾸는 듯 뿌연 그림자 같은 형체 같았는데 실제 상황이었다.

바로 남자 비서관이다. 광복은 눈을 번쩍 뜨며 "그래, 비서관. 왜 거기 서서 우나?" 하고 묻자 그는 "아! 슬프고 참담합니다. 의원님, 방금 전 당사에서 전화가 걸려왔는데 의원님을 제명하기로 합의 났다고 합니다. 으으으윽, 마음이 아픕니다."라며 고개를 떨구고 계속 울었다.

국회 의원 김광복은 심장이 쿵 하고 얼굴이 완전 일그러졌다. 그 순간 누군가 현관문을 박차고 들어오며 고래고래 고성을 질렀다. 어제에 이어 옛 부인 채희미였다. 비서관도 깜짝 놀랐다.

그녀는 오늘 아침 유티아 뉴스를 보고 완전 미쳐 죽을 지경이었다. 어제 아들에 이어 오늘 딸까지 그와 똑같은 사건으로 구속되게 생겼으니 그랬다.

희미는 어제와 사뭇 달랐다. 멘트가 더더욱 거칠어진 것이다.

"야, 이 새끼야, 너 때문에 우리 인철이에 이어 샛별이까지 죽게 생겼다. 네가 우리 애들을 완전 매장시킨 거야! 애들은 다 해서 20억을 물어야 돼! 내가 어제는 더러워 돈 얘긴 안 했지만 이젠 안 되겠어. 다 네 자식들이니 네가 책임져야 돼! 얼른 20억 물어내. 얼른 20억 물어내란 말이야!" 다그치다가 그래도 분이 풀리지 않아 "애들은 10년이란 긴긴 세월을 감방 생활해야만 한다고. 으으으으. 그러기 전 내가 널 완전히 죽여 주겠다. 아아아악악!" 하며 달려들어 그를 마구 후려쳤다. 이를 본 남자 비서관은 엄청 놀라 다급히 그녀를 잡아당기며 "아니 이러지 마세요. 이러시면 안 됩니다. 비켜요." 하며 온 힘을 다해 밀어냈다.

이에 격분이 포화된 그녀는 비서관마저 세게 후려치며 "야, 인마, 넌 뭐야? 이 새끼 봐라. 무슨 이런 게 비서야, 비서는. 이놈 때문에 우리 아들 딸이 죽게 생겼는데 이러지 말라니. 이러면 안 된다고……?"라며 핏대를 올렸다.

급기야 광복은 너무 괴롭고 죄책감에 휩싸여 희미를 데리고 밖으로 나갔다. "자자, 밖으로 나가서 얘기하자고 자자 나가자고……."

2월 18일 아침, 의원 사무실로 희미가 쳐들어와 난리쳤다.

"놔아! 놔아! 이거 놓으란 말이야! 어휴 이걸 그냥 확!"

그녀는 고함을 치며 끌려 나가지 않으려고 몸부림을 쳤다. 그러나 그는 온힘을 다해 그녀를 밖으로 끌고 나간 후 애걸하기 시작했다.

"이봐, 당신 말이야. 내가 다 잘못한 거라고. 내가 공연히 불필요한 법안을 만들어 우리 애들이 그런 참변을 당하게 생긴 거라고. 모든 게 다 내 잘못이다. 으으으으."

"그래. 네 잘못을 알면 이젠 어쩔 건데? 우리 애들 감방 가고 당신이 만든 그런 개같은 법으로 빨간 줄 올라가 신세 망쳤는데……. 그런 쓸데없는 소릴 늘어놔. 에잇!"

옛 부인 희미의 분노는 그칠 수가 없었다.

그녀는 일단 벌금 20억이라도 받아 낼 심사로 돈을 달라고 압박했다. 그러자 그는 돈은 주겠다고 말했다.

울먹이는 소리로 그는 "일단은 애들이 법망을 빠져나올 수 있게 내가 최대한 아는 국회 의원들과 법조인들에게 말해 훈방으로 나오게 할 거니까 너무 걱정하진 말라고 청소년들이라 그 법대로 하면 너무 가혹한 처벌이라고 피력하는 거지 뭐! 물론 특별법엔 청소년이고 뭐고 다 옭아 넣는 규정이 있긴 하지만 강한 반대 이론을 펴는 거야! 그래서 어떻게든 빼내야지 뭐! 그렇게 잘 될 거야."라고 희미를 위로했다.

그렇듯 안심을 시키고 있으나 좀처럼 그녀의 불안이 가라앉질 않았다.

되레 그녀는 "난 말이야, 차라리 우리 애들이 당신의 자식들이라고 미리 알려 버리는 게 나을 것 같아! 그래서 당신을 개망신 좀 줘야겠어! 우리 아이들은 어차피 다 알려지고 구속될 마당에. 아아아악악!" 하며 완전 이판사판식으로 나왔다.

이에 깜짝 놀라며 그는 "아니, 그건 좀 그래! 당신이 알리면 너무 그렇다고……." 하며 만류했지만 그녀의 격분은 절대 식을 줄 몰랐다.

그러면서 그는 "어차피 기자 놈들이 워낙 악랄하여 조금 지나면 다 까발려지게 되어 있어. 그런데 당신이 미리 그래 버리면 모양새가 너무 이상한 것 같아! 으으." 하고 탄식했다.

"그건 그거고 이젠 다 필요 없다. 애들 문제 해결할 돈이나 넣어."

마지막 말을 끝으로 그녀는 확 돌아서서 가 버렸다. 그녀가 떠나자마자 그는 재빨리 그녀에게 20억을 넣었다. 내리사랑의 정점이라 그랬다.

그 후, 그는 자신이 잘 아는 국회 의원들과 법조인들에게 수시로 전화를 넣어 구속을 면할 수 있는 묘책을 강구해 달라고 애걸복걸하기에 이르렀다.

그랬지만 다들 싫다고 거부해 버렸다. 괜히 불필요한 구설수에 휘말리고 싶지 않다는 발로였다.

아까 비통한 심정으로 집으로 돌아간 희미는 사회관계망에 김인철, 김샛별이 국민밖에 모르는 당 김광복 국회 의원의 자녀들이라고 알려 버렸다.

그녀가 이런 엄청난 무리수를 쓰는 속내는 어차피 아이들은 문제가 불거진 것이니 차치하고 아버지 광복을 물고 늘어져 그에게 어느 정도 타격을 주고, 법조인들이 그래도 전 남편이 중진이라 정신적인 중압감에 밀려 선처, 훈방 조치를 해 줄 수도 있지 않을까! 하는 나름 기대 심리가 작용했기 때문이었다.

그랬으나 그녀가 바라는 대로 되진 않았다.

한편, 엊그제 라일락쇼핑 앞에서 길거리 캐스팅에 성공해 즉시 전력감 탤런트로 영입된 홍단비는 이젠 남편 왕태와 서서히 이혼을 준비했다.

딸 다희와 일심동체가 되어 앞으로 살아갈 계획을 세우기에 이르렀다.

드라마 '숨겨진 재산' 담당 감독으로부터 전화가 걸려 왔다.

"네, 여보세요."

"아! 네, 홍단비 씨, 엊그제 캐스팅되신 소감이 어떻습니까?"

"네, 너무 좋아요. 무엇보다 상대역 주인공인 채광역 씨와 호흡을 맞추게 된 게 너무 기쁘고 황홀합니다. 히히히히."

"아! 그러십니까? 지금 점심이나 함께합시다. 앞으로 드라마 진행에 대한 건을 논의해야만 합니다. 또 상대역 채광역 씨도 동석합니다. 야탑역 4번 출구 앞 풍아레스토랑으로 1시까지 오십시오. 기다리고 있겠습니다."

"어! 채광역 씨도 동석합니까? 우하하하하. 알겠어요. 갑니다."

단비는 무엇보다 광역도 온단 말에 흥분되어 벌떡 일어나 갈 채비를 하고 쏜살같이 달려갔다. 이윽고 제 시간에 도착한 그녀는 풍아레스토랑으로 들어갔다.

감독, 광역, 단비는 한자리에서 식사를 했다.

그녀는 앉자마자 남편과 복잡했던 가정사를 밝히며 곧 갈라설 것임을 알렸다.

이에 그들은 조금 놀라는 표정을 지었다.

"아하! 단비 씨, 가정에 그런 일들이 있었군요. 안타깝네요."

한참 오붓하게 식사를 하던 중 광역에게 어디선가 전화가 걸려왔다. 쳐다보자 애인 전희란이었다. 일단 안 받았다.

지금 이 순간 희란이 전화하는 이유는 얼마 전까지만 하더라도 상대역이었던 최숙희와 반빛나가 전희란에게 광역의 빗나간 행동에 대한 정보를 흘렸기 때문이었다.

희란은 배우는 아니지만 예전에 무슨 볼일로 모임에 참석한 적이 있었는데 그때 그녀들과 잠시 대면하게 되었다. 그 당시 광역은 희란을 자신의 미래의 배우자로 소개한 바 있었다.

"왜 전화를 안 받습니까? 광역 씨?"

"모르는 번호입니다."

그는 알면서 모르는 번호라고 해 놓고 얼굴은 단비를 빤히 쳐다봤다. 재차 애인 희란에게서 전화가 걸려 왔다. 또 안 받았다. 희란은 슬슬 열을 받기 시작했다.

희란은 무작정 밖으로 뛰쳐나가 이 길 저 길 배회했다.

3명은 맛있는 양식을 먹고 밖으로 나가 우아한 카페로 들어가 내일부터 있을 드라마 촬영 건을 논의하는 시간을 가졌다.

한편 왕태는 부인 단비에게서 이혼을 당할 위기에 몰린 뒤, 얼마 전 만나던 수지에게 줄기차게 연락을 취해도 받질 않자 망연자실 상태로 빠져들었다.

도대체 왜 수지가 광복에게 쏠렸는지 좀체 이해가 가질 않았다. 정신 질환을 앓고 있는 여자인가! 의심할 정도였다. 하루 만에 원인도 모르게 돌변했기 때문이다.

게다가 악착같이 경비 업무하며 번 한 달 월급으로 그녀에게 고급 의류까지 선물하였는데 배신을 하니 나름 적개심과 분노가 싹텄다.

엊그제 죽전 신세계 백화점에 가 여성 고급 의류 185만 원짜리를 선물한 게 여간 아까운 게 아니었다.

그는 내친김에 그 옷값을 도로 받아 내야겠다는 쪽으로 선회하며 속이 부글부글 끓어올랐다. 부인 단비에게는 특별히 할 말이 없는 상황이었다.

  그러나 그것은 잠시 그랬을 뿐 왕태는 코라아파트 경비실에서 잠깐 라디오를 틀었는데 무슨 연예계 토크쇼 녹화 방송에 출연한 단비가 이번 길거리 캐스팅에 관한 비하인드 스토리를 밝히는 과정에 라일락쇼핑 앞 길거리에서 남자 탤런트 광역에게 무자비하게 용기를 내어 키스를 하고 끌어안고 난리를 친 것이 주효했다는 심경을 밝혔다. 단비의 결정적인 실수였다.

  왕태는 이 대목이 매우 불쾌했다. 그러면서 이걸 트집 잡아 이젠 파경의 원인이 자신만의 문제가 아님을 주장하여 재산 분할 건에 있어서 손해를 보지 않겠다는 야욕을 불태우기 시작했다.

  왕태는 경비실에서 단비가 녹화 방송 토크 쇼하는 소릴 듣고 격분하며 재산 분할 객기가 발동하였으나 일단 수지에게서 옷값 청구 생각을 먼저 했다.

  그러나 이에 앞서 방수지에게 고급 의류를 선물한 것을 도로 받아 내는 것을 선순위로 구상했다. 그리고 후순위로 부인 단비의 엇나간 행동에 대해 책임을 물어 볼 공산이었다. 하지만 엊그제 라일락쇼핑 앞 길거리 캐스팅 시 배우 채광역에게 한순간 그랬다고 그런 사유에 해당되지 않는단 것을 왕태는 잘 몰랐다. 즉 구체적으로 몸을 섞는 그런 정도의 일탈은 없었기 때문이다.

  그렇기에 결정적인 파경 원인 제공이 아니었다. 그는 잠시 코라아파트 경비실에서 밖으로 나와 여기저기 배회했다. 그러면서 혹시 수지가 지나가는지 예의 주시하기도 했다. 눈에 보이면 뒤쫓아 가 옷값을 돌려달라고 떼쓰려는 마음이었다. 집은 정확히 모르니 쇄도할 순 없었다.

공터에 설치된 흡연 구역으로 가서 담배 하나를 물고 불을 붙였는데 수지가 내려오고 있었다. 그녀는 그가 흡연 구역에서 담배를 피우고 있는 장면을 보질 못했다.

그저 터벅터벅 광복을 떠올리며 내려오는 중이었다.

광복의 번호를 찾아 누르고 신호가 가자 받는 소릴 기다리는 중 갑자기 왕태가 옆에서 "수지 씨, 뭐야?" 하고 괴성을 질렀다.

귀가 먹을 정도의 굉음이었다. 그 순간 광복이 전화를 받았다. 그 순간 그녀가 "으으악악!"이라고 비명을 지르는 소리가 들리자 광복은 너무 놀라 이게 무슨 일인지, 누구 괴한에게 걸렸는지 별별 생각들이 스쳐 지나갔다.

코라아파트 오후 2시 반경, 흡연 구역에서 왕태와 수지가 부딪치면서 그녀와 광복의 전화 통화가 갑자기 두절된 사건이 일어났다.

수지는 비명을 지르며 아파트 정문 쪽으로 달려가는데 왕태가 악착같이 쫓아갔다. 때마침 정문 주변에서 일하던 코라아파트 미화원 여럿이 있었다. 그들은 왕태의 행동을 보고 이상하다 싶어 따라붙으며 "경비 아저씨, 왜 그러는 겁니까? 저 여자가 뭘 잘못했나요? 왜 그러는 거요?"라고 물었다.

미화원들 여럿에서 경비원 한 명을 붙잡아 놓은 형국이었다.

미화원들의 도움을 받게 된 수지는 "아저씨, 이 경비원을 막아 주세요. 이상합니다."라고 구조 요청을 하고 더 빠르게 정문 밖으로 빠져나갔다.

그러자 그가 더 빠르게 달라붙어 그녀를 가로막으려 하자 미화원들이 막으며 "그러지 맙시다. 아저씨." 하고 소리를 질렀다.

음화 97

그러자 왕태는 순간 한 달 경비 월급 195만 원 중, 옷값 185만원이 너무 아깝다는 분노가 치밀어 올라 정신없이 도망치는 수지를 향해 "야, 이년아! 내 옷값 185만 원 돌려 줘! 그게 여기 경비 한 달 월급이다. 어휴~" 하고 고래고래 고함을 질렀다.

이 소리는 그녀의 귀에 들렸으나 "별 미친놈을 다 보네! 누가 사 달라고 했어! 지가 멋대로 막 사 준 거지!"라고 혼잣말로 중얼거리며 더 빠르게 도망쳤다.

그녀는 한참 달아난 뒤 한숨을 푹 쉬자 이번엔 광복에게서 전화가 걸려 왔다.

"수지 씨, 왜 비명을 지르고 그럽니까? 무슨 일 있어요?"

"아니, 아닙니다. 웬 늑대 한 마리가 나타나 날 잡아먹으려고 해서 주변 사람들에게 살려 달라고 그런 거예요."

"예에? 늑대 한 마리……?"

"내게 185만 원짜리 옷을 사 준 늑대."

문득 광복은 어제 오후 늦은 시간에 아파트 벤치에서 벌어진 일을 떠올렸다.

경비원 왕태가 옷값 가지고 수지에게 항의하는 그 멘트 말이다.

갑자기 머리가 어지러워진 광복은 "일단 그만 끊읍시다. 다음에 통화하지요." 하고 끊었다. 그는 이 문제 말고도 개인 문제, 가정 문제고 여간 심각한 상황이 아니었다.

광복은 잠시 차가운 물을 한잔하고 난 뒤 뉴스 속보를 틀자 딸 김샛별이 흐느끼며 음화 소지 반포 처단 특별법으로 걸린 뼈아픈 소감을 밝혔다.

"으으으으. 나도 괴로운 여고생입니다. 미쳐 죽을 지경이었습니다. 그럴 수밖에 없었다고요. 아아아악. 지금이라도 죽고 싶어요."

이 방송에 애비 된 입장으로 광복 또한 똑같은 심경으로 치달았다.

끝내 검찰로 송치될 딸아이였다.

애비 광복은 순간 앞이 아무것도 보이지 않고 캄캄하고 절망으로 치달았다. 자신의 엉뚱한 짓이 너무 큰 자충수가 됐기 때문이다.

"아! 내가 널 못 살아 만든 장본인이다. 다 내가 죽을죄를 지은 거다! 으으으으." 하며 혼잣말로 자탄했다. 그러다가 문득 그는 정말 죽고 싶다는 비통 절통 원통함에 빠져들었다. 어제 아들 사건도 충격은 상당했지만 그래도 어느 정도 숨을 고르며 견딜 만했는데 오늘 딸 사건은 그야말로 산이 우르르르 무너지는 그 자체였다.

그만큼 상대적으로 아들보단 딸 쪽으로 정성이 기울어 있었던 것이다.

그의 심장은 현재 꽁꽁 얼어붙어 있다.

그래서 완전 통제 불능 상태로 빠져들었다. 그는 순간적으로 수면제, 한강 투신, 목 매달기, 고층 빌딩 옥상 투신, 자신이 사는 코라아파트 베란다 투신, 이런 극단적인 생각들이 머릿속에서 정신없이 스쳐 지나갔다.

워낙 격정적인 그는 이런 섬뜩한 생각밖에 들지 않았다.

탁자 위 서랍에 놓인 A4용지와 펜을 집어 들고 무작정 유서를 써 내려갔다.

내용은 '이 애비를 용서해 다오. 내가 괜한 엉뚱한 법안을 만들어 널 수렁에 빠지게 했구나! 페미니즘을 유도해 인기를 누리고 당 대표 좀 해 먹으려는 나의 발상이 씻을 수 없는 죄악이 됐다. 나의 죽음으로 내 아들, 딸이 선처될 수만 있다면 내 얼마든지 홀연히 떠나리라! 부디 사법 당국은 내 자식들을 훈방해 주길 기원한다.' 이렇게 썼다. 이 종이는 탁자 위에 가지런히 놓고 나왔다.

그 후, 그는 마포구 공덕동 자이아파트 인근 의원 사무실에서 밖으로 뛰쳐나와 자신의 차 제네시스 90을 타고 앞만 보고 마구 달렸다.

방금 전 유서를 쓰고 나올 때 그곳엔 비서관, 직원들이 아무도 없었다.

광복은 정신없이 액셀을 밟고 얼마 되지 않아 한강 대교에서 차를 세워 난간 위로 올라가 바로 뛰어내렸다. 입을 꽉 깨물었다.

오후 3시 27분이었다.

목격자는 아무도 없었다. 바로 그는 명을 달리하게 되었다. 시간이 지나자 이 사실이 알려지게 되어 모든 언론에 도배되었다.

오늘 오후 4시경 국민밖에 모르는 당 국회 의원 김광복은 주검으로 한강 물에 둥둥 떠내려가다 지나가는 산책객에게 발견되어 119가 출동하였고 경찰이 조사에 나섰다.

아무도 없던 의원 사무실엔 비서관과 직원이 들어와 이 속보를 접한 뒤 허겁지겁 우왕좌왕하던 중 탁자에 놓인 유서를 발견하게 되었다.

"어어아아악악!"

이들은 절망적인 탄식 속으로 들어갔다. 앞이 캄캄하였다.

바로 이때 경찰들이 이 사무실로 들어왔다.

"자자 상황 조사를 하려고 왔습니다."

경찰들도 이 유서를 보게 되는 순간을 맞았다. 옛 부인 채희미는 조금 늦게 이 사실을 접했다. 그녀도 매우 놀라긴 했지만 충격에 빠지진 않고 그저 무덤덤하게 받아들였다. 그만큼 그에게 증오심이 가득했다는 반증이었다. 다른 한편 그녀는 어떤 사건이 나타났을 때 핵심 관계자가 사망, 자살 같은 게 벌어지면 관련 사건이 종결되는 관행들이 줄곧 있어 왔기에 혹시 이번 건도 그렇게 덮고 넘어갈 수도 있지 않을까! 하는 기대 심리가 싹텄다.

특히 공개된 유서에도 본인이 엉뚱한 법안을 만들어 페미니즘을 우려먹으려 했다는 내용이 적시된 만큼 당국도 그런 대목을 참작할 가능성이 농후했다. 아닌 게 아니라 며칠 지나자 음화 소지 반포 처단 특별법에 대한 부정적인 여론이 들끓기 시작했다. 워낙 여론에 이리저리 흔들거리는 관계 당국이라 사건 관련자들을 제대로 입건도 하지 않고 그냥 덮어 버리는 상황을 맞았다.

이에 희미는 아들, 딸 훈방 처분에 안도의 한숨을 푹 쉬고 자리에 앉아 뜨거운 아메리카노를 한 잔 마셨다.

이번 김광복 사건으로 이 사회의 환심 끌기용 포퓰리즘 페미니즘이 개인의 사욕을 채우기 위한 도구로 이용된 악성 바이러스라는 걸 새롭게 인식하는 장이 되었다.

고 국회 의원 김광복을 지지하는 지지자들의 추모 행렬에 옛 아내였던 채희미가 알바 대군들을 고용해 왕소금을 뿌리며 지지자들과 격렬히 맞서는 몸싸움이 연출되기도 하였다.

이로써 여비서였던 반하숙 건도 덩달아 묻히고 있었다. 이즈음 단비도 왕태와 갈라서게 됐다. 왕태는 큰 데미지를 받고 풍덕천동 쪽으로 이사를 갔다. 코라아파트 입주자 방수지는 최근 김광복에게로 점점 기울고 있었는데 그의 투신으로 낙담 상태로 들어갔으나 그녀 자체가 워낙 남자를 별 대수롭게 여기지 않는 성향이라 몇 시간 지나자 슬슬 잊어버리고 있었다.

왕태는 부인 단비와 갈라섰으나 직장 코라아파트 경비는 그대로 다녔다. 어디 마땅히 갈 곳이 없었다. 자칭 비트코인 여왕인 수지와 친해지면 그 방면을 뚫어 낼 수 있을지 모르지만 그녀의 변심으로 여의치 않은 상황이었다.

경비 동료 장한은 그 방면에 베테랑이 아니라 별 수가 없었다. 왕태는 재산도 부인에게 뺏기고 수지에게 사 준 거액의 옷값도 돌려받을 수가 없게 됐다.

수지는 더 이상 이 코라아파트에 입주하기가 여간 곤혹스러운 게 아니었다. 한창 좋은 감정이 무르익어 갈 수도 있었던 국회 의원 광복이 명을 달리했고 얼떨결에 급조되어 만난 경비원 왕태의 매서운 시선도 늘 도사리고 있었기 때문이다.

그래서 이사할 계획을 세웠다.

친구가 살고 있는 광교지구의 츠레바아파트였다. 그런 의미에서 친구에게 연락을 취하자 "야, 수지야. 일단 우리 아파트에 놀러 와. 여긴 광교산과 맞닿아 있어 공기는 죽인다. 하하."라고 친구가 말했다.

수지는 자신의 차 롤스로이스를 몰고 그곳으로 내달렸다.

오후 2시경 그 아파트로 들어섰다. 준공한 지 얼마 되지 않은 집이라 상당히 신식이란 게 느껴졌다. 친구도 과부였다.

"야, 수지야. 우리 과부들끼리 잘 만났다. 잘해 보자고."

"그렇긴 한데 일단 주변을 둘러보고 난 후 결정을 해야지"

수지는 모처럼 만난 친구에게 최근 일어난 일들을 자세히 밝히지 않았다.

그녀들은 커피를 한잔하고 나와 공터를 여기저기 돌아다니며 더 많은 대화를 나눴다. 돌아다니던 중 수지는 이곳 츠레바아파트의 주변 경관이 마음에 들었는지 "야, 준희야. 여기 츠레바아파트는 주변이 너무 멋지고 좋아! 우하하하하. 지금 당장이라도 이사를 오고 싶다." 하며 감탄을 쏟아 냈다.

"그래, 그건 네 마음대로 하는 거다."

한참 돌다가 다시 집으로 들어갔다. 수지는 이미 이곳으로 이사 올 마음을 굳히며 성남 코라아파트로 돌아갔다.

오늘도 어김없이 경비원 왕태는 수지에게서 옷값을 받아 내려고 이를 바득바득 갈며 공터에 서 있었다. 오늘은 그녀의 집을 정확히 알아내 기습 공격을 하려는 초강수를 세웠다.

차가 지하 주차장으로 들어가자 공터에 서 있던 그가 그곳으로 세차게 뛰어 들어갔다.

왕태는 수지가 내리자마자 "내 옷값을 달란 말이야!" 하고 고함을 질렀다.

불현 듯 나타난 그의 괴성에 몹시 놀란 그녀는 가슴이 철렁하며 엘리베이터를 타기 위해 자동문 쪽으로 아주 빠르게 달려갔다.

그 뒤를 거칠게 따라붙자 공포에 휩싸인 그녀는 끝내 경찰을 부르기 시작했다.

경찰이 들이닥치자 왕태는 매우 당황스러워했다. 경찰이 연유를 묻자 그는 옷값을 받아 낼 심사라고 설명했다.

그러나 정당 사유라 규정짓지 않았다. 끝내 그는 경찰에겐 주의 조치로 끝났으나 관리사무소장과 직원들의 귀에 들어가는 바람에 심각한 근로 계약 위반이라 판명되어 해고당하기에 이르렀다. 즉, 아파트의 철칙은 입주민 중심인데 입주민에게 공포와 위협을 가한 행위가 그만큼 크다는 것이었다.

그는 해고를 당하며 울분을 금치 못했다. 그러나 어쩔 수 없었다. 그가 해고되어 나갈 때 절친 동료 이장한의 기분은 그저 무덤덤했다.

그가 이런 조치를 받았는지 어쨌는지 전혀 모르는 그녀는 황급히 이사할 준비만 서둘렀다. 꼭 이 사건만으로 이사하려는 것은 아니고 복합적인 판단이 앞섰다.

요즘 한참 드라마 촬영 준비에 여념이 없는 단비는 최고의 연기력을 뽐내 스타가 되려는 야심을 드러내고 있으며 이 기회를 노려 내친김에 상대역 채광역을 자신의 애인으로 만들려고 호시탐탐 기회를 엿봤다.

2월의 마지막 토요일 '숨겨진 재산' 드라마팀은 갈대밭과 저수지 물이 조화를 이루는 광교 신대저수지를 찾아갔다.

채광역의 애인 전희란은 최근 그가 줄기차게 전화를 받지 않고 문자에 답장도 안 하자 화가 치밀어 올라 오늘 이곳에서 촬영한단 정보를 알아내 그 뒤를 밟았다.

희란의 분노는 하늘을 찔렀다. 이참에 광역에게 치명타를 주고 갈라설 생각도 했다.

왕소금

    2월 겨울을 하루밖에 남겨 놓지 않은 날이라 그리 춥진 않고 다소 포근한 기운마저 감돌았다. 이곳의 갈대밭은 그야말로 절경이었다. 오후가 되자 따사로운 햇빛마저 드리워졌다. 이미 한구석에 희란이 도착하여 탐색을 이어 가고 있었다. 그녀는 생활고로 차가 없어 택시를 이용하였다.
    이윽고 드라마 '숨겨진 재산' 촬영이 시작되었다. 단연 주인공 채광역, 홍단비의 멘트로 시작되었다.
    한창 진행이 무르익어 가고 있을 즈음 희란은 슬슬 미리 준비해 온 왕소금을 가방에서 꺼냈다. 막 살포하기 위함이다. 때마침 제작진들이 잠시 휴식을 취하기 위해 자리에 앉아 먼 산을 바라봤다.
    그 틈에 희란은 종량제 봉투에 든 왕소금을 든 채 이를 악물고 광역, 단비가 앉아 있는 지점으로 거칠게 달려갔다.
    그들은 전혀 예상하지 못한 채 그저 먼 산만 바라보던 순간 뒤편에서 왕소금이 날아들었다.

희란은 "야! 광역 오빠, 년 이 왕소금이나 실컷 먹고 소금에 쩐 동태가 돼라! 우하하하하." 하고 호탕하게 웃었다.

제작진들이 모두 놀라 벌떡 일어나 희란 쪽으로 달려왔다.

희란이 아랑곳하지 않고 고함을 지르며 계속 왕소금 투척 행위를 하자 제작진들이 가로막으며 그 가방을 빼앗으려 했다. 그녀는 "난 저 광역 오빠와 결혼하기로 약속한 여자입니다. 그런데 요즘 들어 전화도 문자도 받지 않고 날 골탕을 먹입니다. 바로 바로 저 옆에 있는 상대역 홍단비란 여자 때문입니다. 난 저런 더러운 오빠에게 더 이상 미련은 없습니다. 그러나 시청자들에게 이런 사실이라도 알리고 싶을 따름입니다. 우하하하하. 이거 방송 사고 난 겁니까? 사고 났죠? 브라운관으로 알려졌나요?" 하고 재차 호탕하게 웃었다. 이에 화가 치밀어 오른 광역은 머리에 묻은 소금을 손으로 훑어 내 "야, 희란아. 너 이게 무슨 짓이야?" 하며 얼굴을 붉혔다.

희란도 화가 치밀어 올라 막 달려들어 그의 멱살을 움켜잡고 위로 추켜올렸다.

이에 따라온 스포츠 신문 기자들이 '일반인 여성 드라마 촬영지에 나타나 왕소금 투척 사건'이라고 특종을 냈다. 대스타 채광역과 일반인 여성과의 다툼은 기사화하기에 충분했다.

연예계 속보로 번개같이 나갔는데 때마침 한때 광역과 상대역을 이뤘던 숙희와 빛나가 보게 되었다. 그들은 앓던 이가 빠져나간 듯 벌떡 일어나 펄쩍펄쩍 뛰며 환호성을 터뜨렸다.

"아하하하하! 광역이 제대로 걸렸다. 걸렸어! 오호 오호. 너도 이젠 개망신 좀 당해 봐라."

단비는 벌떡 일어나 희란의 허리를 세게 잡아당기며 다른 곳으로 몰아냈다.

감독은 재빨리 전희란을 업무 방해죄로 경찰에 신고했다.

경찰들이 빠르게 들이닥쳤는데 막상 연행될 위기에 몰리자 감독과 광역은 마치 그녀의 대변인이라도 된 듯, 별일 없이 순조롭게 풀려나가길 바란다는 뜻을 내비쳤다. 희란은 아까 막 뿌리다가 남은 왕소금을 한 번 더 길에 확 뿌려 버리고 미친 듯이 상현역 방향으로 막 달려갔다.

문제는 그녀가 난리를 치고 떠난 자리에 그녀의 소지품이 떨어져 있었는데 단비가 지나가다가 그걸 주웠다.

"어! 이건 운전면허증이잖아! 꼴에 운전면허증은 있어 가지고 나도 이런 게 없는데 말이야!"

단비는 희란이 떨어뜨리고 간 운전면허증을 주워 들고 혼잣말로 푸념을 늘어놓았다.

그간 생활고로 이런 걸 취득할 여유조차 없었는데 남의 분실된 이런 증을 보며 별별 생각들이 스쳐 지나갔다. 조금 더 휴식을 취한 뒤 다시 촬영은 재개되었다.

제작진들은 아까 불청객 전희란이 왔다 간 후유증을 오늘 오후 신대저 수지에서 슬기롭게 극복하며 촬영을 성공적으로 마쳤다. 문제는 이날 촬영을 마치고 집에 돌아간 단비는 엉뚱하게 그 운전면허증을 개조하기 시작했다.

희란의 사진을 뜯어내고 자기 자신의 사진을 부착해 버린 것이다. 자신이 그간 생활고로 이런 면허증도 없었는데 남의 걸 줍자 마치 자신의 것 같은 착각에 사로잡혔다.

그래서 소지하고 다니며 탤런트가 되어 운전면허증도 취득했다고 친구들에게 자랑하고픈 해괴한 성향을 드러내기 시작했다.

희란은 하루가 더 지나고 나서야 자신이 면허증을 분실한 사실을 알게 되었다.

그러나 그녀는 광역과 깨진 후유증으로 당분간 집에서 쉬기로 했기에 그리 급하게 분실 신고 재발급을 신청하진 않았다.

단비는 들뜬 채로 혼자 고급 분위기를 만끽하며 광역을 꿰차기 위한 계략을 짜러 을지로 힐튼 호텔로 들어가 양주와 양식을 먹으려는데 직원이 신분증을 요구하자 엉뚱하게 며칠 전 주운 그 면허증을 제시하기에 이르렀다. 직원은 그녀가 제시한 면허증이 조금 이상하다는 걸 발견하게 되었다. 사진을 뗐었다 붙인 흔적이 보인 것이다.

"저! 고객님 주민등록증도 좀 보여 주시겠어요."

이에 그녀는 매우 당황스러워하며 얼굴빛이 창백해졌다. 몹시 떨리는 소리로 "그, 그건 안 가져왔습니다. 난 드라마 '숨겨진 재산'의 여주인공 홍단비라고 합니다."라고 최근 노출된 자신의 신분을 밝혔다.

그랬으나 호텔 측 직원은 "저흰 그런 드라마는 잘 모릅니다. 고객님의 주민등록증이 중요합니다. 일단 보여 주시죠. 어서요." 하며 재촉했다.

끝내 그녀는 보여 주질 못한 채 우물쭈물 거리다가 호텔 측 직원으로부터 수상하단 의심을 일으켜 결국 경찰에 신고당했다. 을지로 경찰이 들이닥쳐 단비는 파출소로 끌려갔다. 사실 이 대목에서 그녀가 '난 그런 걸 당신들에게 보여 줄 이유가 없다.'라고 우겨 버렸으면 그냥 아무렇지도 않게 넘어가는 거였다.

정확한 법규를 모르다 보니 당황한 나머지 이런 문제가 생긴 것이었다.

어쨌든 단비는 을지 파출소에 붙잡혀 조사를 받았다.

경찰은 "홍단비 씨, 당신을 공문서 부정 행사죄로 입건합니다. 남의 운전면허증을 신원 확인용으로 사용한 경우가 해당됩니다. 그렇게 아세요." 하고 상황을 밝혔다.

"나는 유명 탤런트란 말입니다. 날 몰라보는 이런 무식한 놈들아! 내가 누구냐?"

궁지에 몰리자 발악을 떨기 시작했다.

그러나 자칫 공무 집행 방해죄로 가중 처벌의 빌미만 줄 뿐이었다. 그녀는 당혹감을 감추지 못하고 허겁지겁 드라마 관계자들에게 구원 요청을 했다.

점심때가 조금 지나자 그들이 우르르 밀려 들어왔다. 그 누구보다 상대역 광역의 슬픔이 배가 되었다.

광역은 이 사건의 개요를 전해 듣는 과정에 공문서 부정 행사죄의 피해자가 전희란이란 게 알려지자 더더욱 놀라고 충격 속으로 빠져들었다. 희란은 불과 얼마 전까지만 해도 애인이었기 때문이다.

"단비 누나, 이게 어떻게 된 일이야?"

"음, 그날 신대저수지 촬영지에서 그 여자가 왔다 갈 때 떨어뜨린 걸 주운 거지! 으으윽."

피해자 희란에게도 이 사실이 알려져 그녀도 을지 파출소로 왔다.

그녀는 이미 어제 이 사실을 알긴 했지만 그리 크게 인식하진 않았다.

피해자 희란은 절대 용서할 수 없다고 피력하는 바람에 가해자 단비가 위기에 몰렸다. 한창 무르익어 가는 드라마 제작도 타격을 받을 것은 피할 수 없는 노릇이었다.

이 사실도 번개같이 실시간으로 연예계 속보로 나갔다.

"네, 폭칙폭칙 실시간 연예계 뉴스입니다. 오늘 오전 드라마 '숨겨진 재산'의 주인공 홍단비 씨가 을지로에 있는 힐튼 호텔로 들어가 신원 확인을 요구하는 직원에게 제시한 운전면허증이 타인의 소지품으로 알려져 공문서 부정 행사죄로 입건될 위기에 몰렸습니다. 관련법 230조 공문서 등의 부정 행사에 의하면 공무원 또는 공무소의 문서 또는 도화를 부정 행사한 자는 2년 이하의 징역이나 금고 또는 500만 원 이하의 벌금에 처한다는 규정이 있습니다. 이 조항에 의하여 처벌될 것으로 보입니다. 이로써 홍단비 씨는 오늘부로 드라마 방송 촬영에서 하차하게 됐습니다. 대체할 인물을 찾아야 할 것 같습니다. 벌써부터 드라마 관계자들은 이전에 도중하차한 최숙희와 반빛나가 다시 재등판해야 하지 않을까! 하는 말들이 오고 가고 있다고 합니다. 이상으로 폭칙폭칙 실시간 연예계 뉴스 속보였습니다."

아까 을지 파출소에서 옥신각신 거리다 전희란이 정신적 충격을 받은 이유는 채광역이 자신에게 "홍단비를 어서 봐주라고." 하며 윽박을 질렀기 때문이다.

이에 "절대 그럴 수 없다! 어휴~ 이런 더러운 자식아."라고 욕설을 퍼붓고 나가 버렸다.

희란은 눈물 흘리며 택시를 타고 달아났다. 그녀는 무작정 달리고 달려 명동 쪽으로 갔다. 한 조그마한 카페에 들어가 뜨거운 아메리카노를 마셨다.

광역의 변심에 최근 충격이 상당했었는데 오늘 지금 이 순간 배가 되는 상황이었다.

지금 이 시각 단비는 아까처럼 계속 공문서 부정 행사죄로 조사를 받다가 저녁때가 다 돼서 풀려났다. 며칠 후 다시 조사를 한다는 방침이었다.

구속을 면할 수가 없게 됐다.

어둑어둑해진 저녁 시간이 되자 희란은 무작정 눈에 보이는 노래 연습장으로 들어갔다. 와이제이 노래방이란 간판이었다. 그녀는 지금껏 살면서 혼자 노래방에 온 적이 없었다. 카운터에 서 있던 주인은 "하하하. 어서 오세요, 고객님. 노래만 부르실 건가요? 아님 도우미도 필요하신가요?"라고 물었다.

희란은 문득 도우미란 말에 깜짝 놀랐다. 그녀는 평소 남자 도우미가 노래방에 거의 다 깔렸다는 건 들어서 알긴 했지만 실제로 부딪히니 놀랄 수밖에 없었다.

잠시 망설였다.

그러다가 순간 객기가 발동되어 "네, 불러 주십시오."라고 호기롭게 말했다. 그 뒤 7번 방으로 들어가 우두커니 앉아 있는데 웬 20대 초반으로 보이는 남자가 노크를 하며 불쑥 들어왔다.

"네, 저는 22살 서울대 공법학과 3학년생 최숙달이라고 합니다. 제 노래는 아직 숙달되지 않았지만 성심성의껏 불러 보겠습니다. 우하하하하."

꽤 씩씩한 남자였다.

그녀는 정신없이 그와 노래를 불렀다. 어쩌면 광역을 잊기 위한 발악이라고도 볼 수 있었다. 둘은 노래란 노래는 닥치는 대로 마구 불러 댔다.

약 30분쯤 부르니 지쳐서 잠시 소파에 턱 걸터앉았는데 남자 도우미 숙달이 나가서 맥주와 안주를 가져왔다.

"왜 서울대나 다니는 사람이 남자 노래 도우미를 합니까?"

"왜요? 서울대생은 남자 노래 도우미 하지 말란 법이라도 있나요? 흐하하하."

"그런 건 없긴 해요. 호호호. 그래도 내막이 궁금하긴 하군요."

"다음 기회에 알려 드리지요. 자, 술이나 마셔요."

이들은 중간 시간에 맥주를 먹고 잠시 쉬었다가 또 노래를 불렀다. 시간이 다 끝나 가는 무렵 희란은 숙달에게 자신의 번호를 알려 줘 버렸다.

"갑갑할 때 전화해요. 술이나 퍼먹게."

희란이 10살 연하 남자 도우미에게 마음을 빼앗겼기 때문이었으며 무엇보다 광역에 대한 희석 차원이 더욱 컸다. 나갈 때도 둘은 함께 나갔다. 이 순간 문제는 카운터에 있던 주인이 그녀를 보고 야릇한 미소를 보냈다는 대목이었다. 그러나 그녀는 이를 눈치채지 못했다. 계단으로 올라간 둘은 각자 흩어졌다. 희란은 한참을 걸어가다 호주머니를 만져 보고 열쇠고리가 빠졌단 걸 깨달았다. 아까 명동에 도착해서 마음을 위로할 수도 있을 것만 같은 액세서리 가게가 보여 들어가 하나 구입했던 건데 노래방에다가 빠뜨린 것 같았다. 다시 찾으러 돌아갔다.

"열쇠고리를 놓고 왔어요."

"아! 그것은 제가 여기에 갖다 놓았습니다. 고객님이 찾으러 올 거라고 생각했죠. 하하하."

"어! 그래요. 너무 감사합니다."

주인은 열쇠고리를 건네면서 아까처럼 또다시 그렇게 야릇하게 웃었다. 어쩌면 그에겐 그녀를 볼 수 있는 행운이 찾아온 것이었다.

"오늘 밤은 꽤 외로웠나 봅니다."

주인은 일단 여자가 혼자 노래방에 들어와 남자 도우미를 부른 것에 대해 이렇게 짐작했다. 그녀는 그냥 가지 않고 "아, 네. 그렇습니다." 하고 호응했다.

"자! 그럼 이 원두커피를 한번 마셔 보시죠. 기분이 상당히 좋아질 것입니다."

그녀는 그가 준 커피를 반기며 마셨다.

그는 속으로 환호성을 터뜨리며 심장이 들썩거리기 시작했다. 하지만 가슴 한편으론 무척이나 신경이 사납기도 했다.

지금 이 시각 그는 자신의 신분을 철저히 숨기고 있었다. 알려지면 자신의 위신과 위치와 체면이 완전 구겨진다고 생각해서였다.

지난달 17일 정치부 기자들을 다 모아 놓고 호기롭게 국가와 나라를 위한 국회 의원 차량 기사로서 대폭로를 한 대의명분이 한순간에 풍비박산 날 수가 있기 때문이었다.

고인이 된 국회 의원 김광복과 여비서 반하숙과의 불륜을 폭로하고 차량 기사를 관둔 건데 만약 자신 또한 현재 유부남으로서 노래 연습장 주인을 하며 손님과 눈이 맞아 버리면 여간 곤혹스러운 게 아닐 것이었다.

그렇지만 원래 색욕, 성욕, 정욕은 제어하기가 너무너무 까다롭고 힘든 성질이라 심한 파장을 일으키며 망설이는 순간을 맞았다.

"하하하하. 고객님, 제가 여기 노래방 영업을 한 지가 얼마 되지 않았지만 그래도 손님들이 꽤 많이 왔다 갔는데 고객님처럼 아름다운 여성은 없었던 것 같습니다. 크크."

그가 상당히 진일보한 접근 방법을 택했다.

"그런가요? 히히히히. 예쁘게 봐 주셔서 너무 고마워요." 하며 그녀도 머릴 쓱 올렸다.

그녀는 아까 숙달에게 번호를 알려 준 것도 모자라 또다시 만용이 싹 터 노래방 주인 홍수황에게도 번호를 알려 줘 버렸다. 아마 광역에게 시련을 당한 탓에 정신을 차리지 못해 우왕좌왕하는 형국이었기 때문이었다.

번호를 받은 노래방 주인 홍수황은 자신의 이름을 밝히지 못하고 우물쭈물 거렸다. 그러면서 얼굴 표정이 굳었다.

이 여자가 자신의 얼굴을 기억해 낼 수 있지 않을까! 하는 두려움이 밀려왔다.

왜냐하면 지난달 17일 정치부 기자들을 모아 놓고 국회 의원 김광복에 대한 대폭로를 할 때 얼굴이 생방송으로 다 나갔기 때문이었다. 그러나 그의 느낌으론 그녀가 자신을 알아보지 못한 것 같아 속으로 안도의 한숨을 쉬었다.

그래도 불안함과 위태위태한 기분은 지속되었다. 불안한 목소리로 "번호는 잘 받았습니다. 다음에 또 오십시오. 고객님."이라고 인사를 했다.

"네, 또 오지요."

희미는 웃으면서 노래방을 나갔다.

그녀는 나가 100미터 정도 지나갔을 즈음 아까 남자 도우미로 들어왔던 최숙달에게서 전화가 걸려 왔지만 받지 않았다. 끊긴 뒤 약 1분이 지나자 노래방 주인 홍수황에게서도 전화가 걸려 왔다. 일단 이것도 안 받았다. 희란은 맥주를 몇 병 사 들고 명동 쪽 한 모텔로 들어갔다. 사당동 집으론 들어가고 싶지 않았다. 끊임없이 배회하는 시간이 이어졌다. 수지구 풍덕천동에서 명동 쪽으로 이사를 한 홍수황은 자정이 되기 전 노래방 문을 닫고 집으로 들어갔는데 아내가 소파에 앉아 텔레비전을 보고 있었다.

여성 손님 때문에 묘한 기분에 사로잡혀 씻고 방으로 들어가 잠에 들었다. 이렇게 아무 말 없이 들어가 잠들어 버린 남편을 바라보는 아내는 괴이하다는 생각 속으로 빠져들었다.

날이 밝자 희란은 사당 도서관으로 발길을 옮겼다. 그만큼 정신이 혼란스러웠기에 마음을 챙길 수 있는 도서를 읽어 볼 심사였다. 종합 자료실에 들러 수양에 관련된 책들을 몇 권 꺼내 읽고 있는데 누군가 옆으로 쓱 지나갔다.

문득 기억이 생생히 스쳤다. 바로 어제 노래방에 남자 도우미로 들어왔던 최숙달이었다.

그는 그녀를 보지 못했다. 그녀가 벌떡 일어나 그의 어깨를 툭 쳤다.

깜짝 놀란 그가 "어! 이런 이런." 하며 엉거주춤한 자세를 취했다.

그는 그녀에게 나오라고 손짓한 뒤 휴게실로 들어가 함께 얘길 나눴다.

"나는 여기 사당 도서관 주변에 삽니다. 여기서 서울대를 다닙니다. 하하."

"아! 나도 여기에서 사는데. 희한한 일이다. 어제 명동 노래방에서 보게 되다니……!"

잠시 얘길 나누는 사이 그녀에게 노래방 주인이었던 수황의 전화가 걸려 왔다. 확인하는 순간 바로 끊어 버렸다.

그는 별안간 부동산에 관한 얘길 꺼냈다.

"한 장소에 고정되어 있는 건물이나 토지 같은 건 부동산이라고 하죠."

"그래요. 그건 나도 압니다."

"그게 부동산 투자에 관한 수익은 부동산의 가격 상승으로 얻는 자본 이익과 해당 부동산을 빌려주거나 받는 임대 수익으로 나눌 수가 있어요."

"네, 그래서요?"

그는 잠시 두리번거리더니 다시 말을 이어 갔다.

"부동산 투자는 큰 금액이 소요되고 환금성이 떨어지는 바람에 접근하기 쉽지 않죠. 그래서 요즘은 이런 점을 대비하기 위해 금융과 부동산을 합치는 노력이 많이 일어납니다."

"아, 네. 그렇습니까?"

"그게 바로 부동산 간접 투자형 수익 증권이란 상품과 리츠입니다."

그녀는 이런 말들이 다소 귀찮은 듯 "아아! 저는 지금 그런 얘길 들을 시간이 없어요. 다음 기회에 시간을 내어 자세히 들어 보겠습니다. 그때 만나요."

희란과 숙달은 짧게 얘길 나누고 각자 볼일을 보러 다시 자료실로 들어갔다.

"다음에 봅시다. 전화해."

"네."

한두 시간이 지나고 그녀는 밖으로 나와 수황에게 전화를 걸었다. 그는 받자마자 "저녁 식사나 함께할까요? 어제 그 노래방 앞으로 오시죠? 근사한 식사를 대접하겠습니다."라고 제안했다.

"네, 그럴까요."

오후에도 종합 자료실에 남아 이것저것 책을 훑어보다가 시간이 되어 그곳으로 택시를 타고 갔다. 수황은 '도둑이 제 발 저린다'라는 속담도 있듯 괜히 자신이 불안한 나머지 자신의 정체를 밝히고야 말았다.

"혹시 제 얼굴을 잘 모르시겠습니까? 방송을 탄 적이 있습니다만. 지난달 17일에 정치부 기자들 다 모아 놓고 고 김광복 의원과 여비서 사건을 폭로한 차량 기사입니다."

그러자 희란은 문득 어렴풋하게 기억이 나는 듯 "어어, 그게 그런 건가요? 아악." 하며 다소 놀랐다.

그녀는 지금 이 시각부터 다소 조심스럽단 생각 속으로 빠져들었다. 괜히 자신도 그와 한배를 탄 사람으로 오해를 받을 수 있어서였다.

호감은 들었으나 무척 경계해야 할 사람이란 것을 직시하는 순간이라 대충 시간을 때우다가 돌아가야겠다고 판단했다.

그녀에게서 그런 얼굴빛이 감돌자 수황은 괜히 그런 민감하고 불필요한 말을 실토했나! 조금 후회하는 마음이 앞섰다.

그러나 그로선 엎질러진 물이니 어쩔 수가 없는 노릇이었다. 밥을 다 먹자 희란은 이런 저런 핑계를 대고 얼른 일어나 나가 버렸다.

"네, 밥은 잘 먹었습니다. 저 그만 바쁜 일이 있어서요. 가 봐야겠습니다."

"……."

그는 나가는 희란을 속절없이 바라만 볼 뿐이었다.

나가 버리자 그는 안타까운 자신의 심정을 문자로 보냈다. 어제 저녁 노래 연습장에 들어왔을 때 반했다는 내용을 집중적으로 피력했다.

이 문자를 본 그녀는 한심하다는 듯이 한숨을 푹 쉬었다.

사당동 집으로 들어간 희란은 이런저런 복잡한 생각에 빠져들었다. 그러던 중 갑자기 최숙달에게서 전화가 걸려 왔다.

일단 받아 보기로 했다.

"숙달 씨, 안녕?"

"안녕은 못합니다. 돈이 없어서요. 하하하."

희란은 저녁에 숙달을 만나 수황과 관련해 넋두리할까 생각했다.

잠시 말을 멈춘 그가 말을 이어 갔다.

"누나, 나 아직도 도서관에 있어요. 지금 나가려고 하지요. 그런데 오늘따라 소주가 생각납니다. 그것도 누나와 함께."

"아직도 도서관에 있었어요? 동생?"

"그렇습니다."

"지금 소주를 먹자고? 지금 8시 반쯤 된 것 같은데 내가 도서관 앞으로 갈게."

그녀는 오늘부터 스스럼없이 그에게 말을 놓고 말을 막 했다.

희란은 사당동 집에서 나와 사당도서관 앞으로 쏜살같이 달려갔다. 가자 숙달이 나와 있었다. 그녀는 느닷없이 그의 손을 잡고 삼겹살이란 간판이 달린 고깃집으로 들어갔다. 둘은 들어가자마자 소주와 삼겹살을 주문하여 먹기 시작했다.

둘은 각각 한 병 정도 들어갔다. 그러자 조금씩 취하기 시작하였다. 먼저 폭로의 문을 연 건 희란이었다. 그녀는 아까 저녁 식사할 때 수황에게서 들은 내용을 그대로 발설했다.

"야, 야, 어제 그 노래 연습장 말이야, 그 사장이 누군지 넌 알아?"

그러자 그는 "내가 그 노래방 사장이 누군지 어떻게 알아 알긴? 그냥 노래방 사장이지 뭐! 난 연락망으로 어제 도우미 하러 간 거고 뭐, 그렇지 뭐! 하하하." 하고 웃어 버렸다.

그러자 그녀는 아까 저녁 식사할 때 수황이 밝힌 내용을 그대로 퍼뜨렸다.

"야, 그 사람이 저번에 정치부 기자들 모아 놓고 김광복과 여비서 사건을 폭로한 차량 기사야! 그런 거라고"

"어! 그 김광복은 세상을 떠났잖아? 가만, 가만있어 봐. 그 김 의원은 우리 대학의 대선배인데, 그것 참. 그, 뭐, 이상한 법안을 만들고 자식들에 대한 죄책감으로 자살한 사람이잖아! 참, 세상 너무 좁다. 그 사생활을 폭로한 사람이 어제 그 노래방 사장이라니……."

숙달은 자신의 학교 대선배의 죽음과 관련된 스토리라 기분이 조금 안 됐다는 생각이 들었다. 물론 본인의 과욕과 객기와 만용이었지만 말이다.

숙달은 기분이 그리 좋지 않았다. 김 의원의 잘못으로 그런 불상사가 생겼어도 그가 대선배라는 것에 편협성만 생각하는 아집이 드러났다.

이들은 몇 병 더 마셨다. 그러면서 그는 속으로 자신이 잘 아는 사람들에게 이 사실을 퍼뜨려야겠다는 생각을 가졌다.

결국 고인의 지인 법조인들에게 알려 노래방 사장을 골탕 먹이고 싶은 충동 속으로 빠져들었다.

지금 이 순간 그는 그 사건의 본질을 착각하고 있었다. 이들은 너무 취해 이 정도 선에서 그치기로 하고 자리에서 일어났다. 일어나는 순간 또다시 수황에게서 문자가 날아왔다. 그녀는 재빨리 그 문자를 숙달에게 보여 줬다.

"야, 야, 야, 이거 봐. 거기다가 또 날 좋아한다고 이런 웃긴 문자를 보내고 난리야."

"그건 또 뭐야? 어디, 어디 보자고"

그녀는 이 문자를 그에게 그대로 전송해 줬다. 숙달로서는 수황을 공격할 수 있는 무기가 장착됐다. 둘은 서로 손키스를 퍼부으며 각자의 집으로 돌아갔다. 호감을 진하게 드러내는 발로였다.

원룸으로 들어간 그는 별별 복잡한 생각들이 스쳐 지나갔다. 벌써부터 자신이 잘 아는 대학 선배들이자 현역 국회 의원들에게 이 사실을 알려 노래방 주인 수황을 사법 처리해야겠다고 마음먹었다.

그러기 위해선 관련 특별법이 통과되어야만 했다. 근저에는 고인이 된 학교 대선배 광복에 관련한 쓸데없는 복수심 그리고 자신이 호감을 드러내고 있는 여인에 대한 빗장 수비, 이런 것들이 혼합된 심리였다.

그런 차원에서 자신이 아는 대학의 법조 선배들과 국회 의원들에게 연락할 수 있는 목록을 한 번 쭉 훑어봤다.

대충 보고 난 후 내일 연락을 취할 대상을 선정했다.

날이 밝자 그는 그 국회 의원들에게 연락을 취해 전국 노래 연습장의 불법 도우미 고용 문제를 해결해 달라고 요청했다. 명분은 가정의 평화

와 안녕 차원이었지만 김광복의 측근들에게 집중적으로 알린 결과 그들은 일심동체가 되어 협력하기 시작했다.

그들은 고인 광복을 떠올리고 안타까워하는 분위기가 팽배하였다.

게다가 이 말을 들은 국회 의원들은 명분상으론 충분히 솔깃하고 이를 통해 인기를 올려 볼 수도 있는 호재라 판단했다. 숙달은 자신도 그런 알바를 했으면서 이런 불법 문제를 이슈 삼아 처단하게 하려고 뒤에서 조종하고 있었다.

의원들은 일사천리로 이를 진행하기에 이르렀다. 특별법 명칭은 전국 남녀 도우미 처단법이었다.

3월 임시 국회에서 통과됐는데 즉각 노래방 업주들은 펄쩍펄쩍 뛰며 난리가 났다.

"우리들의 주 수입원이 그것인데 그걸 막아 버리면 우린 뭘 먹고살란 말이냐? 우리들의 생계를 유지하고, 대책을 마련해 줘라!" 이런 것이었다.

그러나 당국은 그들의 외침에 아랑곳하지 않고 더더욱 강한 탄압으로 봉쇄했다.

문제는 숙달이 자신은 그 특별법에 걸리지 않을 것이라 여기고 호기롭게 행동한 것이었다. 명동 와이제이 노래 연습장 사장이자 옛 김광복 의원 차량 기사였던 홍수황이 불법 도우미 고용으로 경찰 조사를 받는 사실 자체만으로 희열을 느꼈으나 희한한 먹이 사슬 고리에 의한 법칙에 의해 숙달 자신 또한 법망에 걸려들 위기에 처하게 되었다.

일반적인 특별법은 시행 전에 일어난 사건은 문제 삼지 않았는데 이번 전국 남녀 도우미 처단법은 과거의 소행도 소급하여 처단하는 괴이한 내용을 담고 있었다.

그만큼 광복의 측근들이 차량 기사였던 수황 주변을 샅샅이 엄벌하려는 계략이 강했다.

그 덫에 숙달이 걸려들 상황으로 몰리는 것이었다. 바로 CCTV에 나오는 걸 토대로 추려 낸다는 섬뜩함이었다. 결국 최숙달은 그런 의심스러운 대상으로 찍혀 서울 경찰청 전국 남녀 도우미 처단 본부로부터 조사할 게 있으니 나오라는 통보를 받았다.

숙달은 하늘이 무너지는 아픔을 겪었다.

자신의 과욕으로 어마어마한 자충수가 되어 본인이 범법자로 구속될 상황이 왔다. 그는 당국에 출두하여 "CCTV가 잘못된 거라고!" 하며 버럭버럭 우겼으나 면밀히 증거 조사를 실시한 결과 그가 도우미 활동을 한 증거가 뚜렷이 드러나고야 말았다.

이 기사는 3월 말경에 집중적으로 보도되었다.

"엠제트 아침 속보입니다. 서울대학교 공법학과 3학년 최숙달 22세는 이달 초 명동의 한 노래 연습장에서 남자 도우미를 한 혐의로 처벌을 받게 되었습니다. 본인은 아니라고 억울하다고 눈물을 흘렸으나 뚜렷한 증거가 나왔습니다. 이에 검찰은 기소 이유를 밝혔습니다. 재판으로 넘겨질 날만 기다려야 할 것으로 보입니다. 차광작 기자였습니다."

숙달은 자신이 특별법을 제안할 때 접촉했던 대학 법조 선배나 의원들에게 연락해 "이상하게 꼬였으니 빠져나올 수 있게 살려 주세요."라고 사정사정했으나 그들은 다들 몸을 사리며 피하기 일쑤였다.

결국 숙달 자신만 깊은 수렁에 빠져들고 있었다. 그런데 너무너무 공교롭게도 업주인 수황과 남자 도우미 숙달이 같은 동부 구치소로 들어가게 된 것이었다. 재판을 받으러 곧 가게 될 것 같았다.

 수황은 그저 무덤덤하게 재판을 준비하고 있었으나, 숙달은 상당히 불안하였다. 게다가 서울대 공법학과라는 학력을 지니고 있어 이런 법 위반으로 들어온 것 자체가 여간 자존심 상하고 괴로운 게 아니었다.

 그는 동부 구치소 유리창 문을 깨고서라도 도망치고 싶었다. 그게 그리 쉬운 일은 아니지만 심정적으로 그랬다.

 매시간 그런 궁리에 궁리를 이어 갔다.

 그러던 중 며칠이 지나자 오밤중 교도관들이 방심한 틈을 타 화장실 유리창 문을 손으로 깨고 손에 피를 줄줄 흘리며 탈옥에 성공했다.

 도망쳐 한강 다리 위에서 유서를 쓰고 물로 뛰어들었다.

 유서는 피를 흘리는 손으로 작성했다.

 '전국 남녀 도우미 처단법은 고 김광복 의원 차량 기사를 잡기 위해 내가 현역 의원들을 유인하여 만든 살생 법안입니다. 그들은 나의 의도에 부응하며 악성 포퓰리즘을 일삼고 그런 짓을 저질렀습니다. 하필 내가 이 법망에 걸려들어 나를 빼달라고 하였으나 그들은 다들 나 몰라라 생쥐처럼 빠져나갔습니다. 그래서 내가 그 덫에 걸린 것입니다. 억울할 것까진 없습니다. 내가 쓸데없는 짓을 한 것이죠. 회개하고픈 건 전국의 모든 남녀 도우미들이 한 푼이라도 더 벌어 생계유지를 하려는 노력에 찬물을 끼얹고 불행한 늪으로 빠뜨리게 된 것입니다. 그 모든 책임은 내게 있습니다. 나 한 사람 없어져 모든 남자, 여자 도우미들이 풀려날 수만 있다면 내 기꺼이 한강 물에 뛰어들겠습니다. 속죄합니다. 남자, 여자 도우미 여러분!

  탈옥범 서울대 공법학과 3학년 남자 노래 도우미 최숙달 올림.'

남자 노래 도우미

이런 유서가 신발 아래에 놓여 있었다. 이 사건이 매스컴을 타고 전국으로 다 퍼지자 모든 노래방 업주들과 도우미들이 난리가 나기 시작했다.

당장 악법을 없애 달라는 시위가 전국 각지에서 울려 퍼졌다. 이에 수많은 국민들도 우리가 스트레스를 풀 곳은 노래방밖에 없는데 웬 엉뚱한 법안을 만들어 사람들을 옥죄는가? 당장 없애라! 특별악법! 이라고 목소리를 높였다.

특히 공개된 유서에도 '내가 현역 의원들을 유인하여 만든 살생 법안이다.'라는 내용이 적시됐고 악성 포퓰리즘이란 말도 있어서 당국도 그런 대목을 참작할 가능성이 높아졌다. 그렇지 않으면 부글부글 들끓는 여론을 잠재울 복안은 없어 보였다.

아닌 게 아니라 며칠 지나자 전국 남녀 도우미 처단법은 여론의 십자포화를 맞아 제대로 입건도 하지 않고 그냥 덮어 버리는 상황으로 변했다.

2월 말, 고 김광복이 인기 영합주의에서 출발하여 페미니즘 자극 꼼수로 점철된 음화 소지 반포 처단 특별법이 여론의 뭇매를 맞고 사라진 추악한 뒤안길이었다.

이토록 무슨 무슨 특별법이란 이름으로 만들어진 법들이 그 얼마나 허점과 사욕과 추태의 발로인지 여실히 드러나는 순간이었다.

한편, 전희란은 지난달 2일 명동에 들러 노래방에서 남자 도우미 숙달을 처음 알게 됐는데 그가 며칠 전 투신했단 소식에 마음이 착잡했다. 그와 제대로 된 사랑을 꽃피운 건 아니지만 잠시나마 그런 감정이 싹텄기 때문이었다. 그녀는 짧은 기간에 대형 회오리가 휘몰아친 그런 심정이다.

이 모든 발단은 애인이었던 채광역이 변심한 탓에 자신이 흔들려 일탈해 버린 사태였다. 물론 노래방 업주이자 고 김광복 의원 차량 기사인 홍수황의 원인도 있긴 했다.

희란으로선 최근 더더욱 자신의 가슴을 짓누르는 사건이 하나 더 터지고야 말았다.

바로 지난달 초 자신이 2월 27일 신대저수지 촬영장에서 떨어뜨린 운전면허증을 개조한 혐의로 형사 입건 됐던 홍단비가 어떤 연유에서인지 훈방 처분을 받고 입건되지 않은 것이었다. 그래서 주인공 단비 후임으로 거론됐던 예전에 도중하차한 최숙희, 반빛나는 한참 설레는 부푼 꿈을 접어야만 했다.

되레 홍단비는 이번 형사 사건으로 매스컴에 요란하게 부각되어 인기만 하늘 높이 치솟는 어부지리를 얻었다.

희란은 을지 파출소와 을지 경찰서에 쳐들어가 고래고래 소릴 지르며 "그년이 무슨 뒷배로 빠져나왔느냐?"라며 핏대를 올렸다. 그러나 경찰들에 의해 쫓겨나고 말았다.

　그녀는 2월 27일처럼 또다시 2차 왕소금을 드라마 촬영지에 쳐들어가 뿌려 버릴 걸 계획하다가 그런다고 변심한 광역이 다시 자신에게로 돌아올 가망이 없다고 판단하여 주저하다 끝내 포기하고 말았다.

　희란은 다시 끝없는 방황 속으로 빠져들었다. 반면 드라마 '숨겨진 재산'은 인기가 고공행진을 하며 특히 광역, 단비의 주가가 치솟고 있었고 CF 같은 데서도 제의가 속출할 정도였다. 한편, 방수지는 2월 말 성남동 코라아파트에서 광복의 불미스런 사건, 경비원 왕태의 끝없는 협박과 공포로 더 이상 견디지 못하고 광교지구 츠레바아파트로 이사했었다. 이 아파트엔 절친한 차준희가 있어서 이사를 결정하는 데 많은 도움이 됐다.

　벌써 이곳으로 이사한 지도 한 달 반이 다 되어 가고 있었다. 4월 중순으로 들어가는 일요일 날씨는 그야말로 최고의 기운이었다.

　수지는 준희와 함께 아파트 공터 벤치에 앉아 오순도순 대화를 나누고 있었다. 수지는 코라아파트에서 있었던 일들을 생각하면 조금 끔찍한 기억들도 스쳤다.

　이곳 츠레바아파트는 광교산을 뒤로 끼고 있어 아늑하고 공기도 참 좋았다. 그런데 어느 정도 멀찌감치 떨어진 지점에서 경비 복장을 한 한 남자가 천천히 올라오고 있었다.

　2월 말 처음 이사 왔을 때 못 보던 사람 같았다. 그가 점점 가까이 다가오자 조금 낯익은 듯한 느낌이 들기 시작하였다. 더 가까이 오자 그는 "어!"하며 발걸음이 멈췄고, 그녀는 "아!" 하며 움찔하며 얼굴이 창백해졌다. 그는 바로 김왕태였다. 그는 2월 말 성남동 코라아파트에서 해고된 후 약 한 달간 놀다가 지난달 말에 이곳 츠레바아파트 경비원으로 새롭게 입사했다. 그가 여기서 근무를 했지만 수지가 이 주변을 돌아다니며 보질 못했을 뿐이었다. 먼저 말을 하는 사람은 단연 왕태였다.

"수지 씨가 어떻게 여기에 있습니까?"

"아니, 어어."

그녀는 이처럼 당황하며 놀라 어리둥절할 뿐이었다. 그러자 옆에 있는 준희는 무슨 영문인지 모르기에 "야, 야, 수지야, 너 왜 그리 놀라는 거야?"라고 물었다.

"아니, 아니, 그, 그, 그냥 뭔가 이상한 것 같아!"

왕태는 2월 말 단비에게서 쫓겨난 뒤 혼자 수지구 풍덕천동으로 이사한 후 한 달간 무위도식하였다.

이들은 오늘 기적 같은 우연으로 보게 된다. 느닷없이 그의 객기가 발동되기 시작했다.

"당신이 여기 있건 없건 그건 필요 없다. 내 코라아파트에 있을 때도 말했지요. 내가 당신에게 사 준 옷값을 달라고 말이야. 한 번 그런 육체관계를 맺고 옷 받고 도망치면 어떻게 해? 내 한 달 월급인데……!"

"으으으악악악! 그게 뭔 개소리야? 어휴~ 이런 경비 자식아!"

이 말에 친구 준희는 아연실색하며 얼굴이 완전 굳어 버렸다.

"아니, 야, 수지야, 저 아저씨가 지금 하는 말이 뭐야? 왜 네게 저 아저씨가 저러는 건데? 으윽."

수지는 정말 미칠 지경이었다. 그녀는 더는 안 되겠다 싶어 도망치는 게 낫겠다고 판단하여 벌떡 일어나 막 달려갔다. 친구 수지가 달아나자 준희도 그 뒤를 따라 막 달려갔다.

또 그 뒤를 츠레바아파트 경비원 왕태가 뒤쫓았다. 그녀들은 더 빨리 달리고 달려 광교산으로 올라가는 입구로 가 큰 나무 뒤에 숨었다.

그 뒤를 쫓던 왕태는 여자들이 보이지 않자 여기저기 갸웃거리며 안절부절 못하다가 그냥 뒤돌아서서 경비실 쪽으로 돌아갔다.

수지의 고민이 깊어졌다. 골치 아픈 인간을 피해 이곳 츠레바아파트로 이사 왔건만 여기에 저 인간이 또 와 그때처럼 경비를 하고 있는 것이었다.

아직 그는 수지가 여기에 입주민이란 사실까진 몰랐다. 그의 모습이 보이지 않자 준희가 "야, 수지야. 이게 뭐야? 뭐?" 하며 매우 걱정 어린 표정으로 쳐다봤다.

수지는 선뜻 대답하기 괴로워 "준희야, 일단 날씨도 좋은데 광교산 정상까지 쭉 올라가자. 가서 얘기하자."라고 제안하자 준희는 고개를 끄덕이고 둘은 산을 올르기 시작했다.

모처럼 하는 산행이었다. 어느덧 정상에 오르자 바위에 걸쳐 앉아 잠시 휴식을 취하며 수지는 그간 벌어진 사연을 다 털어놓았다.

"뭐야! 네가 그 경비 아저씨와 이전 아파트에서 그런 일이 있었다고……! 또 자살한 김광복 의원과도 그런……!"

"그래, 내가 미쳤지 미쳤어! 으윽, 이게 과부의 비애인가 보다! 길거리 모든 남자들이 다 좋아 보이는 현상 같은 것 말이야! 참!"

"음, 그래. 나도 너와 같이 과부이니 네 심정을 모르는 건 아니지. 하여간 걱정이다."

"야, 근데 저 아저씨 츠레바에서 계속 일하면 나와 언젠가 부딪치긴 할 것 같은데 참 문제다. 문제! 어쩌지 또 옷값 달라고 그런 육체 어쩌고 하며 쫓아오면 큰일이잖아."

"……."

준희는 잠시 말없이 침묵을 지키다가 문득 묘책이 떠올랐는지 무릎을 탁 쳤다.

"야, 내가 관리소에 민원 넣어서 잘리게 해 볼게. 내가 아는 다른 입주민들과 합세하여 말이야! 난 여기 츠레바에서 오래 살아서 아는 입주민들과 동 대표들이 조금 있어. 연구해 볼 게. 걱정 마."

엊그제 을지 파출소에 난입해 단비 훈방 처분에 격렬히 항의했던 희란은 아주 큰 방황의 늪으로 빠져들었다.

그녀는 문득 또 다른 객기와 만용이 싹트기 시작했다. 어차피 이젠 악법의 상징적 존재인 전국 남녀 도우미 처단법은 종말을 고했으니 그럼 자신도 그런 일을 하며 울분을 토할 수 있는 시간과 공간이 확보될 수 있으리라! 하고 슬슬 꿈틀대기 시작했다.

이번 큰 폐단이 고 최숙달 건을 통해 노출됐기 때문에 또다시 그런 똥딴지같은 처단법을 만들진 않으리라! 확신까지 하게 됐다.

그런 믿음을 기반으로 이젠 자신이 그런 일을 하러 나섰다.

숱한 시련과 좌절과 비애를 한순간에 날려 버릴 수도 있겠다. 생각했다. 그녀의 정신 상태가 다른 곳에 안주하질 못하고 점점 타락 속으로 들어갔다.

4월 중순, 날씨가 이달 들어 가장 돋보인 어느 날 그녀는 예전 자살한 숙달과 관계된 명동 쪽 노래 연습장은 피하고 전혀 다른 분위기가 나는 기흥구 흥덕지구 쪽으로 방향을 틀었다. 이곳은 사당동에서 거리도 꽤 먼 곳인데 그래도 분위기 쇄신 차원에서 가는 것이다.

그녀는 2월 말 이곳 부근인 광교 신대저수지에서 광역과 단비가 드라마를 촬영할 때 자신이 왕소금을 투척한 적이 있었는데 그때 그 정신력으로 근처에서 신나게 노래를 부르고 싶었는지도 몰랐다.

아직 도우미를 하겠단 마음까진 없었는데 해 질 녘 불쑥 들어가니 '그래 볼까!' 하는 충동에 사로잡혔다.

지도를 보니 이곳에서 산 하나를 넘으면 그때 왕소금 투척 사건 문제가 된 바로 광교지구 신대 저수지가 나왔다. 문득 그 방향을 떠올려 보며 회상에 젖었다.

목이 잠겨 있는 것 같아 시원한 맥주 한잔 해야겠다고 생각하고 카운터로 사러 갔다. 사면서 다시 객기가 발동되어 사장에게 "저어, 여기 노래방에 도우미를 모집합니까?"라고 물었다.

"네, 그렇긴 한데 우린 오는 곳이 있습니다. 이렇게 개인적으로 연락처를 주셔도 가능합니다."

"네, 해 보고 싶어요. 머리가 혼란스러울 땐 다른 일에 집중해 보고 싶어요."

"언제부터입니까?"

"지금 당장이라도 돼요."

희란은 맥주를 들고 방으로 들어가 홀짝홀짝 마시면서 자신의 인생에 대해 복잡한 망상을 했다. 끝까지 탤런트 광역에 대한 분노는 가실 줄 몰랐다.

그런 격분된 채로 맥주를 다 마신 후 느닷없이 자신의 18번 '알려고 하지 마'라는 제목의 노래를 목이 터져라 불렀다. 1절이 거의 끝나갈 무렵 한 남자 손님이 밖에서 왔다 갔다 하다가 카운터로 다가가 "도우미를 원합니다."라고 요청했다.

이 말에 사장은 아까 오늘부터라도 하겠다고 말한 희란을 투입해야겠다고 마음먹었다.

희란이 노래를 하나 부른고 잠시 소파에 앉아 휴식을 취하는 중 사장이 들어오며 "하하하. 지금 손님이 한 분 와 계십니다. 하실 수 있겠습니까?"라고 물었다.

"그럼요. 하겠습니다. 호호호."

그녀는 벌떡 일어나 따라 나갔다.

이로써 희란이 처음으로 노래 도우미를 하게 되는 순간을 맞았다.

처음 마주하는 낯선 남자와 웃으며 노래를 부른다는 것 자체가 새롭게 느껴지는 그녀였다. 이런 시간 속에서 광역을 잊고 숙달을 잊을 수만 있다면 얼마든지 그럴 수 있었다. 그러면서 마음을 정리하고 새로운 삶의 돌파구를 만들 수도 있다고 느꼈다.

별 어려움 없이 첫 도우미 역할을 해내고 돈을 받고 밖으로 나갔다.

이날 밤은 사당집으로 돌아가지 않고 걷고 걸어 어디론가 걷다 보니 신갈오거리 쪽으로 거의 다다르고 있었다.

불빛들이 찬란한 밤거리에 분위기가 아늑하고 아담한 호프집이 보여 들어가 맥주를 퍼붓고 나온 그녀는 업그레이드 모텔이란 간판이 달린 곳으로 들어가 하룻밤을 묵었다.

며칠 전 츠레바아파트에서 경비원 왕태에게 쫓겨 광교산으로 간 수지와 준희는 머릴 짜내어 그를 여기 아파트에서 나가게 하려고 역모를 꾀하기 시작했다.

준희가 산 정상에서 묘수를 밝힌 바대로 그녀는 자신이 잘 아는 입주민들과 동 대표들과 연합하여 관리사무소로 들어갔다.

일제히 합심하여 하는 말은 "경비원 김왕태를 해고하여 주십시오. 벤치에서 느닷없이 습격하여 불안하여 도저히 살 수가 없습니다."였다.

이에 소장은 고개를 끄덕였다. 이로써 소장은 절차를 밟아 왕태가 속한 업체에 해고 통보를 했다. 그는 이곳에 입사한 지 한 달도 채 안 되어 잘리는 아픔을 겪었다.

이에 격분이 하늘을 찌르는 그는 "부당하게 받아 간 여성 고급 의류를 돌려 달라는 거였습니다. 연애 한 번 하고 185만 원짜리 옷 선물 받자 며칠 지나서 배신 때리고 도망친 여자를 혼내 줘야 하지 않겠습니까? 아니 최소한 그 옷값이라도 받아 내야지 않겠습니까?" 하며 격렬히 저항하였으나 이 문제는 받아들여지지 않았다.

끝내 그는 4월 16일부로 해고당하고 말았다.

결과는 이랬으나 그의 앙금은 하늘을 찔렀기에 호시탐탐 수지에 대한 보복의 칼날은 더더욱 날카로워졌다.

아직까진 수지가 츠레바의 입주민이란 건 모르지만 그의 집요한 공습은 한 치 앞을 내다보기 어려울 정도로 섬뜩할 것 같았다.

그는 풍덕천동 집으로 들어가 심한 고뇌 속에 소주와 삼겹살을 먹었다.

"나 원 참! 그까짓 경비원 자리 하나 잘렸다고 내가 뭐 그렇게 무서워

남자 노래 도우미　133

할 것 같아! 난 미래에 포부가 있는 사람이라고! 에잇."

푸념하며 더 확 들이마셨다.

한참 만취가 되더니 "뭐 거기만 자리가 있나, 난 다른 데로 가면 되는 거야!" 하고 또 한 잔을 꺾었다.

지금은 오밤중이지만 당장에라도 광교지구 츠레바에 쳐들어가 수지를 찾아내어 한 대 휘갈기고 싶단 충동이 엄습했다.

"으으으. 진짜 나쁜 년! 확 그냥!"

그러다가 졸음이 쏟아져 슬며시 잠이 들었다. 나이 51세에 돈을 다 잃고 아내였던 단비에게서 쫓겨나 현재 수지구 풍덕천동에 자리를 잡고 여간 괴롭고 착잡한 게 아니었다. 꿈자리도 뒤숭숭했다. 어렵사리 잠을 이루고 아침에 일어났다.

수지에 대한 분노는 하룻밤 사이에 더더욱 증폭되어 좀처럼 가실 줄을 몰랐다.

아무리 이성을 차리려고 애를 썼으나 주체할 수가 없어 주먹을 불끈 쥐고 츠레바로 쳐들어갔다. 주말이라 그녀들은 늦게까지 잠이 들어 밖으로 나오질 않았다.

그러던 중 요란한 까치와 까마귀 소리가 광교산 밑자락에 울려 퍼지자 고요히 잠자던 수지가 깨났다.

"어어, 이건 뭐야! 웬 까치와 까마귀가 동시에 붙어 다니며 난리야. 참 나."

일어나 물을 먹고 밥을 차려 먹으려다가 조금 귀찮아 밖에 나가 분식을 먹으려는 생각으로 옷을 차려 입고 나갔다. 바로 이 시각 위험한 사건이 터질 수 있는 찰나로 진입했다.

며칠 전 문제가 된 벤치 쪽으로 내려가는 수지를 보고 호시탐탐 한순간의 보복을 노리던 왕태가 자세를 낮추고 있었다.

그는 수지가 여기의 입주민인지 아닌지조차 모르고 대충 감으로 온 것이었다. 대략 그날 해고된 날도 수지와 옆에 있던 한 여자의 소행으로 확신은 섰던 상태였다.

점점 위험한 순간으로 맞춰졌다. 그녀의 뒤통수 쪽으로 뭔가 묵직한 돌이 날아들었다. 왕태가 던진 돌이었다. 깜짝 놀란 그녀는 몸을 밑으로 움츠렸다.

돌을 던진 그도 그래 놓고 너무 당황스럽고 두려워 재빨리 몸을 감추고 도망쳤다.

수지는 정신을 차리고 일어나 돌이 날아온 방향을 바라보자 아무것도 없었다. 벌떡 일어나 관리소에 찾아가 돌이 날아온 방향의 CCTV를 보고 싶다고 말했다.

그러자 관리직원이 "얼마든지 할 수 있어요." 하며 CCTV를 돌려 봤다.

둘은 심장이 멎는 듯한 충격에 빠졌다. 바로 어제 해고된 경비원 왕태였다. 관리 직원은 경찰에 신고하자는 의견이었지만 수지는 고민된다며 잠시 잠깐 망설였다. 그러나 결국 관리 직원의 말대로 신고하는 방향으로 정했다.

광교 파출소로 신고하자 경찰들이 몰려와 CCTV를 점검하며 확인한 후 김왕태의 신원 파악에 들어가 검거에 나섰다.

그의 츠레바아파트 여성 입주민 돌 투척 사건이 텔레비전에서 요란하게 나오자 그는 두렵고 조마조마했다. 긴장을 완화하기 위해 여기저기

도망 다니다 해 질 녘에 흥덕지구 노래방으로 들어갔다.

아직 그의 인상 착의를 사람들이 잘 모를 거라고 생각해서였다. 때마침 엊그제 이곳 노래방에 도우미로 일을 시작한 희란이 있었다.

들어올 땐 그저 긴장 완화 차원으로 노래나 부를 생각이었으나 막상 들어오니 난데없이 도우미가 생각났다. 더 센 긴장 완화책을 찾고 있는 듯했다.

"안녕하세요." 하고 막 웃어 가며 들어와 자리에 앉았다.

왕태는 쫓기는 수배자 입장이지만 나름 젊은 미인이 들어오니 갑자기 흥분되기 시작했다. 노래를 부르는 게 중요한 게 아니라 완전 홀려 정신을 차리지 못하고 있었다.

그녀는 재빨리 나가 맥주와 안주를 가져왔다. 한 병을 먹고 난 후 둘은 일어나 노래를 부르기 시작했다. 서로는 가장 좋아하는 노래를 한 곡씩 부른 뒤 다시 앉아 맥주를 마셨다. 그 후 잠시 노랫소리가 들리지 않았.

서로는 멀뚱멀뚱 쳐다보다가 어느 정도 시간이 지나자 속이 답답한 스토리를 털어놓기 시작했다. 먼저 포문을 연 건 그녀였다.

"아니 오빠, 내가 여기서 이런 일할 그런 사람으로 보입니까? 보여요?"

"아아아, 그, 글쎄 모르겠는데……!"

희란이 광역과 관계를 밝히자 왕태는 놀라 자빠졌다. 왕태도 단비와 사이를 밝혔다.

희란은 어리둥절하며 분노의 감정을 표출하며 단비가 광역을 빼앗아 간 여자로 규정했다. 아직 그녀는 그가 돌 투척 사건 폭행범 검거 대상이란 걸 알 길이 없었다. 그저 최근에 벌어진 자신의 갑갑한 인생사에 대한 푸념이 압도했다. 푸념을 다른 사람들에게 풀었을 때 별 효용이 없었던 과거를 또 새까맣게 잊었다.

"난 말이지, 오빠. 탤런트 대스타 채광역의 애인이었고 결혼까지 약속된 그런 사이였다. 근데 요즘 그 자식 드라마 '숨겨진 재산'에 나오는 상대역 홍단비에게 넘어가 해롱해롱 거리고 있지! 이렇게 더러운 상황일 땐 어떻게 해야 하는 거야?"

이 말이 끝나는 순간 왕태는 가슴이 쿵 하며 쓰러질 것만 같았다. 방금 전 처음 말을 꺼냈을 땐 오빠 어쩌고 하여 기분이 하늘로 떴는데 조금 지나 웬 날벼락 같은 아내였던 단비에 대한 말이 나오자 어리벙벙하고 뭔가 이상한 기분 속으로 빨려 들어가는 것 같았다. 50대 초반의 남자가 30대 초반으로 보이는 여자에게서 오빠란 소릴 들으며 황홀감을 느낀 건 일장춘몽이었다.

그래도 침착을 유지하려고 애썼다.

"아하! 그렇습니까? 그 탤런트와 그런 사연이 있었군요? 참! 안됐어요. 흠 흠."

"그 못된 여자 홍단비가 진짜 죽일 년입니다. 정말 죽여 버리고 싶습니다. 으윽."

"아하! 진정 진정하시죠. 원래 세상사 다 이렇고 저렇고 그렇습니다. 으으."

복잡한 과거사가 떠오른 왕태는 잠시 한숨을 푹 쉰 후 맥주를 한 잔 더 쭉 마신 후 끝내 자신도 속이 답답해 홍단비에 대한 사연을 꺼냈다.

"아가씨, 아가씨라고 불러서 꽤 죄송하기도 합니다. 현대 시대는 옛날과 달라 아가씨라고 부르면 되게 싫어한다고 하더군요."

"아니, 아니야 오빠, 아무렇게나 불러도 돼! 나는 아가씨고 오빠는 아저씨잖아! 하하하." 갑자기 정색하며 "아가씨, 그 홍단비라는 탤런트는 얼마 전까지만 해도 내 아내였습니다.

그 여잔 그 채광역에게 홀려 떠난 사람입니다. 얼마 전까지만 해도 내 아내는 건물 미화원이었습니다. 그러다가 어느 날 그 남자 탤런트와 눈이 맞은 겁니다." 하며 희란을 빤히 바라봤다. 그러자 깜작 놀란 그녀는 뒤로 엉덩방아를 찧을 정도로 몸이 흔들렸다.

"으으으아아. 뭐야."

그녀는 얼굴이 완전히 굳어진 채로 "그 여자가 아저씨의 아내였다고……?"라고 물으며 빤히 그를 바라봤다. 그러자 그는 말없이 고개만 끄덕거렸다. 정신이 이상해질 것만 같은 희란은 밖으로 뛰쳐나가 카운터 쪽으로 막 달려갔다. 시원한 음료수를 꺼내어 벌컥벌컥 마시며 고개를 갸웃거렸다. 뭔가 홀린 기분이 들었다. 그러는 사이 벽에 걸린 텔레비전에 오늘 오전 광교지구 츠레바아파트에서 돌을 여자에게 던진 폭행범 남자의 얼굴이 공개되면서 범인 김왕태를 현재 수배 중이라고 아나운서가 멘트를 이어 갔다.

이 순간 희란은 또다시 가슴이 쿵 하니 내려앉는 놀람을 느꼈다.

자기와 노래를 부른 남자 손님과 얼굴이 완전 똑같았다. 다소 두렵긴 하지만 그래도 문득 호실로 들어가 손님에게 이름을 물어봐야겠다는 마음이 앞섰다.

들어가자마자 다시 소파에 앉으며 "히히히. 근데 우리 통성명이나 좀

합시다. 내 이름은 전희란입니다. 오빠 이름?" 하고 야릇한 미소를 보냈다.

그는 그녀의 진의를 모르기에 순간 실수를 저질렀다. 자신이 현재 수배 중이란 사실을 망각한 것이다.

"그래요. 내 이름은 김왕태요. 왕태."

"어어어!"

김왕태란 말에 다시 한번 심장이 쿵 하며 어리둥절해했다.

벌떡 일어나 밖으로 뛰쳐나갔다. 카운터로 황급히 달려가 사장에게 "사장님, 저기 저 방에 있는 손님이 오늘 츠레바아파트에서 한 여자에게 돌을 던진 폭행범인데 현재 수배 중이에요. 이를 어쩌죠?" 하며 숨을 헐떡거렸다.

그러자 사장은 "그럼 이걸 진짜 어쩌지. 신고해야 하나?" 하고 굳어 버렸다.

그녀가 들어오지 않자 왕태는 도로 나오며 카운터로 걸어오자 그들은 갑자기 말을 멈추며 굳었다.

복잡한 생각들이 머릿속에 가득 찬 상태로 그들은 어쩔 줄을 몰라 하며 시계만 쳐다봤다. 그사이 느닷없이 경찰 2명이 이 노래방으로 급습했다.

누가 어떻게 제보했는지 모르지만 제보가 이뤄져 출동한 것이었다.

"당신을 폭행범으로 연행합니다. 자 갑시다."

"아니, 이봐 경찰들, 그 돌이 그 여자에게 맞진 않았잖아! 빗나간 거라고……."

"아하! 그래도 그건 폭행이 됩니다. 빗나갔어도 폭행죄 성립됩니다."라며 끌고 갔다.

이에 놀란 희란은 자신의 아무런 관련도 없으면서 뒤따라갔다. 광교 파출소에 도착하자 밤 9시가 다 되어 갔다. 그곳에 이미 피해자 수지도 와 있었고 츠레바아파트 입주민 친구 준희도 와 있었다. 그녀들은 소릴 지르며 "어서 빨리 이 자식을 집어넣어 줘요!"라고 악을 썼다.

영문도 모르고 관련도 없이 뒤따라온 희란은 되레 왕태 편을 들고 나섰다.

"이봐요. 난 뭐가 뭔지 모르고 아무 관련도 없는 사람이지만 맞지도 않은 돌 가지고 그러면 조금 이상하기도 합니다. 그냥 넘어갑시다."

도우미가 뒤따라와 자신을 돕는 멘트를 하자 왕태는 속으로 몸 둘 바를 몰라 했다.

그러나 실제 피해자인 수지가 어떻게 나올지 사뭇 두려운 그였다.

"수지 씨, 내가 앞으론 그 옷값 달라고 쫓아다니지 않을 테니 이번 건만 한 번 봐주쇼. 네?"

수지는 기분이 몹시 안 좋았지만 조금 고민되었다. 그 순간 옆에 있던 준희가 "야, 수지야, 그냥 넘어가자. 우린 그냥 조용히 사는 게 낫지 않니?" 하고 말했다.

잠시 숙고한 수지는 "그래, 더럽지만 그냥 가자! 이런 불쌍한 아저씨 하나 구제해 줬다고 여기지 뭐!" 하고 경찰들에게 "아아 됐어요. 됐습니다. 내가 그 돌에 맞지도 않았는데 뭐 그냥 봐주고 가겠습니다. 앞으로 그러지 못하게 단단히 주의나 주세요." 하며 나가 버렸다.

이들이 나간 후 왕태와 희란은 조금 더 있다가 나왔다. 희란은 애인이었고 결혼 예정자였던 광역도 그렇지만 단비에게 엄청난 앙금과 증오를 지니고 있는데 정확한 내막은 모르지만 단비와 왕태가 갈라선 게 왠지 대립된 부분이라 그에게 동정을 느끼는 이상한 마음이 들었다.

파출소 밖으로 나온 둘은 잠시 멍하니 하늘만을 바라보다가 먼저 말을 꺼낸 건 그녀였다.

"우리 너무 신경을 많이 썼고 늦은 시간인데 어디 가서 소주나 한잔할까요?"

"아! 그럴까요."

둘은 신갈오거리 쪽으로 걸어갔다. 아까 노래방에 있을 때 이미 서로 간의 아픈 과거사를 밝혔기에 뒤숭숭한 건 있지만 공감 능력이 조금 존재할 수도 있을 것 같았다.

희란은 소줏집에 들어가자마자 광역을 헐뜯는 멘트를 집중적으로 이어 갔다.

채광역의 애인이었던 전희란과, 홍단비의 남편이었던 김왕태가 희한한 운명 속에 빠져 소주를 먹었다.

"희란 씨, 희란 씨 경우는 광역이란 탤런트가 잘못하여 깨진 거지만, 나는 솔직히 내가 잘못하여 깨진 반대의 경우입니다. 아까 파출소에 온 여자 수지라는 여자와 눈이 맞았던 거예요. 그래서 화근이 되어 내 아내였던 단비가 떠나가 버린 겁니다. 어쩌면 그래서 아내가 광역을 좋아하게 됐다고도 볼 수 있죠."

인과 관계가 그렇단 말에 슬슬 불쾌한 감정이 몰려오는 희란은 "뭐예요. 그게 그렇단 말이에요? 으윽, 그래서 그 광역 오빠가 아저씨의 아내에게 마음이 움직인 거 아냐?"라며 역정을 냈다.

하지만 왕태가 침착하게 인과 관계를 다시 정리해 주니 희란은 다시 정돈하기 시작했다. 즉 왕태가 그 후속적인 일까지 알고 그런 건 아니기 때문이었다.

왕태가 아내 단비에게 외도한 결과로 단비가 광역에게 쏠렸지만 이는 단비가 그런 행동을 하게끔 왕태가 의도한 것은 아니란 것이다.

그 후 소주가 몇 잔 더 들어가더니 이젠 서로 웃기도 하고 짓궂은 농담도 서슴없이 내뱉었다.

그러다가 시간이 꽤 많이 흐르자 일어나 밖으로 나가 각자의 집으로 돌아갔다.

이미 머릿속으로 왕태는 아까 그 노래방에 다음 기회에 또 가야겠다고 마음을 먹는 상태였다.

희란도 그가 문제가 많은 남자라는 걸 알면서도 조금씩 조금씩 호감이 갔다.

나이 차이도 상당히 많이 나는데도 불구하고 기대고 싶은 충동이 일어났다.

한편 지금 이 시각 츠레바아파트에서 수지는 준희의 집에서 체리차와 과일을 먹어 가며 오늘의 끔찍했던 사건에 대해 서로 위로하는 시간을 보냈다.

"야, 너 오늘 완전 갈 뻔했다. 그놈이 던진 돌에 맞았으면 말이야! 으윽"
"에잇, 재수 없으려니까 별 미친놈이 다 꼬이는 것 같아! 캬 캬."

꽤 늦은 밤 시간이 됐는데도 수지는 자신의 집으로 가지 않고 준희 집에서 머물다가 자정이 넘어갈 즈음 갑자기 술 생각이 났는지 "야, 준희야. 여기 술 있니?"라고 묻자 준희는 "냉장고에 포도주가 있지. 내가 가져올게."라며 일어나 가져왔다.

"준희야, 재산은 어떻게 늘리는 거지?"

"난 모르지!"

"근데 말이야 돈을 모으려면 왜 모으려고 하는지, 돈이 왜 필요한지 우선 생각해 봐야 될 것 같아! 예로 이런 게 중요하지 금융 상품에는 노후 생활 자금과 주택 마련 자금 등 목적에 맞게 특성이 향상된 가계 여유 자금을 단기간 운용하는 데 적합한 상품도 있고 장기 저축 상품도 있어!"

"어! 그래 난 그런 거 몰라."

"또 우리가 일상생활에 편리하게 살 수 있게 도와주는 기능을 갖춘 상품도 있다고 먼저 주택 마련 자금을 모으려면 주택 청약, 부금과 목돈을 모으려면 적금 같은 금융 상품을 선택하는 거야! 주택이 없으면 살 수가 없잖아?"

준희는 고개를 끄덕였다.

수지의 말이 이어졌다.

"우리 같은 중년들은 노년을 대비해 적금을 악착같이 부어서 비축한 목돈을 더 많이 늘리고 싶다면 자산 운용 회사의 수익 증권이나 뮤추얼 펀드나 은행의 정기 예금을 선택하는 게 현명해."

"음, 그렇겠지! 나도 그런 건 알아, 현재 하고 있지."

이들은 잠시 미래의 노후 대책에 대한 얘길 주고받았다.

그녀들은 이곳에서 포도주와 과일을 먹어 가며 오늘 사건을 떠올리곤 마음을 가다듬었다. 술을 각자 한 병씩 먹자 취하기 시작한 그녀들은 더 이상 먹기 힘들다고 판단해 멈추고 잠자리에 들었다.

지금 시간은 대략 다음 날 2시가 된 시각이다. 한참 잠이 든 그녀들은 너무너무 공교롭고 신기할 정도로 똑같이 꿈을 꾸었다.

먼저 수지가 꾼 꿈엔 츠레바아파트에 왕태가 또 나타나 더 큰 돌을 들고 와 던지는 것이었다.

덫

너무 놀란 그녀는 "으으으악악!" 하며 식은땀을 줄줄 흘리며 깨어났다.

불과 1분 후에 준희도 무슨 꿈을 꿨는데 츠레바에 왕태가 나타나 야구 방망이를 수지에게 집어던지는 꿈을 꾸며 너무 놀라 "어어어억억!" 하며 몸이 굳어지며 깨어났다.

깨어난 둘은 서로를 빤히 바라보며 "무슨 안 좋은 꿈을 꾸었길래 그러니?"라고 물었다.

"그 경비가 츠레바에 나타나 돌을 던진 거야."

"어! 난 그놈이 네게 야구 방망이를 던졌는데……."

서로는 말을 해 놓고 거의 유사한 꿈을 꾼 현실에 대해 굉장히 두렵단 마음이 들어 서로를 위로하며 냉장고 안의 시원한 석수를 한 잔씩 하고 다시 자리에 누웠다.

또 그런 잠이 들까 봐 걱정을 많이 했는데 이번엔 그런 꿈을 꾸진 않았다.

왕태는 다음 날 일요일엔 풍덕천동 집에서 쉬며 앞으로 무슨 일을 할 것인가! 깊은 생각에 잠겼다. 내일은 새로운 구직 정보가 나오는 날이었기에 자세히 훑어보리라! 생각했다.

끝없는 방황 속에서 허덕이는 전희란은 사당동 집으로 돌아가지 않고 신갈오거리 쪽에 모텔 장기방을 얻어 이 주변과 흥덕지구 쪽 노래 연습장에 다니며 도우미를 하고 있었다.

돈이 없어서 돈을 벌 목적도 있지만 광역의 배신에 엄청난 쇼크를 받고 배회하는 측면도 상당했다. 새로운 한 주가 시작된 월요일 저녁 그녀는 영통구 매탄동 쪽에서 콜이 들어와 업체 기사의 차를 타고 달려갔다.

매탄동의 한 골목인데 꽤 시설도 좋고 큰 건물에 위치한 노래 연습장이었다. 인근에 법원사거리가 있었다. 그녀는 들어가자마자 사장이 들어가라는 방으로 들어갔다.

들어가자 꽤 젊고 점잖게 생긴 남자가 신사복을 입고 앉아 있었다.

"안녕하세요. 어서 오세요. 도우미님."

"네."

이들은 환하게 웃었다. 남자가 다른 남자들과는 매우 색다르게 도우미님이란 표현을 쓴 것에 대해 그녀는 속으로 무척 의아해했다. 대부분은 막 대하고 함부로 부르기 때문이었다. 이윽고 노래가 시작되었다. 남자는 대략 30대 초반으로 보였다.

희란도 32세이니 엇비슷한 나이 같았다.

일단 한 곡씩 했는데 남자는 노래를 무척이나 못하는 편이었다. 그렇다고 희란도 잘하는 편은 아니었다. 다시 앉고 잠시 숨 고르기를 하는 도중 남자가 갑자기 한숨을 깊게 내쉬더니 "아하! 저는 이 지역에서 변호사를 하고 있습니다. 하지만 요즘 엄청 심란한 일이 터졌습니다. 으으으." 하며 고개를 푹 숙였다.

"뭡니까? 그게?"

"말할 순 없어요. 뭐! 말한다고 해결이 되나요? 원래 푸념은 무의미합니다." 하고 맥주를 죽 들이켰다.

그가 마시자 그녀도 덩달아 따라 마셨다. 잠시 둘은 멀뚱멀뚱 쳐다보다가 그가 먼저 벌떡 일어나 노래를 불렀다. 앉아 있던 그녀도 덩달아 벌떡 일어나 춤을 췄다.

법원사거리 주변에 사는 이 젊은 변호사는 희란과 같은 32세였다. 서울대 로스쿨을 수석 졸업하여 현재 이런 업종을 하고 있었다.

그러나 작년 가을 이 지역 동료 변호사들과 만나 강남 청담동의 한 텐프로에 갔다 온 후 몸의 이상 반응이 나타났다. 며칠 후 아주대병원에 가서 검진을 받아 보니 후천적 면역 결핍증으로 판명 났다. 그는 그 순간 가슴이 찢기는 고통을 겪었다.

한창 젊은 나이에 꽤 잘 나가는 법조인이 불치병에 걸렸다는 것이었다.

그래서 무척 조마조마하게 하루하루를 보내고 있었다.

게다가 결혼까지 했는데 집에 들어가기가 두렵다 못해 공포 그 자체였다. 아내는 그를 매우 수상하게 여기고 있었다. 왜냐하면 섹스를 거부하고 있기 때문이었다.

혹시 딴 여자가 생겨서 자신에겐 아예 관심조차 사라졌기 때문이 아닌가! 하는 심한 의구심을 가지고 있었다. 서로가 정신적으로 매우 심각한 상태인데 그는 오늘 정말 미쳐 돌 것만 같아 여기 노래 연습장으로 들어온 것이었다. 노래를 부르면서 잊겠다는 건데 노래를 부른다고 잊을 수만 있다면 아무 걱정이 없을 것이었다. 그러나 그대로였다.

"이렇게 멋진 변호사가 혼자 여길 오다니 또 제가 손님을 맞게 되어 영광입니다. 그쪽의 나이는 얼마나 됐나요? 저와 거의 같을 것 같아요. 호호호"

"네, 32살입니다."

"우하하하. 내가 벌써 속으로 그럴 거라고 짐작했죠."

그녀가 옆에 바짝 붙어 앉아 계속 끊임없이 애교를 떨자 그는 아주 못된 발상을 꿈꿨다. 자신의 에이즈질환 고통을 혼자 앓으니 이 여자에게 고독한 성욕도 해소하고 관련도 없는 타인에게 퍼뜨려 버려야겠다는 잔혹함이었다. 게다가 아주 못된 이기심은 자신의 아내가 감염될까 봐 아내와는 관계를 맺질 않았다. 나름 아내를 끔찍이 아끼기 때문이었다. 그러면서 타인에겐 이렇듯 막 나가려는 악의 몸짓이 슬며시 꿈틀거렸다. 술이 몇 잔 더 들어가서일까 그냥 그러는 것일까. 난데없이 자신의 이름을 밝혀 버리며 총각 사칭을 시도했다. 그러면서 그녀에게 인생의 위안이 될 수 있는 말까지 들려줬다.

"제가요. 변호사로 일하다 보면 참 불쌍한 사람들 많습니다. 그래서 말인데 예기치 않은 교통사고 등에 대비한 보험은 필수적으로 들어 놓는 게 좋습니다. 또 뮤츄얼펀드 같은 것도 고려해 볼 만합니다. 주식 발행으로 모은 돈을 채권형은 채권에, 주식형은 주식에 주로 운용하여 번 돈을 배당받게 되는 겁니다. 일정 기간 환매가 금지되는 폐쇄형 뮤츄얼펀드는 코스닥시장이나 유가증권시장에 상장되어 있어서 중도에 돈이 필요하면 주식 시장에서 서류상 회사의 주식을 매도하여 현금화할 수도 있어요."

"글쎄요. 난 아직 그런 건 잘 모릅니다. 하루하루 사는 게 너무 고달프고 괴로워요. 일단 딴 얘기나 좀 합시다."

"아니, 하나만 더 말씀드리고 끝내겠습니다. 당신을 위해서 해 주는 얘기인데 기본적으로 재산 늘리기를 위해 금융 상품을 고르는 일은 리스크를 감수하고서라도 많은 이익을 추구할 것인가 아님 위험을 회피하고 안정적인 수익을 추구할 것인가를 고를 건가 이런 문제라고 규정지을 수 있겠습니다. 뭐든 투자에 있어 위험이 크면 그만큼 이익은 높다는 기본 이론은 항상 알고 계셔야 합니다."

다소 괴로운 듯한 표정을 지으며 그녀가 물었다.

"그럼 가장 좋은 노후 대책이 뭔가요?"

"네, 사람들이 남의 말만 믿고 주식을 샀다가 힘들게 모은 소중한 돈을 왕창 잃어버리는 일을 많이 볼 수가 있어요. 포트폴리오란 금융 상품을 고를 때 안전성과 수익성을 생각하여 어느 한쪽에 쏠리지 않고 다양한 금융 상품에 적절히 분배하는 게 합리적입니다."

"네, 이젠 됐고 이런 얘기는 다음에 만나서 더 자세히 들려주세요."

"네, 그럼 이런 얘기는 그만하고, 제 이름은 조현삭입니다. 아직 총각으로 지냅니다. 그래서 외로워서 아까 심란한 일이 터졌다고 한 것입니다."

"우하하하. 그래서 그런 거야? 외롭긴 뭐가 외로워요? 나같이 홀로 지내는 여자도 있는데……."

급속도로 이들은 교감을 드러냈다. 희란은 노파심에 얼른 핸드폰을 열어 조현삭 변호사라고 쳐 봤다. 그랬더니 실제로 법원사거리의 광활한 로펌에 소속되어 있음을 확인하게 되었다. 얼굴도 그대로 일치했다. 그러자 더더욱 환호성을 터뜨렸다.

가뜩이나 이성 문제로 심란한 터에 새로운 아주 큰 대어를 낚은 그런 기분이었다.

그 순간 그녀에게 어디선가 전화가 걸려 왔다. 바로 이때 너무 공교롭게도 그에게도 어디선가 전화가 걸려 오고 있었다.

희란이 번호를 알려 주지도 않았는데 어떻게 알았는지 왕태의 전화였다. 왕태는 교묘히 어젯밤에도 흥덕지구 노래방에 들러 주인에게 "어제 있던 그 도우미의 번호를 알려 줘요."라고 묻자 주인이 서슴없이 알려 줘 버렸다.

그걸 가지고 지금 한 것이었다. 희란이 모르는 번호이겠지만 만약 받게 되면 깜짝 놀라게 하면서 쇼킹한 느낌을 주기 위함이었다.

그랬으나 그녀는 받지 않았다.

그러자 왕태는 문자를 날렸다. 그제야 희란이 볼 수 있게 됐다. 그녀는 이 문자를 보자 아연실색하며 깜짝 놀랐다.

"어! 이 아저씨가 내 번호를 어떻게 알았지?"

확인했으나 읽진 않았다. 옆에 새로운 백마 탄 왕자 같은 젊은 핸섬 변호사 조현삭이 있어서였다. 현삭은 문득 이 여자가 아까 홀로 지낸다고는 했지만 실은 남편에게서 걸려오는 전화가 아닌가! 하며 매우 신경이 쓰였다.

"뭡니까? 그게?"

"아니, 아닙니다. 아무것도 아닙니다."

이들은 또다시 맥주를 들이붓다가 2차에 합의를 이뤄 내는 기염을 토해 낸 현삭이었다. 지금 이 순간 그의 머릿속은 자신의 에이즈 불치병을 그녀에게 퍼뜨려 버려야겠다는 악의만이 가득했다.

희란은 채광역을 놓친 한을 풀 수 있는 최대의 기회와 젊은 동갑 총각 변호사와 교제할 수 있는 절호의 찬스라 가슴이 벅찼다.

현삭의 손을 얼른 잡고 가는 순발력을 발휘하는 희란이었다. 나가자마자 더 망설일 것도 없이 두 사람은 법원사거리 주변 파란이란 간판이 달린 모텔로 들어갔다.

들어가 약 1시간가량 있다가 나왔다.

이로써 이들은 만나자마자 그런 관계를 맺어 버린 것이다.

밤 9시가 넘어갔다. 변호사 현삭은 자신의 사무실을 과신하고자 그녀를 데리고 들어가는 호기를 부렸다. 비밀번호를 누르자 문이 열렸다. 자신의 명패가 있는 사무실로 들어가 보여 주며 "우하하하하. 여기가 제 책상입니다." 호탕하게 웃었다.

이에 완전 반해 희란은 그를 아주 세게 꽉 끌어안았다. 그 순간 이번엔 그의 아내에게서 전화가 걸려 왔다. 그는 전화를 받지 않았다.

그러자 그의 아내는 초조함과 답답함이 심장을 짓눌렀다. 로펌 사무실 불을 끄고 둘은 나왔다. 그는 "다음에 연락할게요."라는 말을 남기고 사라졌다.

이날 밤은 희란에게 있어서 최고의 밤으로 기억되었다.

부푼 꿈을 꾸게 되는 그녀로선 이젠 더 이상 도우미를 할 필요가 없다는 김칫국부터 먼저 마시는 지경까지 다다랐다.

변호사 현삭이 총각이라고 속인 것도 있지만 너무 그럴싸하게 희란의 영혼을 빼앗아 버렸다. 그녀는 며칠 전부터 신갈오거리 업그레이드 모텔에서 기거하고 있는 중인데 며칠간 지내면서 가슴이 착잡한 게 현실이었다. 피해망상에 젖어 우울감도 동반하였다.

그랬던 그녀가 오늘 지금 이 시각부턴 완전히 하늘을 나는 비둘기 같은 환희를 맛봤다. 침대에 누워 변호사 현삭의 모습을 지그시 떠올리다가 고요히 잠이 들었다.

아침에 일어나자 "아! 오늘부턴 절대 도우미 같은 건 없다. 난 이젠 변호사와 애인이 될 거고 결혼까지 할 거야! 히히히히." 이렇듯 혼잣말로 말하며 신나게 웃었다.

오늘도 또 연락을 취해 그와 만나 데이트하는 그런 장면을 한번 그려 봤다.

현삭의 만행은 그칠 줄 몰랐다.

그는 광활한 로펌에 출근하자마자 그녀에게 전화를 걸며 애틋함을 드러냈다. 조금도 좋아하지 않으면서 오로지 에이즈균을 여성에게 퍼뜨릴 목적으로 행하는 행각이었다. 법을 배웠고 수석으로 서울대 로스쿨까지 나왔으면서 자신의 지금 행위가 범죄임을 알겠지만 완전 이성을 잃어 막가파가 된 지경이었다.

이미 그는 작년 가을 법원사거리 부근 동료 변호사들과 만나 강남 청담동 유명 텐프로에 들러 에이즈에 걸린 후 우울감과 화병이 발생하여 여기저기 술집을 돌아다니며 종업원들에게 수도 없이 균을 퍼트려 버리고 다녔다.

그러다가 이번엔 법원사거리 노래 연습장을 공략한 것이었다.

현삭으로부터 그런 피해를 당한 여성만 해도 족히 30명은 넘을 것으로 예상되었다.

"아! 희란 씨, 오늘도 그 노래 연습장에서 만날까요? 그대를 또 만나고 싶습니다."

"아니, 아니죠. 오늘부턴 내가 그곳에 가지 않을 것입니다. 난 어제부로 그대의 애인이 되었기 때문에 그까짓 노래방 같은 데 가면 안 되죠. 이젠 안 갈 겁니다."

"아! 여기 변호사들이 몰려들어 오고 있어요. 이따가 한가할 때 다시 전화 드리지요."

"네 그러세요."

그가 더더욱 울화가 치밀어 오르는 이유는 그때 그곳에 갔을 때 동료들은 에이즈에 안 걸렸는데 자신만 정말 재수 없게 감염됐기 때문이었다.

그래서 너무너무 억울한 심정으로 줄기차게 다른 업소의 여성들을 상대로 퍼트리고 있는 중이었다.

자신을 감염시킨 여성을 찾아내 보복하려고 하였으나 그 여성은 화장실로 숨었다가 그가 여기저기 찾으려고 난리를 칠 때 비상구로 빠져나가 도망쳐 버렸었다. 도망쳐 울릉도에 머무르고 있었다.

그 당시 그는 템프로 사장에게 "그 아가씨 어디 갔습니까? 내게 에이즈를 퍼트린 여자예요. 그런 여자는 가만둘 수 없죠. 중상해죄로 처단할 것입니다. 어디로 숨었나 말하지 않으면 당신도 무사하진 못할 거요." 하며 여러 차례 윽박을 질렀으나 끝내 찾진 못하였다.

그 사장을 옭아 넣으려고 하였으나 사장에겐 그 죄가 해당되지 않아 실패했다. 오늘도 복잡한 법률 업무들이 줄줄이 쌓였으나 머릿속이 너무 혼란스러워 제대로 손이 잡히질 않았다.

이윽고 한가한 시간, 점심 식사가 끝나자 희란에게 또 전화를 넣는 집요함을 보였다.

"네 희란 씨, 그렇다면 이젠 노래 도우미를 오늘부로 청산하십시오. 제가 먹여 살리도록 하겠습니다. 하하하하."

"와우우, 그럼 너무 기분이 좋아요. 야호."

"이따가 저녁 7시에 여기 광활한 로펌 1층 스타벅스로 오세요. 데이트하게."

"그래요. 그 시간까지 달려가겠습니다. 히히히히."

이윽고 그 시간이 되자 그녀는 매우 설레는 마음으로 그곳에 도착했다. 어제 육체적 교감까지 벌어진 그녀라 한껏 고무되어 가슴이 터질 것만 같았다. 실제로 그가 자신을 좋아하고 있다고 엄청난 착각과 오해를 거듭하고 있었다.

그칠 줄 모르는 그의 묻지 마 살인적 감염 광기는 그야말로 소름이 돋는 상황이었다.

"어젯밤 당신의 속살은 너무너무 매력 그 자체였습니다. 총각인 나로선 결혼을 결심하게 만드는 그런 결정적인 시간이기도 하였습니다. 오늘도 당신과 그와 똑같은 시간을 갖고 싶습니다. 하하하하."

순간 그녀의 얼굴이 완전 하늘을 나는 듯한 표정이 되며 "네에, 그래요. 그대의 그 말은 감격 그 자체입니다. 히히히히." 하고 바로 호응했다.

그는 부랴부랴 서둘러 아메리카노를 마시더니 그녀의 손목을 잡고 빠져나가 모텔로 들어가 버렸다. 마치 다급한 채권자 같은 그런 느낌을 줬다. 그런데도 그녀는 조금도 의심하지 않고 마냥 들떠 좋아 신나게 따라 들어갔다.

"정말 저와 결혼을 하긴 할 건가요?"

"아하! 그거야 너무 당연하죠! 해야죠."

후다닥 그녀의 옷을 벗기더니 달려들기 시작했다. 희란은 너무 좋아 환호성을 터뜨렸다. 단 한 번만으론 에이즈를 감염시킬 수가 없고 더 많은 관계를 가져야 한다는 백과사전 내용을 숙지하며 어제에 이어 또 그렇게 달려든 것이었다.

다 끝난 후 나왔는데 그는 "난 변호사 업무가 너무 많이 밀려 있어서 사무실로 또 가야겠어요."라고 말하고 돌아서 갔다.

"그래, 그럼 전화해."

불안과 회의에 빠진 그는 사무실 소파에 앉아 고독의 프랑스산 담배를 한 대 피웠다. 문득 스치는 감정은 자신의 이런 행동이 굉장히 잘못된 짓이란 게 떠올랐다.

그러면서도 그저 막연한 보복심이 타올라 그러는 것이었다. 자신이 유흥업소 종업원에게서 감염됐으니 자신도 똑같이 그런 업종의 종사자들에게 퍼붓는 것이었다.

문득 문득 스친 잘못된 인식을 갖지만 그래도 담배가 다 떨어질 즈음 또다시 증오가 불타올랐다.

그가 무심결에 스마트폰을 열자 한 속보가 떴는데, 34인의 여성들로 모인 단체가 한 변호사라고 칭했던 남자로부터 에이즈에 걸려 죽음에 임박한 상황에 대해 고소장을 작성한 내용이었다.

그는 문득 이게 혹시 자기 자신을 말하는 건 아닌가! 두려워 더 끝까지 쭉 읽어 내려가 봤다. 그러자 맨 끝 쪽에 자신의 사진이 부착되어 있는 걸 확인했다.

정신을 잃을 정도로 너무 놀라 순간 식은땀이 흐르고 손에 땀이 났다.

순간 또다시 잔혹한 억울함이 몰려오는 건 자기 자신에게 이 질환을 안겨 준 대상을 중상해죄로 집어넣으려고 했을 땐 그녀가 피신하여 실패했는데 지금 현실은 자신이 많은 피해자들에게서 꼼짝없이 당할 수밖에 없는 상황이다.

무척 의아한 건 저 피해 여성들이 어떻게 자신을 정확히 알아냈을까 바로 이 대목이었다.

워낙 여기저기 업소를 헤집고 다닌 까닭에 그럴 수도 있으리라! 짐작했다. 하여간 그는 자칫 사법 처리를 당할 수 있단 공포감이 매섭게 밀려왔다.

지금 이 시각 희란의 임시 거처인 신갈오거리 업그레이드 모텔에선 그녀가 오늘 연이틀 젊은 총각 변호사와 몸을 섞은 환희에 젖어 신나게 샤워하고 쉬다가 들뜬 채로 텔레비전을 틀자 위의 내용이 뉴스에 나왔다.

이름이 조현삭이라고 나오진 않았어도 인상착의가 100% 똑같다. 그래서 갑자기 살이 부르르르 떨리며 오싹한 기분마저 들었다.

"그냥 같은 직업이고 얼굴이 비슷하게 생긴 사람이겠지! 설마 그 총각 핸섬 변호사는 아니겠지! 절대 아닐 거야." 하며 혼잣말로 아주 센 암시를 내뿜었다.

그러다가 다소 기분이 안 좋아 채널을 돌려 버렸다. 재밌는 게 없는 것 같아 그냥 꺼 버리고 고요히 잠이 들었다.

한참 쿨쿨 자다 무슨 꿈을 꾸게 되는데 이번 34인 여성들에게 에이즈 감염을 일으킨 주범은 바로 변호사 조현삭이란 게 드러나는 것이었다. 그래서 그는 경찰에 중상해죄로 끌려가는 장면이 그려졌다. 그러다가 그녀는 너무 두려워 감염 내과에 가 검진을 받아 보니 자신도 감염된 결과가 나오고 만 것이다.

하늘이 두 쪽 나는 심정과 아픔을 겪으며 "으으으으악악!"이라고 비명을 지르면서 꿈에서 깨났는데 온몸엔 식은땀이 줄줄 흐르고 있었다.

그저 멍하니 앉아 있다가 다시 어렵사리 잠에 들었다.

다음 날 아침부터 요란하게 조현삭의 실명이 거론되며 모든 방송사에서 떠들어 댔다. 결국 경찰 수사에 의해 그의 이름이 알려졌다.

평소보다 조금 늦게 일어난 희란도 잠시 텔레비전을 보다가 이 기사를 접하고 가슴이 뜨끔하며 다리에 힘이 쭉 빠졌다.

"어어! 이 사람 그 남자인데……! 아아악!"

어젯밤 잠에 들자마자 꾼 그 꿈이 너무 정확히 적중하자 더더욱 충격 속으로 빠져들었다. 보도된 내용은 이랬다.

"수원 매탄동 법원사거리에 위치한 광활한 로펌 소속 변호사 조현삭은 작년 가을 이 지역 동료 변호사들과 강남 청담동 한 템프로에 갔다가 성매매를 한 후 에이즈에 감염되었습니다. 울화가 치밀어 오르고 분통이 터진 조현삭은 여기저기 업소들을 골라 다니며 여성들에게 감염을 전파한 중상해죄를 저지른 혐의를 받고 있어 입건될 것으로 보입니다. 이상으로 사회부 차광삭 기자였습니다."

이에 희란은 더더욱 울화와 분통이 터지기 시작했다. 자신을 좋아하지도 않으면서 감염 목적으로 그런 행동을 저지른 게 그랬다.

그녀는 스마트폰을 열자 또 다른 기사가 떴는데 현삭이 유부남이란 사실이 새롭게 나왔다.

"으악! 이 새끼 봐라, 결혼도 한 놈이 총각이라고 속이기도 했네! 감염자가!"

그녀의 분노는 배가 되었다.

좀 더 그 기사를 읽어 보니 오늘 정오쯤 그가 수원 경찰서에 연행될 것이고 피해 여성 34인은 이 장소에 몰려온다는 내용도 추가되었다.

이 사건이 알려진 결정적 단서는 사실 현삭은 성매매로 퍼뜨리기만 했을 뿐 자신의 실명과 신상을 공개하지 않는 치밀함을 보였으나 함께 동석했던 동료 변호사가 최근 그 피해 여성 모임의 총무에게 중요한 정보를 제공하며 뒷돈을 받아먹은 것이었다.

그래서 법망에 걸려들어 버렸다.

그 동료 변호사는 아직까지 베일에 감춰져 있다.

한참 같이 놀고 즐길 땐 희희낙락하였으나 피해 여성 모임의 잔꾀에 넘어갔다.

이윽고 정오가 되자 현삭 변호사는 수원 경찰서에 끌려오게 됐다.

이미 그 시간보다 1시간 전에 피해 여성 34인이 쳐들어와 진지를 구축하고 있었고 그녀들을 몹시 불쌍하게 여기는 여성 시민 단체 150여 명도 자리하고 있었다.

피켓엔 '에이즈를 퍼뜨린 주범 변호사 조현삭을 처단하라! 무기징역에 처하라! 죽여라!' 이런 내용이 붉은 글자로 새겨져 있었다.

희란도 아침 뉴스를 접하고 지금 이 시각 부랴부랴 쳐들어왔다. 그녀는 바로 어젯밤도 그와 달콤한 섹스가 벌어진 터라 타인들보다 충격과 놀람은 배가 되었다.

정각이 되자 현삭이 제네시스 90을 타고 들어와 내렸다. 그가 내리자마자 여성 단체 회원 150여 명과 피해 여성 34인 그리고 희란은 막 달려들기 시작하였다.

"야, 이 자식아! 네가 우리에게 불치병을 퍼뜨려! 우린 다 죽게 생겼다. 우리가 네 목을 자르겠다. 아아악악!"

여기저기에서 고함을 치고 준비해 온 계란을 마구 집어 던지기 시작했다. 특히 피해 여성들은 죽일 듯이 달려들었다.

"우아아아! 저 살인마를 죽여라! 에이즈 전파자!"

"총각 사칭한 놈아!"

앞마당에서 대기하던 경찰들이 황급히 달려들어 가로막으며 제재했다.

현삭은 날아든 계란에 눈이 정타로 맞아 눈이 갑자기 탱탱 부으며 시퍼렇게 물들었다.

"아아아악!"

경찰들의 비호를 받으며 가까스로 조사실로 들어갈 수 있었다. 한 경찰 조사관이 다가와 "조현삭 씨, 당신은 변호사로서 자신이 에이즈 감염자인 걸 알면서도 여러 군데를 돌아다니며 전파한 혐의로 입건된 것이요. 당신은 형법상 중상해죄를 저질렀소. 증거는 차고 넘친다. 자 여기에다 지장 찍고……." 하며 매섭게 쳐다봤다.

"아니, 조사관님. 난 작년 가을에 너무 억울하게 한 여성으로부터 감염됐습니다. 그래서 그만 으으으으."

그러자 조사관은 "왜? 그래서 뭐? 그래서 당신의 혐의가 정당방위나 정당행위란 거야 뭐야? 그럼 그때 바로 그 여잘 중상해죄로 고소했어야지. 왜 엉뚱하게 다른 수많은 여성들에게 퍼뜨리고 다니냐고? 법을 배운 사람이 한단 소리가 겨우 그딴 헛소리나 하고 말이야!" 하면서 인상을 확 썼다.

이렇게 1차 조사는 끝나고 다음 기일에 2차 조사를 한단 통보를 받고 나왔다.

앞마당에 나오자 독을 품으며 기다리고 있던 수많은 여성들이 무지막지한 돌을 던지며 달려들기 시작했다. 이에 황급히 경찰들이 가로막으며 제재했다.

그 틈에 재빨리 차에 올라타 빠져나갔다. 이리저리 법망을 피해 다니며 감염 전파를 일삼던 그에겐 치명타가 되는 순간을 맞았다.

조사를 마친 그가 매탄동 집에 들어가자 아내는 눈을 붉히며 펄쩍펄쩍 뛰며 "야, 이 새끼야! 네가 그래서 한동안 나와 섹스를 거부했구나! 이런 더러운 자식아! 야, 너 얼른 나가 죽어. 죽어 버리란 말이야. 얼마나 여기저기 생난리를 치고 다녔으면 그런 병에 걸렸겠어! 얼른 나가! 얼른 나가 죽지 못해? 안 나가면 내가 죽여 줄까? 응?"이라고 말했다. 평소에 얌전하고 고분고분하던 그녀의 성향과는 완전 정반대의 극단적인 반응을 보이며 주방의 식칼을 들고 와 찌르려고도 했다.

집에 머무르던 딸아이가 너무 놀라 눈물을 흘리며 아주 크게 울음소리를 냈다.

이에 엄청난 충격에 휩싸인 그로선 감내하기가 힘들었다.

감염에 사법 처리 위기에다 아내마저도 죽음을 강요하며 심장을 도려

내는 것만 같았다. 아내의 위협은 계속되었다.

"야, 너 안 죽으면 내가 우리 혜진이 끌어안고 아파트 베란다에서 뛰어내려 죽을까? 음?"

평소 그토록 따뜻했던 아내의 협박은 섬뜩할 정도였다.

"으! 너마저 날 그렇게 대하는구나! 내가 잘못한 건 맞지만 말이다. 그래 네가 원하는 대로 해 줄게. 내가 그냥 가 버리면 되는 거잖아! 저세상으로 말이야!"

평소 강심장으로 이름난 변호사 현삭도 심리적 위기에 몰리자 극도로 나약해져만 갔다. 급기야 그는 속으로 극단적 선택을 결심하기에 이르렀다.

조용히 돌아서 문을 열고 나가 버렸다. 제네시스 90을 타고 경기대학교 앞 광교저수지 쪽으로 세차게 내달렸다.

평소 쉬는 날이면 광교산에 자주 갔었는데 그때마다 자연미가 흐르는 경치에 감탄사를 쏟아 냈던 저수지였다. 그는 이곳에 도착하여 A4 종이 한 장을 꺼내어 유서를 작성했다.

'아내에게 전한다. 마음고생 많이 끼쳐 미안하다. 다음으로 우리 혜진이 잘 키워 다오.'

짧고 간략한 내용이다. 그래 놓고 산길로 들어가 여기저기 배회하다가 그만 낭떠러지 밑 물속으로 스르르르륵 들어가 버렸다.

평일임에도 광교산을 산행하던 산행객들에 의해 유서가 발견되어 제보하자 경찰들이 몰려왔다.

피해 여성들에게 중상해죄의 오명을 받을 위기에 몰리자 이런 극단적 선택을 한 거라고 속보에 요란하게 도배되는 것도 잠시, 그의 옆집에 사는 주민이 비밀을 지켜 달라는 전제하에 경찰에게 이들 부부의 심한 언쟁이 벌인 부분과 내용을 신고했다. 신고 내용이 증거가 될 듯했다.

그가 투신하기 1시간 전에 아내가 얼른 나가 죽으라고 협박한 대목이었다. 다시 경찰은 그의 집 매탄동 단독 주택으로 출동하였다. 그의 아내에게 적용될 죄명은 위력에 의한 살인죄였다.

마침 집엔 아내가 있었다. 아직 그녀는 방금 전 속보는 보진 못한 상태였다.

"당신을 위력에 의한 살인죄로 연행합니다. 당신은 남편을 협박하여 궁지에 몰아 남편은 30분 전 광교저수지에 빠져 숨졌습니다. 자아, 갑시다."

"어! 정말 그런 일이 생겼다고……. 왜 그게 죄야? 내 남편이 한 짓을 몰라서 그러는 거야? 이런 무식한 경찰들아? 그럼 에이즈 감염되어 날 공포에 빠뜨린 건 뭐야? 우리 아이는 뭐고……!"

그렇게 항의하였으나 그녀는 속절없이 끌려갔다.

너무 삽시간에 벌어지는 사건들이라 주변인들도 어리벙벙할 뿐이었다.

그녀도 끌려가 상황 조사를 받고 다음에 다시 출석할 것을 통고받고 풀려났다.

매탄동 집으로 돌아온 그녀는 정신이 하나도 없었다. 그러던 차에 절친에게서 전화가 걸려 왔다. 절친 허미채는 아까 친구 반희비 남편의 죽음 관련 보도를 접하고 심히 우려가 되어 전화를 하는 것이었다.

"야, 그게 사실이니? 희비야?"

"아니, 미채야. 실은 보도는 안 됐지만 내가 협박을 가해 그렇게 된 거야!"

"뭐야! 그래."

희비는 말을 할까 말까 잠시 망설이다가 속이 갑갑해 결국 털어놓았다.

"내가 지금 위력에 의한 살인죄로 몰렸어. 내가 압박을 하여 그랬단 게 증거가 나왔단 거지, 어떻게 알려졌는지 너무 이상해!"

미채는 전화를 끊고 난 뒤 뭔가 골똘히 생각에 잠겼다. 그러다가 심한 괴로움이 몰려왔다. 왜냐하면 사법 처리되어 구속되면 여간 힘든 일이 아닐 수가 없기 때문이었다. 내친김에 친구와 동반하여 이 땅에서 사라져야겠다는 위험천만한 발상을 하게 되었다. 이에 곧바로 희비에게 전화를 걸었다.

"야, 너 감방 가서 개고생하느니 차라리 나하고 동반하여 빠져 죽자, 지금 나하고 만나자? 여기로 와, 우린 자존심을 먹고 사는 사람들 아니니? 동네 시끄러워지기 전에 그렇게 우리 둘이 떠나자고……?"

희비도 아까 남편 현삭이 투신하여 무척 혼란함과 두려움이 밀려온 상태에서 친구 미채의 이 말은 더더욱 충격적이고 놀라운 말이었다. 그러면서도 문득 그런 충동 또한 드리워지는 게 사실이다.

가뜩이나 자존심이 강한 희비로선 점점 그런 쪽으로 마음이 쏠려 갔다.

"그래, 잠시 전화를 끊자. 생각 좀 한 후 내가 내 생각을 전화로 알려 줄게."

그녀는 끊고 체리차를 끓여 먹으며 깊은 생각에 잠겼다. 딸아이를 생각하면 침통하긴 하지만 지금 거기까지 정신이 미치질 못했다.

이번엔 희비가 미채에게 전화를 걸었다.

"너 지금 어딨어? 거기로 갈게 우리 단단히 마음을 먹자."

미채는 "그래, 여기 광교호수공원 공터에 앉아 있어. 얼른 여기로 와."라고 말했다.

희비는 황급히 택시를 잡아타고 달려갔다. 그리 먼 거리가 아니라 금세 도착하였다. 미채는 "야, 희비. 내가 더 이상 반복하진 않는다. 자아, 저기로 그냥 들어가 버리면 끝이다. 자아, 달려라 달려. 앞만 보고 달려." 하며 희비의 손목을 움켜잡고 광교호수공원 물속으로 막 달려갔다. 어차피 희비도 단단히 마음먹고 온 터라 뿌리치지 않고 함께 막 내달렸다.

　미채는 물에 다다르자 순간 두려움이 몰려왔는지 잠시 발걸음을 멈추고 땅바닥에 주저앉았다. 갑자기 핸드백 안의 미니 거울을 하나 꺼내 들고 자신의 얼굴을 비춰 봤다. 그 순간 부근에 없던 안개가 서서히 몰려왔다.

붉은 잎

 그녀의 얼굴을 제대로 볼 수 없을 정도의 안개가 자욱하여 거울에 끼었다. 보통 평소에 본 거울이 아닌 안개로 뒤덮인 안개 거울이 되어 버렸다.
 "야, 희비야, 난 이 거울에 낀 안개 좀 닦아 내고 들어갈 테니 너 먼저 들어가. 내가 곧 따라 들어갈게."
 말 같지도 않은 추상적 말이라 볼 수 있었다. 잠시 몰려온 안개에 의해 거울이 흐릿하게 보였을 뿐이었다. 미채가 잠시 정신에 문제가 있거나 물론 진심일 수도 있었다. 희비는 먼저 풍덩하고 들어가 버렸고, 미채는 실재하지도 않은 안개를 닦느라 시간을 허비하다 마음이 변심하여 데크에 그냥 퍽 하고 쓰러져 버렸다.
 앞선 여자가 물속에서 허우적거리자 지나가던 행인들이 몹시 놀라 어쩔 줄 몰라 했지만 수영을 할 줄 아는 이가 없어 인근 구조대에 신고했으나 늦었다.
 미채는 마치 실성한 사람처럼 고래고래 소리 지르며 자신의 문제를 털어놓았다.

유도한 부분을 말이다. 제발이 저린 것 같았다.

물론 친구를 위한 길임을 밝혔다. 금세 경찰도 도착했다. 경찰은 그녀를 자살 교사 방조죄로 끌고 갔다.

"내가 죽으라고 한다고 죽는 게 이상한 년 아니야? 왜 죽냐고?"

끌려가는 상황에 궤변을 늘어놓으며 빠져나오려고 발악을 떨었지만 소용없는 일이었다. 이 사건 또한 모든 일간지에서 속보로 다뤘다.

한편 희란은 최근 요란하게 사회면을 장식하는 사건 사고들을 접하면서 가슴이 찢기는 고통을 겪었다. 자신과 깊숙이 관련된 사람들이라 그랬다. 또 자신도 그런 질병에 감염됐을 수도 있으리란 공포와 두려움이 정신을 압박해 들어왔다.

이젠 더 이상 두려움에 떨지 말고 조속히 검진을 받는 것만 염두에 두고 있을 뿐이었다. 하나 더 상대의 신분과 말만을 믿고 덥석 몸과 마음을 주는 어리석은 짓을 하면 난리난다는 인생 교훈을 얻었다.

이젠 아무 사람과 부딪친다는 것 자체가 공포와 두려움이었다.

아무 생각 없이 조용히 밤을 지새우는데 난데없이 왕태의 전화가 왔다. 안 받았다. 그러자 문자가 왔다.

'오늘 아가씨가 그리워 여기 또 그때 그 홍덕지구 노래 연습장에 왔습니다. 어디에 있습니까? 보고 싶네요.'

이에 아무런 답장을 보내지 않았다. 왕태는 오늘 불거진 사건 사고들이 희란과 관련된 사실임을 알 리 만무했다. 그저 마냥 희란을 만나고 싶을 따름이었다.

이날 저녁때 바로 희란은 후천적 면역 결핍증 검진을 받고 일주일 후에 결과를 기다리기로 했다.

이윽고 일주일이 지나자 그녀는 검진을 한 신갈 지역 한 내과로 들러 결과를 묻자 의사는 "네, 양성입니다. 그렇습니다."라고 답했다.

희란은 가슴이 쿵 하며 앞이 아무것도 보이지 않았다. 가해자가 오늘 투신해 버렸으니 아무것도 손 쓸 수 없고 설령 살아 있다고 하더라도 무의미한 노릇이었다.

억장이 무너졌다. 희란의 만용과 객기는 여기서부터 크게 발동하기 시작했다.

자신의 억울함을 엉뚱하게 타인에게 전파하려는 못된 상상을 하게 되었다.

첫 번째 타깃으로 자신이 좋다고 전화를 걸고 있는 왕태 아저씨가 눈에 들어왔다.

곧바로 그에게 전화를 넣었다. 이 시각은 정오쯤 됐는데 그는 헐레벌떡 너무 가슴이 벅찬 상태로 받았다.

"아, 네. 어어, 희란 씨, 너무 반갑습니다. 이게 얼마만인가요? 왜 내 전화를 안 받았나요?"

"네, 바빠서 그랬어요. 지금이라도 만날까요?"

그는 며칠 전 풍덕천동에 위치한 한봉아파트 경비원으로 입사하였는데 오늘은 비번이라 너무 잘됐다고 생각하며 신갈오거리 쪽으로 택시를 잡아탔다. 그는 아직도 생활고로 승용차를 구입하질 못했다.

그의 마음을 대변이라도 하듯 택시는 번개같이 달려 도착했다.

희란은 상당한 충격을 받은 터라 아직 밥도 먹지 못하고 있었는데 그가 도착하자 쓴웃음을 지으며 "같이 가서 밥이나 먹을까요? 왕태 오빠?"

붉은 잎 167

라고 물었다.

그는 오빠란 말에 완전 홀려 "그래그래, 갑시다. 얼른 갑시다." 하고 식당을 찾아 들어갔다.

다 먹고 나오자 그녀는 단도직입적으로 "난 오빠를 엄청 보고 싶었다고." 하며 다가가 꽉 끌어안았다. 왕태는 너무 놀랍고 황홀하여 몸 둘 바를 몰라 했다.

더 야릇한 말을 이어 가는 그녀였다.

"지금도 너무 늦은 건 아니야! 용기를 내 봐 오빠."

이 말의 본뜻을 금세 알아챈 그는 갑자기 그녀의 손목을 잡고 횡단보도 건너편으로 보이는 한 아늑한 모텔로 들어가 버렸다.

다 끝난 뒤 그녀는 "난 지금 엄청 바빠서 어딜 가 봐야 하니까 다음에 만나." 하고 황급히 도망치듯 달아나 버렸다.

그녀가 사라져 가는 뒷모습을 물끄러미 바라보며 그는 이 세상을 모두 다 얻은 듯한 만족감의 미소를 지으며 슬며시 회심의 담배를 한 대 꺼내어 입에 물고 불을 붙였다. 이로써 왕태도 앞으로 에이즈에 걸릴 확률이 무척이나 높아져만 갔다.

어느덧 4월 말로 기울자 올 1월 초에 야심차게 시작한 월화 드라마 '숨겨진 재산'도 거의 막바지에 접어들었다.

중간에 여자 주인공이 몇 차례 교체되며 우여곡절을 겪었으나 빌딩 미화원이었던 단비가 길거리 캐스팅에 성공하는 기염을 토해 내 즉시 전력감이 되었고 기성 배우들을 능가하는 연기력을 과시하며 시청률이 고공비행하는 대기록을 세웠다.

5월 초에 드라마 '숨겨진 재산' 진행 관련자 모두는 성황리에 마친 프로그램을 자축하는 의미에서 광화문의 한 뷔페에서 만남을 가졌다.
 이런 정보는 매스컴에 나오질 않았는데 희란이 어떻게 알았는지 회식 장소에 나타났다. 저녁 6시부터 시작한 회식인데 10분 정도 지나자 그녀가 불쑥 들어와 여기저기 매섭게 노려보다가 느닷없이 "광역아, 너 이 자식아, 이 나쁜 자식아, 내게 에이즈를 퍼뜨리고 넌 무사할 줄 알았느냐? 너 이리 와 봐, 이런 개 같은 자식아~" 하며 쌍욕을 퍼부으며 달려들었다.
 몹시 당황한 광역은 눈을 부릅뜨며 굳어지기 시작했다.
 그녀는 달려가 그의 목을 움켜잡고 늘어지며 막 쥐팼다.
 옆에 있던 관계자들은 너무 놀라 뜯어말리며 고함을 쳤다. 광역은 "이 여자가 완전 미쳤나 봅니다. 이거 유행하는 말로 허언증 환자 같습니다. 아니면 날 함정에 빠뜨리거나 사귀다가 헤어지니 억하심정으로 그러는 것 같아요. 이 여잘 무고죄로 집어넣어야겠어요." 하며 그녀를 확 밀쳐 버렸다.
 이에 아랑곳하지 않고 희란은 악착같이 윽박을 질렀다. 결국 뷔페 종업원들이 관계자들의 동의를 얻어 경찰에 신고했다.
 경찰이 온다는 말이 들리자 그녀는 쏜살같이 도망쳤다. 주변 테이블에 있던 손님들이 동영상을 찍어 언론사에 제보하자 번개같이 속보로 떴다.
 저녁 뉴스 속보엔 희란이 막말을 하며 덤비는 멘트가 그대로 실렸다. 풍덕천동 한봉아파트 경비 업무를 마치고 집에 들어가 휴식을 취하던 왕태가 이걸 그대로 봤다.
 그는 가슴이 철렁했다.

얼마 전에 희란과 관계를 이뤘기 때문이었다.

문제는 단비 역시 희란이란 여자의 말이 허언인지 실제인지 정확히 모르니 당혹스럽긴 마찬가지였다.

단비는 아직 그와 육체관계가 벌어진 건 아니었지만 앞으로 좋은 관계로 발전되길 바라는 입장인데 적잖은 정신적 타격이 올 것은 자명했다.

단비는 이번 드라마 촬영이 다 끝난 뒤 용기를 내어 광역에게 프러포즈를 하려고 작심하고 있었는데 심히 두려움에 빠져들기 시작했다.

광역 또한 희란이 쳐들어와 괜한 헛소리를 해 대는 바람에 단비가 행여나 줄행랑을 칠까 봐 불안했다.

왕태는 곧바로 희란에게 전화를 넣어 사실 여부를 묻고 싶은 마음이 간절했다.

그러나 그녀가 받질 않았다. 그는 펄쩍펄쩍 뛰며 곧장 희란이 있을 것 같은 흥덕지구 그 노래 연습장으로 내달렸으나 찾을 길이 없었다.

다음 날 왕태는 한봉아파트 출근을 제쳐 놓고 곧장 희란과 광역을 찾아내려고 혈안이 되어 있었다. 문제는 둘 다 찾아내 사실 여부를 확인하기가 여간 어려운 일이 아니었다. 특히 희란을 찾기가 더욱더 어려웠다. 일단 광역을 찾아내리라! 각오를 다졌다.

연예계 속보를 뒤적였다. 그랬더니 오늘 오후 2시엔 강남역 앞마당에서 팬 사인회를 한단 기사가 떴다. 드라마 제작진도 어제 광화문 뷔페에 희란이 나타나 아수라장을 만들었기에 오늘 또 그럴 걸 대비하여 경찰에게 요청한 상태였다.

한편 왕태는 이따가 그곳으로 급습하면 혹시 희란도 와 있을지도 모른다는 예측을 했다.

어쨌든 광역, 희란 둘 다 두들겨 까 버린단 독을 품었다.

오전 11시가 다 되어 가는데도 그가 무단으로 출근을 안 하자 한봉아파트 관리소에서 그에게 전화를 걸었다. 그런데도 받질 않았다. 독이 극대로 올랐기 때문이었다.

드디어 그가 독을 풀어 낼 수 있는 오후 2시가 거의 다 다다르고 있었다.

1시 40분쯤 강남역 앞마당에 도착한 그는 속이 터질 것만 같아 아이스 아메리카노를 한 잔 사서 쭉 들이켰다.

오늘 그들의 팬 사인회를 준비하기 위해 알바들이 부산하게 움직이는 모습이 보였다. 55분쯤 되자 다 준비가 된 듯했다.

정각 2시가 되자 그곳에 제작 관련자들이 줄줄이 모여들기 시작하는데 왕태는 순간 머릿속에 매우 혼란스러움을 느꼈다. 아무리 결혼 생활 중 사이가 별로였다 하더라도 전 부인이 나타났기 때문에 별별 상념들이 다 스쳐 지나가는 것이었다.

아직 둘은 눈이 마주친 것은 아니었지만 마주할 때 느껴지는 감정이 꽤 복잡할 것 같았다.

희란도 이미 오늘 새벽 이 정보를 알아내 또다시 이곳에 출몰하여 광역을 개망신 주고 지난날 자신이 당한 혹독한 배신의 아픔을 되갚아 주리라! 다짐했다.

그녀는 2시가 조금 지난 10분경에 도착하였다.

그녀는 지금 이 순간 이곳에 왕태가 출몰하며 자신에게도 큰 타격을 줄 수 있는 독기를 품었을 거란 예측은 조금도 하지 못했다. 선견지명 능력이 제로였다.

오로지 옛 애인이자 결혼 예정자인 광역에 대한 앙금과 증오의 폭발이 압도하기에 눈앞에 뵈는 게 아무것도 없었다.

그녀가 나타나 여기저기 훑어보는 것이 왕태의 눈에 들어왔다.

그는 좀 더 그녀의 꼴을 보다가 필살기를 던지리라! 마음을 먹었다.

회오리가 불어닥치기 시작하고야 말았다. 희란은 어제에 이어 지금 이 시각 또다시 매스컴에 퍼질 걸 겨냥하여 고래고래 소릴 지르며 광역과 단비에게 달려들었다.

희란은 어제의 전술을 바꿔 오늘은 타깃이 광역이 아닌 단비를 향해 돌진했다.

"야! 네년이 내 서방을 빼앗아 갔어! 으으으, 내 서방 빼앗아 간 년은 행복하게 잘 살 줄 아냐? 야야아아아!" 하며 멱살을 움켜쥐려고 손을 쭉 뻗었다.

단비는 너무 놀라 몸을 바짝 움츠리며 굳어져만 갈 때 이를 뒤편에서 지켜보던 왕태가 쇄도하기 시작했다.

"이봐! 거기 멈추지 못해? 이런 개 같은 년아! 우아아."

희란은 깜짝 놀라 뒤를 쳐다보자 왕태가 있었다. 놀라긴 전 부인 단비도 마찬가지였다.

왕태는 희란과 광역을 싸잡아 맹비난을 늘어놓았다.

"아니, 나도 어제 뉴스 보고 안 건데 도대체 누구 말이 맞는 거야? 누가 먼저 걸려 누구에게 퍼뜨린 거야? 이것들 다 퍼뜨린 죄로 집어넣어 버려 어휴~"

한참 소동이 일어난 뒤에야 경찰들이 달려들기 시작했다.

"아아아! 여기서 난동 부리지 마세요."

경찰들이 제재하자 더더욱 화가 치밀어 오른 왕태는 "난 희란과 며칠 전 관계를 가진 한 사람으로서 엄청 불안하고 짜증나는 게 아니란 말이야! 뭐냐고 뭐야? 확실히 밝힐 건 밝히란 말이야, 도대체 어떤 새끼가 원조야? 대 봐, 대란 말이야!" 자신의 치부가 드러남에도 불구하고 완전 이성을 잃어 몹시 격앙된 어조로 뿜어 댔다.

단비는 전남편 왕태가 횡설수설하며 달려들긴 했지만 그래도 뭔가 그냥 그러는 건 아닐지도 모른다는 찝찝함이 엄습했다.

여러 가지 불결한 기분이 몰려오자 자리를 뜨는 게 상책이라 판단하여 벌떡 일어나 쏜살같이 자리를 피해 달아났다.

이번 드라마 최고의 히어로가 달아나자 연예계 기자들은 당혹감을 감추질 못하며 뒤쫓아 가는 이들도 있었다. 그러나 그녀가 더 빠르게 도망쳐 버렸기에 좀체 따라잡을 길이 없었다.

이미 보이지 않는 곳까지 달아나 버렸다. 어제도 그렇고 오늘도 그렇고 계속 참고만 있었던 광역은 더 이상 인내심도 한계가 있는 터라 발끈하기 시작했다.

지금 이 상황은 희란이 실제 자신에게 감염을 일으킨 장본인은 고인 조현삭 변호사인데 이를 감추고 광역에게 뒤집어씌워 며칠 전 자신이 왕태에게 퍼뜨려 버렸기에 혹시나 왕태가 감염되어 자신에게 보복의 화살이 날아오는 걸 차단하려는 꼼수이기도 했다.

"아니, 기자님들 잘 보시죠. 저기 저 여잔 과거의 제 애인이었습니다.

그런데 차이자 저렇게 찰거머리같이 악착같이 따라다니며 저를 괴롭히는 겁니다. 어제도 그런 것 아닙니까? 정확히 이 내용을 보도해 주시고요. 경찰은 이들을 소란죄나 스토커로 잡아 주세요. 또 이 여잘 무고죄로도 고소할 겁니다. 내가 그런 감염을 퍼뜨린 주범으로 몰아 처벌받게 하려는 허구의 내용을 떠들었으니 허위 사실 유포로 무고죄가 될 것 같아요."

하지만 지켜보던 경찰은 이 말이 허위인지 진실인지 알 수 없으니 당혹스럽기만 했다. 일단 만약 진실을 가정한다 하더라도 무고죄는 아니고 공공연히 공개된 장소에서 폭로한 행위는 명예 훼손죄는 될 것으로 내다보았다.

아까 도망친 단비는 역삼동 쪽 한 카페에 들어가 자신의 페이스북에 연이틀 불거진 일련의 사태에 대해 굉장히 불쾌감을 드러내며 이번 드라마 '숨겨진 재산'에서 최고의 인기로 오른 한 사람으로서 앞으로 절대 채광역과 상대역을 하지 않겠다, 라는 글을 올렸다.

결국 탤런트 채광역만 체면을 완전 구기고 치욕적인 시간을 보낼 운명에 처했다.

대대적인 허위 폭로를 일삼고 희란은 번개같이 도망쳤다. 왕태가 그녀를 잡으려고 뒤따라갔으나 더 빠르게 도망치는 바람에 잡질 못했다. 이 시각 그곳의 팬 사인회는 아수라장이 되어 관계자들은 다음으로 미룬다는 멘트를 날리고 철수했다.

이로써 앞으로 왕태는 불안과 공포 속에서 하루하루 지내야만 할 것으로 보였다.

그는 핸드폰으로 시간을 보자 오후 4시가 조금 넘어가고 있었다. 다급한 마음이 앞서 풍덕천동 집으로 갈 여유도 없이 강남역 4번 출구 쪽에 위치한 내과로 달려가 후천적 면역 결핍증 검사를 실시했다. 담당 닥터는 "일주일 후에 내왕하십시오. 그때 나옵니다."라고 진단했다.

이번 사건으로 극도로 억울함을 느끼는 광역은 희란과 왕태를 어떻게 처단할 것인가! 깊은 고민 속으로 빠져들었다.

게다가 깊은 오해와 불신으로 도망친 단비를 또 어떻게 설득하여 새로운 데이트를 이어 갈 수 있을 것인가! 이런 여러 가지 문제들이 여간 어렵고 힘든 게 아니었다. 아주 늦은 밤 단비에게 연락을 취하자 꿈적도 하지 않는 그녀였다.

이미 단비는 자신의 집 수진동 신라빌라에서 딸아이 다희와 과일을 먹어 가며 치밀한 미래를 설계했다.

급기야 날이 밝자 광역은 더 이상 분노를 가라앉히지 못하고 옛 애인 희란을 공공연히 허위 사실을 유포하여 명예 훼손으로 고소 조치를 취했다. 자신의 실추된 명예를 도로 찾겠다는 발로였다.

이로써 그녀는 이 건에 의해 꼼짝없이 사법 처리를 받을 위기에 몰렸다.

같은 시각 왕태도 희란에 대해 검진 결과에 따라 어제 그 건을 그냥 묵과하진 않으리라! 각오를 다졌다.

희란은 공공의 적이 되어 가는 형국이었다.

결국 그녀는 꼼짝없이 명예 훼손 혐의로 관계 당국에 끌려갔다. 왕태는 아직은 숨을 죽이며 검진 결과만을 기다리고 있을 따름이었다.

내친김에 광역은 실추된 자신의 명예를 회복하고 희란의 행동이 악의적이었단 걸 증명해 내기 위하여 곧바로 자신의 집 야탑동 근처의 내과로 달려가 검진하고 그 결과를 그대로 언론에 공개한다는 극약 처방을 썼다.

일어나자마자 달려가 검사를 마치고 결과를 올리겠다고 자신의 페이스북에 올렸다.

그러자 그의 팬들이 '그럽시다. 우리가 한번 믿어 봅시다. 끝까지 응원하겠습니다.'라는 댓글들을 우후죽순으로 달았다.

'화이팅!'이란 아주 짧은 댓글들도 보였다. 그는 시간이 빨리빨리 흘러 결과가 나오길 손꼽아 기다릴 뿐이었다. 자신이 그런 질환에 걸릴 아무런 이유가 없기 때문이다.

결백을 보여 줌으로써 다시 인기를 되찾는 절호의 기회로 여기려는 발로였다.

이 시각 희란은 경찰에 끌려가 애걸하며 광역과 합의할 수 있게 도와달라고 울먹였다. 그도 옛정이 떠올라 한 번 봐줄까 깊은 고민에 휩싸였다.

그러는 사이에 이윽고 며칠 시간이 흘러 그의 검진 결과가 나오는 날이 됐다.

최종 결과는 음성이라고 나왔다. 이 결과도 그대로 사회 관계망에 올리자 팬들은 그를 다시금 신뢰할 수 있게 됐고 그간 희란이란 여자의 농간에 억울하게 스트레스를 받은 것에 대해 몹시 안타까워하는 글들이 산발적으로 올라왔다.

이로써 희란의 망발은 악의라는 게 만천하에 드러나는 상황이었다. 그녀로선 또 다른 악재 하나가 추가되고 있었다. 어제 검진 결과가 나온 왕태는 양성으로 나온 것이었다. 그는 100% 희란을 의심하며 분노의 칼날을 갈았다. 이젠 그가 그녀를 어떻게 처단할지 초읽기로 들어갔다.

법적 조치가 유력할 듯했다. 중상해죄가 될 것 같았다.

피해자 광역이 마음 약해져 명예 훼손 혐의에서 위기를 벗어날 듯하였으나, 다른 사건 피해자 왕태로부터 중상해죄로 처벌받을 깊은 덫에 걸리는 그녀의 운명이었다.

자신의 감염의 억울함을 타인에게 전파하려는 못된 상상의 행동을 그대로 옮겨 버린 지난 28일의 독기가 악몽으로 변하는 흐름이었다.

왕태는 곧장 희란을 중상해죄로 고소 조치 취해 버렸다. 명백한 증거가 뒷받침되기에 옴짝달싹 못하고 입건되었다.

한편, 단비는 상대역이었던 광역과 앞으론 절대 함께 다른 드라마를 안 하겠다고 공언하였으나 이번 검진 결과 발표가 언론을 통해 공표되자 다짜고짜 그를 의심했던 마음이 다소 겸연쩍은 심정으로 변했다.

그저 우두커니 앉아 그를 떠올리며 쓰디쓴 아메리카노 한 잔 마셨다.

그러는 사이 광역에게서 전화가 걸려 왔다.

일단 받지 않았다. 그날 '이번 드라마 숨겨진 재산에서 최고의 인기로 오른 한 사람으로서 앞으로 절대 채광역과 상대역을 하지 않겠다.'라는 글을 자신의 페이스북에 올렸었기 때문이었다.

그만큼 그 당시 전남편 왕태가 강남역 팬 사인회 장소에 나타나 객설스럽게 떠든 말이 꽤나 두려웠다. 그렇지만 지금 이 상황은 광역의 결백이 입증된 상태라 그녀로선 미안한 마음이 앞섰다.

한 번 안 받자 약 1시간쯤 소강상태로 들어갔다가 이번엔 그녀가 폰을 들어 그의 번호를 누르려다 그냥 내려놓았다. 그 순간 또 그에게서 전화가 걸려 왔다.

단비는 그저 못 이기는 척하며 받았다.

"단비 누나, 내 무결점이 입증된 것 알아? 혹시 아직 그 기사 못 봤나?"

겸연쩍은 마음에 아무런 말도 못하고 가만히 있었다.

"아! 그 기사 봤냐고?"

그래도 그녀는 아무런 말을 하지 못했다. 계속되는 그의 매서운 물음에 마지막 자존심이 작렬하여 그냥 뚝 끊어 버렸다. 그러자 광역은 이번에 문자를 날렸다.

'우리 이런 쓸데없는 줄다리기 하지 말고 지금 얼른 만나자고, 단비 누나? 나 여기 야탑역이야. 5번 출구로 무조건 달려와 줘.' 이런 내용이었다.

더 이상 자존심을 지키지 않고 단비는 '그래, 알겠어.'라고 답장을 날린 후 벌떡 일어나 그곳으로 내달렸다.

수진동 집에서 나와 택시를 잡아타고 그곳으로 갔다.

5번 출구에서 내리자 광역이 얼마 전에 타던 아우디 A8은 어디다가 놨는지 모르지만 신형 BMW 7을 몰고 나타났다.

드라마 촬영 내내 수도 없이 끌어안고 입술을 막 부딪치고 난리를 치곤 하였으나 촬영 스케줄이 너무 바빠 실제 이성의 감정으로 그럴 수 있는 시간은 좀체 없었다.

그래서 며칠 전 뒤풀이 후 그러려고 잔뜩 벼르던 그가 돌발 사건으로 못 한 건데 지금은 절호의 기회가 왔다고도 볼 수 있었다.

그는 차문을 열고 서서히 나와 지그시 미소를 띠었다. 그녀가 좀 더 가까이 그에게 다가가자 광역은 느닷없이 단비에게 달려들어 자신의 입술을 그녀의 입술에 대고 꾹꾹 눌러 한참 동안 유지했다. 이때 길을 지나가던 행인들이 그들을 봤다. 많이 낯익은 사람들이라 좀 더 예의 주시하며 보자 얼마 전 끝난 드라마 '숨겨진 재산'의 탤런트들이었다. 이걸 재빨리 동영상으로 찍거나 사진을 찍어 버리는 이들이 속출했다.

그러나 둘은 완전 황홀경에 빠져들어 주변 상황을 미처 알 수 없었다. 그러더니 그는 입술을 뗀 뒤 자신의 차량에 그녀를 태워 무작정 달리고 달렸다. 가평이 좋다고 느낀 그는 그 방향으로 핸들을 틀고 세차게 갔다. 이렇게까지 돌발적인 일이 벌어질 거라는 건 상상하질 못한 단비였지만 속으로 엄청나게 유쾌, 상쾌, 통쾌한 기분에 사로잡혀 쾌재를 불렀다. 대낮에 찾아간 운치가 절정인 가평이다. 점심시간이라 레스토랑에 들어가 허기를 때웠다.

지금 이 순간 그는 단비에게 할 말이 무척이나 많았지만 최대한 아끼려고 노력했다. 불미스럽게도 옛 애인 희란이 궤변을 늘어놓는 바람에 이를 바로 잡느라 여간 고통스러웠던 게 아니었다. 급기야 종합병원에 찾아가 검진하고 그 결과를 언론에 알릴 정도였으니 그간 받은 명예와 체면은 완전 만신창이가 될 지경이었다. 이제야 제대로 단비를 만나 마음이 한결 가벼웠다.

광역은 무려 10살이나 연상인 단비에게 빠져 헤어나질 못했다. 드라마에서 상대역으로 호흡을 맞출 때 다소 인위적인 차원의 애정 표현은 이젠 값비싼 지우개로 다 지워 내고 싶었다.

"단비 누나, 그동안 나하고 드라마 촬영한다고 정말 고생 많았어! 처음 길거리 캐스팅 때도 어쩜 그렇게 된 게 우리가 애인이 되라는 저 하늘의 뜻이야! 하하하."

"그래, 너도 고생 많았다. 히히히."

광역은 수개월 드라마 촬영 때 그녀를 상상하며 누렸던 그런 표현을 더 거침없이 내뱉고 싶은 충동을 느꼈다.

"단비 누나, 지금 우리에겐 쓸데없는 오해나 불신은 다 필요 없다고. 어서 빨리 서둘러 우리의 갈 길을 걸어가자고……!"

"그래, 그러면 돼!"

상당히 추상적인 표현인데 단비는 정확히 못 알아듣고 그저 막연히 대답했다.

그러자 그는 지그시 그녀의 허리를 잡고 어디론가 가려고 몸짓을 취했다. 약 30미터쯤 앞에 가평의 그윽하고 예술적인 러브 모텔이 자리하고 있었다.

그 방향으로 그는 걸었다.

단비는 이미 속으로 예상하고 있었지만 실제 상황이 되자 약간 긴장 모드로 들어갔다. 그러나 피할 수 없는 운명적 만남이었다.

그들은 대낮에 그곳에 들어가 아주 진한 관계를 갖고 다시 밖으로 나왔다.

한편 오늘 왕태에게서 중상해죄로 고소를 당한 희란은 어떻게든 빠져나오려고 안간힘을 다하다가 너무 괴로워 독약이라도 확 마셔 버리고 죽고 싶은 충동에 사로잡혔다.

광역의 명예 훼손은 그가 옛 애인으로서 옛정을 생각하여 봐주기로 하였으나, 왕태의 중상해 피해는 차원이 달랐다. 취하해 달라고 애걸하려고 그에게 전화를 걸었다.

왕태는 해 질 녘 희란에게서 오는 전화가 몹시 불쾌하기만 했다. 대충 무슨 의미의 전화일지 예상은 되지만 받을까 말까 한참동안 고민하다가 끝내 받지 않았다.

그러자 그녀는 또다시 걸었다.

엄청 화가 난 목소리로 "뭐야? 넌 감방 들어가 콩밥이나 먹을 생각이나 하라고……." 하며 역정을 내는 그였다.

"하하하하. 한번 은밀히 만납시다. 특별히 제가 할 말이 있어요."

아주 부드러운 톤으로 말하는 그녀였다.

왕태는 문득 법적 절차가 아닌 자신이 직접 희란을 해코지를 해야 속이 시원할 것만 같은 악의에 찬 독기가 발산되었다.

"하하 그래요. 희란 씨가 만나고 싶다면 못 만날 것도 없지요. 그래요 만납시다. 어디에서 언제 만날까요? 정해 봐요."

"여기 신갈오거리 오복 카페로 지금 오세요. 기다리고 있겠습니다. 오세요."

"알겠어요."

희란은 장기방으로 끊은 업그레이드 모텔에서 나와 그 카페로 들어가 두려움 속에서 그를 기다렸다. 오늘 경찰에 끌려가 중상해죄로 됨을 확인한 그녀는 극적으로 그의 취하 선언을 애타게 갈망할 따름이었다. 합의를 뜻했다.

저녁 7시 정각에 그가 그 카페 문을 열고 들어오자 그녀는 벌떡 일어나 자리로 안내했다. 자신이 살아남으려고 과잉 친절까지 베풀었다.

"다 아시죠?"

"뭘 알아?"

5월 13일 저녁, 신갈오거리 오복 카페 6시에 희란과 왕태가 만났다.

서로는 견제구를 한 번씩 날린 뒤 잠시 물끄러미 탁자만 쳐다봤다. 느닷없이 왕태는 180도 확 바뀌어 돌변하며 말했다.

"아하! 제가 아까 신고한 것에 대해 심히 유감으로 생각합니다. 곰곰이 생각해 보면 제가 에이즈에 걸린 건 희란 씨 때문이 아닐 겁니다. 그대와 난 불과 섹스를 한 지가 보름밖에 되지 않았는데 어떻게 내게 감염을 시킬 수가 있겠어요. 아마 아주 오래 전에 다른 상대와의 그런 문제였겠죠. 그래서 말인데 제가 아까 신고한 것을 취소해야 할 것 같아요. 사려 깊지 못해 너무 죄송합니다."

이 말은 그녀로선 너무 놀랍고 당황스러울 수밖에 없다.

이에 감쪽같이 속아 넘어간 그녀는 자신도 조금 미안한 마음이 들어 고개를 들질 못했다.

그러나 속으론 '이상하다. 내가 원인이 되어 그런 것 같은데 짧은 기간이라도 그럴 수도 있는데.' 하며 갸웃거렸다.

"나는 그대와 그날 처음으로 몸을 섞은 후 도저히 잊을 수가 없었지요. 그대의 속살이 너무너무 매력적이었기 때문이죠. 희란 씨는 최고의 미인입니다. 하하. 우리 다시 즐겁게 지내기로 합시다. 비록 노래방에서 도우미 손님으로 만나긴 했지만 다 소중한 만남입니다. 사랑합니다."

점점 원색적인 표현을 서슴없이 하는 그에게 넋이 나갈 지경이었다. 그는 앞으로 더욱더 무지막지한 보복을 퍼붓기 위해 달콤한 말로 정신을 혼란스럽게 했다. 하지만 이 여자에게서 그런 질환이 온 것은 확신하기 때문에 분노의 칼날이 더욱더 날카로워짐은 두말할 것도 없었다. 아까 전화할 땐 콩밥이나 먹으라는 둥 온갖 협박을 다 늘어놓았는데 이곳에선 아양을 떠는 게 수상하단 의심이 다소 드는 그녀였다.

이젠 긴장이 누그러지며 "이히, 그럼 저랑 식사를 하고 제가 묵고 있는 업그레이드 모텔로 들어갈까요?" 하며 야릇한 미소를 보냈다.

"아아, 오늘은 제가 바쁜 일이 있어서 빨리 가 봐야만 합니다. 내일 이 시간에 여기 이곳에서 다시 만납시다."라며 매우 사랑스러운 눈빛으로 그녀를 바라봤다.

그녀는 고개를 끄덕였다.

이들은 커피만 먹고 각자 거처로 돌아갔는데 그는 흉측한 발상으로 무지막지한 보복을 가하기 위하여 농약사에 들러 쥐약을 다량 구입해 왔다.

그의 시골 고향에 아주 오래전 외할머니가 스트레스를 너무 많이 받아 못 견디고 쥐약을 다량 복용하고 숨진 일이 떠올라 이 쥐약을 희란에게 교묘히 먹이려는 발로였다.

이런 공포의 시간이 내일 도래할 텐데 그녀는 조금도 눈치채지 못하고 마냥 들떠 장기 방 모텔에서 연예 프로를 보며 재밌는 시간을 보냈다.

이윽고 다음 날 그 시간이 되자 둘은 다시 만났다.

"하하하. 희란 씨, 어서 커피를 먹고 나가 술이나 한잔합시다. 오늘 따라 생맥주가 떠오르는 것 같습니다. 아까 오다 보니 저쪽에 호프가 하나 보이더군요."

"네, 그럴까요."

둘은 나가 그 호프로 직행했다. 그는 희란에게 맥주를 마구 먹였다. 오랜만에 먹는 술이라 너무 맛이 좋아 그녀는 벌컥벌컥 마셨다. 그는 호주머니 안에 든 쥐약을 만지작거렸다. 결정적인 기회를 노리기 위함이었다.

때마침 그녀는 많이 마신 탓에 화장실이 급했는지 벌떡 일어나 달려갔다. 때는 이때다 싶어 그는 그녀의 컵에 쥐약을 확 넣어 버렸다. 죽여 버리겠다는 살인적 행위였다.

속 쓰림

그녀는 금세 돌아와 그 컵에 든 맥주를 마시기 시작했다. 어느 정도 시간이 지나자 "아아, 왕태 오빠. 나 지금 토할 것 같아! 으으으으." 하며 화장실로 뛰어 들어갔다. 이에 그는 속으로 환호성을 터뜨리며 뒤따라가 등을 두들겨 주며 꽤나 걱정했다.

"에잇, 적당히 마시지 그래. 너무 과음한 것 아니야? 쯧쯧."

구토를 했는데도 불구하고 계속되는 구역질과 속 쓰림이 이어졌다.

"오빠, 아니 안 되겠어 얼른 빨리 119를 불러 줘."

119가 도착하여 인근 슬기종합병원으로 가 곧바로 응급실로 들어갔다. 전문의가 속을 들여다본 결과 쥐약 성분의 물질이 검출됐다. 희란은 속이 부글부글 끓어오르기 시작하였다. 왕태의 짓인 게 분명했다. 화장실 간 사이 저지른 게 확실했다. 담당 의사는 "아이고 그래도 천만다행입니다. 쥐약이 조금 더 들어갔으면 생명에 치명타가 올 수도 있었습니다. 그러나 소량이어서 그 정도는 아닙니다. 일단 그래도 입원 치료는 해야 할 것으로 보입니다."라고 진단을 내렸다.

"어쩐지 이 새끼가 날 죽이려고 해 놓고 지금 여기엔 오지도 않았잖아!"

혼잣말로 중얼거렸다. 의사는 이게 무슨 말인가 조금 어리둥절했다.

곧바로 입원한 뒤 그녀는 사당동에 사는 부모에게 이 사실을 알렸다. 그러자 부모는 펄쩍 뛰면서 신갈 슬기종합병원으로 번개같이 내려왔다.

"야, 야, 야, 이게 어떻게 된 일이야? 네가 왜 이렇게 됐어?"

"어떤 놈 때문이야! 그놈을 빨리 신고해 신고하라고!" 하며 갑자기 눈물을 흘렸다. 부모는 신갈 파출소에 그를 신고하자 경찰이 쏜살같이 달려와 그를 잡아 왔다.

결국 쥐약을 상대에게 투여한 살인의 고의가 인정되어 입건되었다.

그러나 결과 발생이 일어난 건 아니어서 미수범 처벌법에 의하여 처벌을 받게 되었다.

경찰에 끌려간 왕태는 "그년이 내게 에이즈를 퍼뜨려 나는 반격 행위로 그런 겁니다."라고 강변하였으나 이는 받아들여지지 않았다. 왜냐하면 어제 두 사람이 만났을 때 그가 한 취하의 내용을 그녀가 모두 다 녹음을 해 놓은 상태라서 그랬다. 분명한 의사 표시가 성립된다고 본 것이었다.

왕태는 살인 미수범으로 연행되었다.

다음 날 토요일엔 모든 일간지 사회면에 이 사건이 부각되어 실렸다.

게다가 김왕태는 인기 탤런트 홍단비의 전남편이었다는 내용도 함께 실렸다.

지금 이 시각 단비와 광역은 가평유원지에서 2박 3일간 설탕 여행을 만끽하고 있는데 아침에 모텔에서 일어나 뉴스를 틀자 왕태가 어제 저녁 살인 미수죄로 연행된 기사가 나와 깜짝 놀랐다. 내용을 좀 더 듣자 왕태가 쥐약을 넣은 생맥주를 희란에게 마시게 한 혐의로 연행된 것이었다.

"어머머, 저기, 저기 봐 저런, 저런, 참 난리 났구만. 내 남편이었던 놈이 한 짓이 저래!"

"그거 참. 그때 그날 강남역 앞마당에 쳐들어와 생난리를 치고 가더니. 결국 저 아저씨가 저 아줌마에게 저런 짓을 저질렀구나! 쯧쯧, 너무 불쌍하다. 너무 안 됐다."

둘은 희란을 안타깝게 생각하는 말을 이어 갔다. 하지만 그날 희란은 감염 원인을 광역에게 뒤집어씌우려는 짓을 저질렀기에 그녀에 대한 증오의 마음도 여전했다.

하마터면 그때 단비가 깊은 오해를 하게 되어 광역과 완전 끊어 버릴 수도 있었던 위기도 있었으니 아직은 분노의 불씨는 여전했다.

텔레비전을 끄고 다시 잠자기 시작했다. 잠깐 잠든 것 같은데 깨나니 점심때가 조금 넘어갔다. 서서히 일어나 다시 돌아갈 준비를 했다.

이 사회면 기사는 아침저녁으로 뉴스에 몇 차례 반복되어 나오기도 하였는데 오래전에 중원구 성남동 코라아파트에서 급조된 애인 사이이기도 했지만 얼마 못 가 틀어져 격렬히 옥신각신 거렸던 방수지, 그리고 현재 광교지구 츠레바아파트에 사는 수지의 절친 차준희도 보게 되었다. 그녀들은 일제히 자업자득이란 반응을 내놓았다. 특히 수지는 한때 그에게 홀려 주체를 못하였으나 마음이 변했는데 그 당시 왕태는 온갖 추태를 다 부리며 폭언 폭행을 다 휘둘렀다. 그렇기에 그녀의 한이 이만저만이 아니었다.

그 당시 친구 준희가 사는 츠레바로 도망치듯 이사하여 살고 있는 수지는 오늘따라 과거의 기억이 떠올라 착잡하기만 했다.

수지가 준희에게 전화를 넣어 "지금 우리 집에 놀러 와."라고 말했다. 그러자 "알겠어."라고 준희가 말했다.

준희는 금세 수지의 집에 도착했다.

"너, 그 기사 봤니? 왕태란 사람 예전에 내게 돌 던지고 행패 부린 사람 말이야, 오늘 뉴스 보니까 무슨 살인 미수범으로 걸렸더라고……."

"음 그래 나도 아까 봤어! 그런 놈은 다 그렇지 뭐! 어휴~ 참 나."

이런저런 대화를 나누는 이들은 어느새 정오가 다 되어 가자 밖으로 나가 외식을 하기로 했다.

"그래, 나가자. 저쪽으로 가면 추어탕을 맛있게 하는 집이 하나 있어. 가서 먹자고." 하고 나갔다. 거리가 가까워 그냥 걸어가도 될 거라 생각하고 경비실을 지나가는데 웬 낯익은 남자가 경비복을 입고 근무하는 것이었다. 수지는 그래서 그를 집중했다.

"어! 저 남자는 그 사람이잖아!" 하며 깜짝 놀라며 온몸이 굳어졌다. 이 소리에 다른 데를 쳐다보던 장한도 너무 놀라 그녀를 보게 되었다.

"아아아."

먼저 말을 건 사람은 수지였다.

"아니 장한 씨, 어떻게 여기에 왔어요?"

"아! 계속 코라아파트에 있다가 오늘부로 여기 츠레바아파트로 온 거예요."

수지는 자신이 여기에 온 걸 장한이 모를 텐데 마치 알고 온 것 같은 착각이 들었다. 우연의 일치인데도 그랬다.

두 사람은 오래전 왕태와 함께 회식하기 전에는 아주 짧은 기간 동안 사귄 적 있었다. 그래서 기분이 아주 묘했다.

"그나저나 장한 씨, 지금 점심시간인데 식사는 하셨어요?"

"아직 하지 않았습니다. 하하"

"그럼 같이 가서 식사나 하고 올까요?"

그는 고개를 끄덕이며 따라 나갔다. 횡단보도를 건너자마자 걸어서 불과 5분 거리에 추어탕집이 있어 들어갔다. 이들은 거의 3개월 가까이 보지 못하다가 지금 이 시각에 보게 됐다. 그렇기에 매우 새록새록했다.

이들의 대화의 화제는 단연 왕태에 대한 건이 될 수밖에 없었다.

"보셨죠? 김왕태 씨 사건 말이에요?"

"네, 아까 봤습니다."

문득 수지는 3월 말경부터 4월 중순까지 츠레바에 왕태가 경비로 있다가 자신을 못살게 괴롭혀 해고된 뒤 다음 날 자신에게 돌을 던진 폭행을 저지른 사건이 떠올랐다. 장한도 오늘부로 이곳 츠레바로 왔다고 하니 어떤 연결이 된 건가! 궁금하기도 했다. 그래서 이 건을 묻자 그는 "하하하 나는 왕태 씨 그날 코라에서 나간 후 한 번도 본적이 없죠. 그 사람이 츠레바에서 일했다고 하니 같은 곳이라 조금 그렇긴 한데, 우리 같은 일은 같은 지역이면 이렇게 겹치는 경우들이 많아요." 하며 관련 없다고 말했다.

대화가 한창 진행 중에 추어탕이 나왔다. 먹어 가며 대화는 계속 이어졌다.

"에이즈에 또 여자에게 쥐약까지. 저런 게 인간이야, 인간. 어휴~ 개만도 못한 인간."

수지는 왕태를 헐뜯는 말을 하면서도 마음 한구석에선 꽤나 신경이 쓰였다.

자신도 예전에 왕태와 한차례의 섹스가 이뤄졌기 때문이었다. 꽤 오래 지났지만 여간 께름칙한 게 아니었다. 오늘 준희와 광교산을 등산한 뒤 모레 월요일은 검진을 받아 보리라! 마음먹었다.

3개월이란 시간이 흐른 역사였다.

밥을 다 먹을 때까지 그녀는 줄곧 왕태를 물어뜯는 멘트를 악착같이 이어 갔다.

그러자 급기야 장한은 "아아아, 수지 씨. 이제 그만합시다. 원래 하늘 아래 인간이란 다 그렇고 그런 겁니다. 완벽하게 무결한 인간은 존재하지 않아요. 허허." 하며 되레 왕태를 옹호하는 자세를 취했다.

그는 왕태와 특별히 악감정은 없었다.

"뭐야? 뭐가 다 그렇고 그래요? 그 자식은 워낙 악랄한 놈이라고……!"

수지가 발끈했다.

특별히 언쟁이 생길 만한 사이도 아닌데 자칫 벌어질 수도 있는 상황으로 치달았다. 그런 낌새가 있자 장한은 침묵을 유지했다. 그러나 계속되는 그녀의 거친 말에 결국 그도 얼굴이 붉어지며 왕태를 두둔하기 시작했다.

"아! 됐어요, 됐어. 이젠 그만합시다. 그래도 그 사람과 나는 한때 직장 동료면서 절친이기도 했습니다. 그 사람의 불행이 그렇게도 좋습니까?"

"아니, 이 양반아. 누가 그 인간 불행이 좋다고 했어? 그만큼 악랄하다는 거야!"

이들이 난장판이 될 것 같은 분위기가 감돌자 준희가 얼른 제재했다.

"자자자, 그만합시다. 일어나 가요."

이들에겐 있어선 직접 관련된 중요한 일도 아닌데 아주 소소한 일로 충돌이 벌어진 것이었다. 수지는 화가 치밀어 올라 장한의 추어탕은 계산하지도 않고 그냥 나가 버렸다. 그가 별도로 계산하게 되었다.

"나 원 참, 추어탕 사 준다고 하더니 그냥 가 버리네."

그녀들은 나가 광교산을 올랐다. 그녀들은 산에 오르면서 좋지 않은 기억들이 말끔히 지워지기 시작했다. 장한은 경비실로 들어가니 온갖 상념들이 머릿속을 스쳐 지나갔다.

본인도 여러 가지로 심란한 일들이 몰려와 있기 때문이었다.

이따가 저녁때 퇴근하면 소주를 한잔해야겠다고 생각했다.

왕태에게 위로차 전화를 넣고 싶어도 그가 워낙 침통할 것으로 예상되어 그리 하진 못했다.

어느새 어둑어둑한 저녁이 되자 장한은 퇴근길에 올랐다. 그는 집에 들어가기 전 동네에 있는 포장마차에 들어가 소주와 아나고를 먹어 가며 왕태를 걱정했다.

그러면서 오래전 그와 함께 근무하던 코라아파트를 내려다봤다. 장한의 집이 이곳 성남동이라 이 아파트를 다녔었다. 불과 몇 개월 전의 이야기지만 꽤나 오래 지난 과거와 같은 기억들이었다.

소주를 듬뿍 먹고 성남동의 한 작은 빌라에 들어서는 그였다.

아내는 혼자 만취해 들어오는 그를 물끄러미 바라봤다.

"왜 이리 술을 많이 먹었어?"라고 묻는 아내의 말에 아랑곳하지 않고 그저 들어가 씻고 방으로 들어가 퍽 쓰러져 버렸다. 그는 한참 자다가 오밤중에 무슨 꿈을 하나 꾸는데 자신이 수지를 향해 돌을 던지자 그녀가 잘못했다고 무릎 꿇고 싹싹 비는 장면이 나왔다.

그러다가 문득 깨어났다. 이상한 꿈이라고 생각되어 답답한 마음에 시원한 물을 한 잔 마셨다.

시간은 가는 줄도 모르게 벌써 그가 츠레바에 출근할 시간이 왔다. 허겁지겁 채비를 하고 나갔다. 오전은 별 문제없이 고요히 흘러갔다.

점심을 먹고 잠시 쉬는데 어제와 똑같이 수지와 준희가 유유히 정문을 빠져나가고 있었다.

그는 경비실 안에서 괜한 객기가 발동하려고 꿈틀거렸다.

공연히 왕태에 대한 의리 아닌 의리가 샘솟는 것이었다. 그래서 그는 두 주먹을 불끈 쥐고 뛰쳐나갔다.

"잠깐, 잠깐만요. 수지 씨, 수지 씨는 분명 잘못을 한 게 있긴 해요! 그렇죠? 맞죠?"

가뜩이나 어제 불필요한 시비로 신경이 몹시 사나운 그녀인데 또다시 그가 도발해 들어오자 여간 불쾌한 게 아니었다.

옆에 있던 준희도 마찬가지였다. 수지는 반려견을 끌고 나가고 있었다.

장한은 수지가 깊게 왕태를 좋아하는 것도 아니면서 단발성으로 유혹하여 육체관계를 나누고 한 달분 월급 상당의 고급 옷을 받은 뒤 달아난 얌체 촉새 같은 행동은 분명 크게 잘못된 거라고 판단하고 있었다.

그녀들은 고개를 다른 곳으로 돌리고 잰걸음으로 빠르게 피하듯 갔다. 이에 장한은 미친 척 웬 돌을 집어 들어 그녀를 맞출 생각은 없고 반려견을 깔 심사로 세게 던졌다.

이에 어떻게 된 일인지 돌이 개에게 정확히 맞아 피를 흘리며 퍽 하고 쓰러졌다. 깜작 놀란 그녀들은 "어어! 이게, 이게 뭐야, 아아!" 하며 개를 쳐다보며 황급히 지나가는 택시를 잡아타고 동물병원으로 내달렸다. 상당히 위급 상황이라 판단했다.

준희가 병원을 지키고 수지는 곧바로 경찰에 신고했다. 수지는 경찰이 오자 "동물 보호법 위반으로 츠레바 경비원을 신고합니다."라고 강조했다.

그러나 경찰은 "그건 동물 보호법 위반이 아니라 재물 손괴죄에 해당됩니다. 더더욱 가중 처벌될 수 있습니다. 동물 학대죄는 500만 원 이하 벌금형에 그치지만 재물 손괴죄는 3년 이하 징역 또는 700만 원 이하 벌금형이라 훨씬 더 무겁습니다."라고 설명했다.

수지는 경찰과 함께 츠레바로 가 장한을 가리키며 "저 사람입니다."라고 알려 줬다. 이에 경찰은 그를 차에 태우고 광교 파출소로 갔다.

근무한 지 불과 이틀밖에 되지 않은 그는 이런 어처구니없는 불상사를 빚었다.

츠레바아파트에 이 사실이 알려지자 동 대표단들은 더 이상 볼 것도 없이 바로 해고 조치를 취했다. 그는 괜한 옛 직장 동료 왕태를 생각하며 의리 아닌 의리를 지키려는 객기를 발휘하다가 그만 철창신세를 지게 됐다.

왕태, 장한은 모두 다 재판 절차로 진행되는데 왕태는 살인 미수죄로, 장한은 재물 손괴죄로 처벌받게 되었다. 이들은 너무 공교롭게도 재판이 끝난 뒤 복역 생활도 수원 교도소에서 하게 되는데 감방도 바로 옆방으로 배정받았다. 교도소 내 생활을 하다 보니 가끔 부딪치기도 했다.

이렇듯 세월은 무상하게 흘러만 갔다.

수지, 준희는 심경이 괴로워 다른 곳으로 이사할 구상을 하게 되는데 물이 훤히 보이는 광교호수공원 부근 빌라로 택하게 되었다.

그만큼 수지는 반려견에 대한 남다른 사랑을 지니고 있어서 그랬다. 시간이 많이 흐르자 그녀의 반려견도 차츰 회복되어 정상으로 돌아왔다.

그녀들은 6월 1일 각각 빌라를 얻어 들어갔다. 초여름인데도 날씨는 몹시 무더웠다. 이사한 곳은 그녀들에겐 마음만은 평온함을 주기에 조금도 부족함이 없었다. 한편, 지난달 중순에 가평유원지로 2박 3일간 설탕 여행을 즐기며 달콤한 첫 섹스를 맛본 드라마 주인공 단비와 광역은 그 후로도 줄기차게 몸을 섞고 또 섞었다.

이미 공공연히 결혼 이야기가 매스컴을 통해 다 퍼질 정도였다.

6월의 첫날 이들은 지난달 갔던 곳 말고 양평으로 여행을 떠났다. 오늘 광역은 밤에 만취한 상태로 단비에게 결혼해 달라고 애걸할 마음을 먹었다. 오늘도 그는 지난달 가평 여행 갈 때 몰고 간 BMW 7을 몰고 갔다.

지금 이 순간 단비는 예전 왕태와 결혼 생활 중에 부부가 극빈하여 차가 없던 시절을 회상하니 만감이 교차했다. 이런 세계적인 명차를 타고 브라운관상의 짝사랑하던 대상과 꿀맛 같은 여행을 떠나고 있다는 현실이 꿈만 같았다.

이윽고 저녁때가 다 되자 목적지에 도착했다.

이들은 내려 레스토랑에 들어가 밥부터 해결하고 술도 조금 마셨다. 밖으로 나와 여기저기 돌아다니며 데이트를 즐겼다. 그러다가 그는 그토록 갈망하던 멘트를 꺼냈다.

"단비 누나, 이젠 우린 수많은 팬들이 지켜보는 앞에서 신랑 신부 옷을 입고 그렇게 서로가 하나가 되는 거야! 괜찮겠지?"

어느 정도 예상은 했으나 그래도 꽤 놀라는 표정으로 "어! 그게 뭔 소리야?" 하고 멈칫멈칫 거렸다. 그러다가 입을 열었다.

"나는 딸이 하나 있어, 지금 모란대학교 2학년이야. 그래도 좋아? 넌 참 이상한 남자다. 나이 36살에 넌 얼마든지 20대 젊은 예쁜 여자들을 만날 수가 있는데 왜 하필 46살 먹은 나 같은 노땅 여자를 좋아하니? 한심하다."

"그런 건 다 부질없는 거라고. 누나와 나는 이런 몸만 있으면 돼! 사랑은 몸과 몸의 혼합체야. 하하하하."

"참 나, 넌 무슨 혼합체가 어쩌고저쩌고 넌 내 몸을 너무 탐내고 있다는 게 문제야!"

"단비 누나, 이런 걸 경제학에선 사랑의 독과점 시장이라고도 하는 거다. 누나의 몸을 다른 남자들이 함부로 막 건들면 안 된다는 거야! 누나의 몸은 나 광역의 것이라고 그래서 내가 누나의 몸을 독과점하고 있다는 이론이라고……. 만약 단비 누나의 몸이 완전 경쟁 시장이 되면 이놈 저놈이 달라붙어 차지하려 할 거라고. 그럼 정말 난리 나는 거다. 누나와 나의 정신적 육체적 수요와 공급은 우리 둘만이 존재하는 거라고. 이에 대해 그 누구도 규제와 개입할 수 없다고. 우하하하."

객설스러운 이런 웃긴 연애 사랑 경제학에 그녀는 짜증이 나 그의 볼을 세게 꽉 꼬집고 옆으로 비틀어 버렸다.

"우린 하나로 태어난 사랑 열차에 몸을 싣고 태평양을 건너고 있어. 내 몸이 살아 숨 쉬는 날까지."

다소 철학적인 말을 꺼내 들더니 느닷없이 그녀를 데리고 모텔로 들어가 몸을 섞었다. 그 후 다시 나와 술을 또 먹었다. 단비는 10살 연상이라 나름 자존심을 지키려고도 하였으나 알딸딸한 상태에서 "그래, 난 너와 네가 말한 대로 그렇게 결혼을 할 거야! 언제 할 거니?" 하며 더더욱 보챘다.

"그럼 그냥 내일 결혼하지 뭐! 푸하하하하."

무척 호기로운 농담을 던진 그의 옆구리를 아주 세게 꽉 꼬집고 옆으로 비틀었다. 이들은 7월 극심한 무더위가 오기 전에 식을 올리는 걸로 약속했다.

"야, 광역아. 6월 말에 작렬하게 올리자?"

"그래, 누나."

그녀는 여기서 광역과 1박을 하고 다음 날 자신의 집 수진동 신라빌라로 들어가 딸 다희를 기다렸다. 어차피 내친김에 이 사실을 다희에게 알려야겠다고 생각했다.

저녁때가 다 되자 딸이 들어왔다.

"다희야, 잠시 여기로 와 봐. 엄마가 할 말이 있다."

"왜 그래?"

다희가 식탁 의자에 앉자 단비는 그 말을 꺼냈다.

다 듣고 난 딸 다희는 "그래, 엄마 너무 잘 됐다. 난 그러길 바라고 있었어! 이히 이히 오호." 하며 응원했다.

그 순간 딸 다희도 최근 일어난 자신의 일들을 엄마 단비에게 털어놓았다.

"그래, 엄마 나도 할 말이 있지!"

"그래, 뭐니?"

"나도 최근 남친이 생겼는데 걔는 애가 되게 특이한 놈이야! 나보고 만약 딴 남자를 만난다면 내게 용돈을 100만 원을 지급하겠다는 거지, 걔 미친놈 아닐까?"

"……."

단비는 고개를 갸웃거리며 여러 가지 상념 속에 빠져들었다. 이 내용이 이상하기도 하고 뭔가 심오하기도 한 것 같아서 그랬다.

"내 남친은 철학과생인데 늘 '인생이란 무엇인가!'만 생각하며 고민하고 그러는 애야."

"넌 영문과라 걔하곤 잘 안 맞을 수도 있을 것 같다."

"그래서 나도 걔에게 너도 딴 여잘 만난다면 내가 너에게 용돈 200만 원을 지급하겠다고 금액을 확 올려 말했더니 애가 기겁하고 달아나더라고……. 눈에는 눈, 이에는 이로 대해 준 거지 뭐! 이히히히."

단비는 이참에 자신이 현재 교제하는 탤런트 광역을 다희에게 한 번쯤 보여 주면서 방금 전 오고 간 대화에 대해 깊게 의논해 볼 생각이었다. 뭐든지 딸 다희에게 좋은 일만 있기를 바라기 때문이었다.

"아니, 그러지 말고, 내일 시간 내어 나하고 지금 내가 사귄다는 그 남자 탤런트와 우리 같이 만나 밥이나 같이 먹으며 네가 한 남친 얘길 해 보자고. 그럼 인생에 힌트가 될 수도 있어?"

"그래, 엄마. 그러지 뭐! 그런데 엄마가 사귀는 남자고 또 탤런트를 만난다니 내가 벌써부터 설레고 기대가 되는데. 우하하하하."

모녀는 다음 날 중원구의 어느 한 카페에서 탤런트 채광역을 만났다.

딸 다희의 남친 얘기를 광역에게 그대로 밝히며 자문을 구했다.

그러자 그는 "아하! 내가 생각해도 그 남자 친구는 너무 희한한 성격 같습니다. 너무 이상한 사람입니다. 그런 남자는 만나지 않은 게 좋겠어요."라고 말했다.

그러자 모녀는 맞는다는 듯 고개를 끄덕이며 "아, 네네. 그렇지요." 하며 그의 말을 들었다.

"네, 맞아요. 그 새끼는 정말 또라이 같아요."

"하하하하."

지금 이들의 조롱의 대상인 다희의 남친 차철수는 그저 우직하게 앞만 보고 공부만 하는 타입이다. 또 아직 여친은 없지만 김다희에게 반해 오로지 그녀만을 생각하며 정성을 쏟았지만 다희는 그 이론이 도무지 무슨 의미인지 알 길이 없어 그냥 무시하곤 했다.

이에 철수는 다희에게 매달려 보기도 하였으나 그때마다 아주 써늘한 투로 대하기 일쑤였다.

다희는 "나는 너처럼 철학을 연구하는 인간이 아니라 일류 대학 외대 영문과로 편입해 들어가야 하는 숙명을 지니고 있어. 너같이 헷갈리는 토론이나 하는 남자와는 대화할 수 없어."라고 야멸차게 따돌리고 오로지 영어 공부에만 집중하며 매달린 결과 드디어 21년 6월 중순에 본 수시에서 합격하는 기쁨을 누렸다.

그녀는 한국외국어대 영문과에 합격하여 들어가니 눈에 뵈는 게 아무것도 없었다.

이 세상을 다 쥔 것 같은 황홀감과 만족감이 그녀의 가슴을 뭉클하게 하였다.

그녀가 모란대 영문과에 다니던 그간 1년 반 가량 줄기차게 그녀를 따라다녔던 같은 학년 철학과생 차철수는 더 이상 김다희를 볼 수 없는 현실이 너무 가슴이 아파 눈물을 흘리고 말았다.

그래도 번호는 알기에 끊임없이 전화를 하였으나 그녀는 아예 받질 않았다. 그만큼 우습다는 것이었다.

짧게 철수에게 문자만 남겼다.

'야, 인간아. 나 보고 딴 남자 만나면 100만 원 준다면서 그래 좋다. 난 대한민국 최고 대학 외대 영문과에 들어갔으니 내 수준에 맞는 딴 남자를 만날 테니 내게 100만 원을 이체해 줘! 지금 계좌 번호 보낼 테니 말이야! 이런 쪼다 같은 자식아!' 이런 내용이었다.

다희는 7월부터 현재 방학 기간이었지만 가슴 벅찬 외대 도서관에 들러 수준 높은 영어책을 마주했다. 그러던 중 도서관 한구석에서 한 남자가 슬금슬금 웃으면서 다가와 그녀에게 말을 걸었다.

"하하. 외대 학생입니까? 보아하니 영문과생 같습니다. 저도 그렇습니다. 잠시 대화를 할까요?"

생긴 건 남자 탤런트 뺨치게 생긴 타입이었다.

가슴이 울렁거리기 시작한 그녀는 "그래요. 그럽시다. 이히히히." 하며 의자에 앉았다. 이런저런 얘길 주고받더니 그는 현재 4학년이란 걸 밝혔다.

다희가 2학년으로 편입했으니 최양배가 2년 선배가 되는 셈이었다.

학교, 영어, 낭만 분위기, 이런 시시콜콜한 주제로 대화를 이어 가다가 그는 "아하! 우리 그만 나가서 맛있는 거나 먹자고……." 하며 제안했다.

"그래 좋아!"

이들은 나가 교내 주차장으로 갔는데 그의 차량이 마세라티 기블리 흰색이었다. 뺀지도 얼마 안 된 듯한 느낌이다. 그 차에 다희를 태우고 한참 빠져나가 고급스러운 레스토랑에 들어가 양식을 먹었다. 그녀는 속으로 모란대 철학과생 철수와 경제, 문화면에서 수준이 완전 하늘과 땅이라 극도로 양배에게 쏠리기 시작했다.

"나 말이야, 가진 건 돈밖에 없는 남자야. 우리 아버지가 누군지 알아? 이 나라 최고의 부자라고! 우하하하하!"

"그래, 우하하하. 너무 좋다. 키킥킥킥."

급격히 친해지는 두 사람이었다. 만난 지 첫날인데도 불구하고 이들은 서로가 에로틱한 교감을 느껴 곧바로 모텔로 들어가 몸을 하나로 만들었다. 이날 다희는 생애 최초로 섹스를 경험해 신비스러운 뜻 깊은 날이었다.

하지만 양배는 중3 때부터 쥐도 새도 모르게 이 여자 저 여자를 만나고 다니며 음란한 생활을 한 사람이었다. 너무 일찍 까진 유형이었다. 되레 다희가 더더욱 적극적으로 돌진했다.

지금 이 시각 모란대에 남아 있는 철수는 깊은 한숨만 푹푹 쉬며 정신을 차리질 못했다. 게다가 그는 심심풀이로 접근한 거지만, 그녀는 아주 뜻깊게 생각한다는 게 문제라면 문제가 될 수도 있었다. 여름 방학 기간 이렇듯 몸을 섞은 둘은 뒤풀이로 술을 퍼먹기 시작했다.

만취한 상태가 되자 다희는 모란대 영문과 시절에 있었던 추억 중에 철학과생 차철수의 가치관을 말해 봤다.

"음, 선배 오빠. 내가 모란대에 있을 때 철학과에 다니던 남친이 있었는데 걔는 내가 딴 남잘 만나면 100만 원을 주겠다고 헛소리를 늘어놓은 놈이야! 참 웃기는 놈이지?"

"우하하하하! 참 별 놈이 다 있구나! 그거 비정상 아니야?"

어느 정도 시간이 지나자 그만 집으로 돌아가기로 하고 각자의 집으로 가는데 그는 동생을 불러 운전을 하라고 시켰다. 남동생은 운전대를 잡고 다희가 사는 수진동으로 먼저 간 후, 강남구 대치동으로 돌아갔다.

그녀는 집에 들어가 엄마 단비에게 "와아. 엄마, 난 오늘 외대 출신에 강남 갑부집 선배와 사귀게 됐다고! 이히히히히."라며 너무 기뻐 단비를 꽉 끌어안았다.

이에 단비도 함께 기쁨을 감추질 못했다.

"어어! 그러니? 그런 일도 있었니? 그래 잘해 봐라. 하하하."

그러나 부끄럽다고 여긴 딸 다희는 오늘 최초로 자기 생애 그와 첫 육체관계가 이뤄진 대목은 밝히지 않았다. 모녀의 이런 기쁨도 잠시 무더위가 점점 고조로 기우는 7월 말로 접어들었다. 양배는 무슨 희한한 동아리에 가입된 상태였는데 이 모임엔 대부분 서울, 연고대 출신이 대다수일 정도였다.

딱히 정해진 활동은 없었으나 기분 내키는 대로 변화무쌍하였다. 사이클을 함께 타기도 하고, 킥보드도 그렇고 산도 오르고 대형 오토바이를 타고 시내를 돌아다니기도 하며 헤아릴 수가 없을 정도였다. 그러나 이들에겐 자금이 떨어지고 있었고 경제활동에 필요한 돈이 절대적이었다.

그러던 중 서울대생 여자 한 명이 "이히히. 우리 음화를 찍어 팔아 돈을 좀 벌어 보자고…….'라고 제안했다.

처음엔 다들 시큰둥한 표정과 반응이었다. 각자 가슴속에 옳지 못한 행동이란 걸 깊게 인식하고 있기 때문이었다. 그러나 그 서울대생 여자의 줄기찬 설명에 거의 대부분이 흔들리고 있는 상황이었다. 최대한 빠른 기간 안에 목돈을 벌 수 있는 묘책은 이것 말고는 그리 마땅치 않아 보였다.

다른 회원도 이에 적극 동조하고 나섰다.

이에 거의 대다수 회원들이 기립 박수를 치며 찬성하는 분위기로 급반전되었다.

양배도 적극 호응하고 나섰다. 문득 올봄에 그런 특별 법안을 만들어 심하게 단속한 사례가 떠오르기도 하였다. 그러나 얼마 안 가 특별법은 사장된 것도 기억했다.

지금 현재 남아 있는 음화 제조 소지 반포죄는 1년 이하의 징역 또는 500만 원 이하의 벌금으로 한정되었다. 이들은 이걸 찍어서 반포하여 번 돈으로 해외여행을 떠난다는 구상도 늘어놓았다. 이들은 이걸 최초로 제안한 서울대 여학생 채란비의 제안으로 7월 마지막 날 한 펜션을 잡아 들어갔다. 그것도 경치 좋고 운치 좋은 양평으로 정하였다.

다 찍은 후 곧바로 여기저기에 반포하기에 이르렀다. 삽시간에 퍼져 나갔는데 금세 인기가 하늘을 찔렀다. 그만큼 자극적이고 야릇했기 때문이었.

특히 그중에서 집단으로 촬영한 음화는 완전 압권이었다.

그러나 그것도 잠시 일주일이 지나자 신고자에 의해 발각되어 수사 당국으로 연행되는 참극을 겪었다.

또 양평 펜션에서 모여 음화를 찍다가 이를 포착한 경찰이 급습한 것이었다.

"아니에요. 우린 그냥 놀고 있는 거예요." 하며 저항하였으나 소용없었다. 음화 촬영 기구들이 늘비하고 명백한 증거물들이 있었다.

삽시간에 일간지 속보로 나오는데 서울대, 연고대 학생들이 주축이었고 그중 한국외국어대 영문과 4학년 최양배 학생이라는 명단도 나왔다.

점심때 잠시 텔레비전을 튼 김다희는 이 기사를 보고 가슴이 쿵 하며 심장이 내려앉는 아픔을 겪었다.

"어어어, 저, 저건 양배 오빠잖아! 이럴 수가! 어어억."

곧장 엄마 단비에게 전화를 넣어 이 사실을 알렸다.

"뭐야! 그런 일이 있단 말이야! 참 난리구나 난리다."

모녀는 전화를 끊고 침통하기도 하였다.

해외여행

다희의 충격은 이만저만이 아니었다. 자신의 첫 순결을 바친 남자고 절대적인 존재라고 믿었기 때문이었다.

그녀는 화가 치밀어 오르자 곧바로 청와대 홈페이지에 청원을 넣었다.

'올 2월에 유야무야 덮어 버린 음화 제조 소지 반포 특별법을 다시 부활해 주시길 간곡히 바랍니다. 이번 양평 츠벤펜션 사건을 통해 알 수 있지 않겠습니까? 돈도 꽤 많은 연놈들이 한갓 해외여행을 떠날 비용을 만든다는 명분으로 이런 음란한 동영상을 만들어 퍼트렸으니 이 사회가 어떻게 되겠습니까? 건전한 문화가 송두리째 무너져 버렸습니다. 부디 하루빨리 올 2월에 사장됐던 특별법을 다시 부활시켜 주실 것을 다시 한번 간절히 바랍니다.'

이런 내용이었다.

이에 대해 청와대는 아무런 반응을 내놓지 않았다. 그러자 그녀는 며칠 지나 음란한 문화를 처단하는 헌법 소원을 걸겠다고 자신의 페이스북에 알렸다.

며칠 전 외대 영문과 2학년 김다희 학생이 올린 청와대 홈페이지 내용을 알고는 있었으나 꾹 참았던 고 김광복의 전 부인이었던 채희미는 속이 부글부글 끓어오르기 시작하였다. 헌법 소원까지 하려 한다는 김다희라는 학생의 엉뚱한 행동 때문이었다.

까닭은 희미 입장에선 그 특별법 때문에 자신의 아들, 딸이 하마터면 구속될 뻔했기 때문이었다.

그 당시 광복이 투신자살하면서 흐지부지됐고 사회 여론도 극도로 부정적이어서 사장되긴 했지만 말이다. 희미는 화가 치밀어 올라 더 이상 참질 못하고 쓸데없는 글을 올렸다는 이유로 김다희 외대 학생에게 쳐들어가려다가 거처를 알기 어려워 포기했다. 그러다 김다희의 엄마가 인기 탤런트 홍단비라는 사실까지 알려지면서 희미는 단비가 있는 거처를 알아내려고 방송사로 쳐들어갔다.

이럴 수 있었던 배경에는 오늘 엠제트 방송사에 단비가 다음 드라마를 위해 잠시 온다는 정보가 나왔기 때문이었다. 들어가 로비에 잠시 앉아 있자 단비가 유유히 걸어왔다.

다짜고짜 채희미는 막 달려들었다.

"야! 네년의 딸이 무슨 엉뚱한 법안을 또 만들어 달라고 뭘 올리고 지랄이야! 자식 교육 좀 잘해라!" 하고 괴성을 질렀다.

단비는 너무 어이가 없어 어리둥절한 기색이 역력했다. 자신은 잘 모르는 내용이고 또 전혀 관련도 없기 때문이었다.

그저 모른 척 지나가려고 하는데 희미는 악착같이 달라붙어 그녀를 못살게 굴었다.

"이봐요. 난 당신과 아무런 관련이 없는 사람입니다. 우리 딸이 뭘 어쨌든 나와는 상관없으니 당신은 이만 돌아가시오. 자꾸 이런 식으로 행패 부리면 이 건물의 청원 경찰을 부를 거요."

마침 지나가던 탤런트 동료들이 청원 경찰을 불러 희미를 제재하여 내보냈다.

일에 바쁜 관계로 단비도 이 사실을 모르고 있었는데 도대체 이게 뭔 소린지 의아해 다희에게 전화하여 영문을 물었다.

다희가 사실을 말하자 단비는 깜짝 놀라며 충격을 금치 못했다.

"뭐야 그 네 외대 영문과 선배가 음화를 찍어 판매하다가 적발됐다고……?"

"그래."

"다희야, 너 이 시간부로 절대 그런 놈은 상대하지 마라. 음? 절대로."

이미 다희도 엄청난 충격과 실망감으로 더 이상 그런 인간은 상대하지 않으리라! 다짐하고 있었다.

외대 선배 최양배와 그 외 동아리들은 관련법에 의하여 처벌을 받게 됐다. 올 초에 고 김광복이 만든 초강력 특별법보단 매우 약하지만 그래도 그 정도의 형량은 받게 되었다. 그래서 예전에 존재하던 일반법인 형량으로 1년 이하의 징역 또는 500만 원 이하의 벌금에 처해지게 됐는데 초범인 점을 감안하고 뉘우치는 점이 참작되어 벌금만 500만 원을 물고 말았다.

다희는 이번 일로 엄청난 충격과 아픔을 겪고 잠시 영국으로 유학을 떠났다.

엄마 단비가 비용은 다 보내 줬다.

"얘, 다희야. 영국 가서 바람도 좀 쐬고 스트레스 날리고 와라. 인생은 다 그렇고 그런 거다."

9월 초 다희는 영국행 비행기에 몸을 실었다. 영국의 한 주립 대학으로 유학을 떠난 것이었다. 가자마자 적응하려고 부단히 애를 썼다.

혼자 간 것은 아니고 친구들 여럿이서 함께 갔다.

얼마 지나자 그녀에게 접근하는 한 영국인 남학생이 있었다. 생긴 건 외대 선배이자 음화 범죄를 저질러 벌금을 문 양배보다 훨씬 더 핸섬한 남자였다.

물론 서양인이라 이질적인 측면은 있었지만 워낙 다정다감하게 대해 주는 그의 정성에 반해 결국 교제를 하게 되었다. 그를 통해 외국어 실력 또한 급성장했다.

하지만 그것도 잠시 그 외국인 학생도 얼마 지나지 않아 음화를 찍어 반포하는 혐의로 형사 입건되고 말았다.

이에 다희는 완전히 정신이 나갈 듯한 데미지를 받았다. 한국에서도 양배가 그런 건으로 재판을 받고 벌금형을 받았는데 영국인 학생도 똑같은 범죄를 저지르니 말이다. 영국은 이 관련법이 한국보다 무척 더 엄해 가중 처벌되어 징역 5년을 확정받고 들어가게 됐다.

다희는 정신이 얼떨떨한 상태였다. 그녀는 이것저것 다 싫어졌고 회의감에 빠졌을 때 친구들이 "야, 다희야. 우리 그냥 한국으로 돌아가자."라고 말하고 또 엄마 단비도 같은 말을 했다. 많은 영향을 받은 다희는 얼마 지나지 않아 다시 한국으로 돌아왔다.

한국에 온 지 며칠 지나자 무슨 일간지에 지난달 음화 범죄로 벌금형을 받았던 외대 4학년 최양배가 까마귀두창에 걸려 서울대병원 응급실로 실려 갔다는 기사가 떴다. 너무 문란하게 음화를 찍다 보니 그런 두창에 걸린 것이었다.

까마귀두창은 에이즈보다 감염 속도가 빠르고 몇 단계 더 위험해 독하고 셌으며 최근 아프리카, 유럽, 아메리카, 아시아를 중심으로 퍼져 국내에도 전파된 질환이었다.

까마귀두창이 새롭게 떠오르자 기존 에이즈나 원숭이두창만을 두려워하던 많은 사람들은 "아니, 나 원 참, 난 원숭이두창은 들어 봤어도 까마귀두창은 처음 듣네! 그건 또 뭐야? 세상에 별별 게 다 있어! 참! 너무 힘들다. 힘들어 인간 목숨 완전 파리 목숨이잖아! 이거 죽지 못해 그냥 사는 거지. 으으으으. 아아아, 이게 뭐 더 독종인가 더 악질이야 뭐야? 태풍도 더 센 종류가 있고 바이러스도 더 센 바이러스가 있다더니, 이런 성병 질환도 그런가!" 하고 상당히 의아한 반응을 보였다.

이 질환은 에이즈나 원숭이두창보다 감염 속도와 전파 속도가 비교가 안 될 정도로 빠르고 위험하여 얼마 지나지 않아 금세 죽음에 임박한다며 까마귀두창이라고 칭해졌다.

이때 까마귀는 저승사자를 빗댄 것이다. 곧바로 저승으로 끌고 간다는 의미였다.

그러자 다희도 몹시 긴장하기 시작하였다.

자칫 자신도 그런 두창에 감염된 것은 아닌가! 공포와 두려움에 휩싸이기 시작했다.

7월 초 압구정동에서 양배와 첫 섹스가 벌어졌었기 때문이었다. 다희는 허겁지겁 내과로 달려가 "까마귀두창 검진을 받으러 왔어요."라고 하자 담당 의사는 검진에 들어갔다.

"결과는 일주일 후에 나옵니다. 그렇게 알고 돌아가세요."

일주일이 지나자 결과는 음성이라고 나왔다.

"휴우~ 다행이다. 큰일 날 뻔 했네."

이제 다희는 아무 걱정 없이 학업에 집중할 수 있었다. 한편, 현재 모란대 철학과에 남아 있는 차철수는 철학과를 졸업해도 취직하기가 버겁다는 현실을 직시하고 미리 활로를 개척해야 한다는 절박감이 앞서 경기도 소방직 시험에 도전했다.

10월 초에 치른 그 시험에서 그는 합격하게 되었다.

그 후, 철학과는 자퇴하고, 11월 말경에 그는 성남소방서로 출근하기 시작했다.

화재 진압이 주인 그는 많은 역경도 있었지만 굳은 마음으로 견뎌 나가고 있었다.

연말이 되자 성남 중원구의 한 5층 빌딩에서 불이 나는 바람에 출동하게 되었다.

5층 베란다에서 "사람 살려 주세요. 사람 살려요."라고 울부짖으며 수건으로 손을 흔드는 한 여성이 보였다.

많은 긴장도 있지만 적응해 나가려고 애를 썼다. 다른 대원들이 멈칫멈칫 거릴 때 그는 과감하게 뛰어 들어갔다.

사다리를 밟고 올라가 그녀를 등에 업고 다시 내려왔다. 그녀는 공포에 질려 울고 있었다. 다 내려놓고 앰뷸런스에 싣고 종합병원 응급실로 직행했다. 다른 대원들은 호수로 계속 끄다가 거의 다 불길을 잡아갔다. 생명엔 지장은 없고 지었다.

며칠 지나 한 해가 지났는데 그 병원에서 퇴원한 여성은 자신을 구출해 준 구급대원을 찾고 싶다며 정오가 조금 지나 성남소방서를 찾아왔다. 정초부터 철수는 그 여성의 따뜻한 선물을 받게 되었다.

"당신은 저희 생명의 은인입니다. 너무 감사합니다."

"아니, 아닙니다. 제가 해야 할 도리를 다했을 뿐입니다."

그녀가 한 종이 상자를 건네고 돌아서서 나갔다. 그녀가 간 뒤 그것을 뜯어보니 남성 고급 화장품 세트와 속옷이 들어 있었다. 맨 하단엔 메모지가 보였는데 웬 전화번호가 적혀 있었다.

'꼭 전화주세요'라고 적혀 있었다. 할까 말까 하루 종일 망설이다가 퇴근하기 얼마 전 그 번호로 전화를 걸었다. 무척 부드러운 목소리로 그녀가 받았다.

"여보세요."

"아! 네 저는 구급대원 차철수라고 합니다. 아까 제게 선물을 주셔서 너무 고맙습니다. 인사드리려고요. 너무 좋은 선물들을 받았어요. 잘 쓰겠습니다."

"아니에요. 저를 살려 주셨잖아요. 기회 되면 식사라도 하고 싶군요."

"아아! 그, 그건 조금."

대충 이 정도 대화하고 끊었다. 그녀는 그의 번호가 찍힌 걸 집중하며 쳐다봤다.

그가 성남소방서에서 퇴근할 무렵 그녀는 번호를 눌렀다. 철수는 전화를 받았다.

"아하! 지금 시간에 식사라도 한 끼 대접해 드리고 싶은데 괜찮으신가요?"

"네, 괜찮습니다."

"그럼 제가 택시로 성남소방서 앞으로 가겠습니다. 정문에서 기다리세요."

"그래요."

중원구 성남동에 사는 그녀는 택시를 잡아타고 쏜살같이 그곳으로 달려갔다.

우두커니 기다리다가 그녀가 내리자 둘은 식당가를 찾아 들어갔다.

"식사는 제가 대접해 드리겠습니다." 하며 지그시 미소를 띠며 웃었다.

밥을 먹는 내내 둘은 얼굴을 쳐다보는 시간들이 유난히 많을 정도였다. 둘은 나이도 엇비슷해 보였다. 그녀는 생명의 은인 차원으로 만나는 것과 하나 더 추가하여 이성적인 느낌이 곁들여지고 있는 순간을 맞았다.

식사를 마친 후 그녀는 돌아가며 "제가 또 전화하겠습니다. 그럼 꼭 받으세요."라는 짧은 말만 하고 갔다. 다른 무슨 말을 하기가 여간 난감하기 짝이 없었다.

그렇게 집으로 돌아간 그녀는 엄청난 고민 끝에 결국 문자를 보냈다.

'구급대원 아저씨, 우린 인연인 것 같기도 합니다. 당신이 날 구해 준 게 우리 서로가 만나라는 뜻인 것 같습니다. 그렇게 알고 계십시오.'

짤막하지만 완전 핵심을 짚어 표현하였다.

이에 철수도 어느 정도 감은 잡고 있던 터라 웃음만이 나올 뿐이었다. 이에 뭐라고 특별히 답장을 하진 않았다. 답장이 없자 그녀는 자신에게

해외여행 211

별 관심이 없나! 라고 생각했다.

사실 그는 내일쯤 답장을 할 생각이었다.

한편, 광역과 단비는 오래전 결혼 발표까지 하면서 지난 6월 말에 할 것 같은 분위기를 압도하며 세간의 이목을 집중시켰으나 차일피일 미루다 해를 넘기고 다른 드라마를 맡아 촬영 준비에 몰두하게 되었다.

새해 2022년을 맞이하여 새롭게 선보이는 드라마는 '사라진 재산'이라는 제목의 드라마다. 작년 광역, 단비가 주인공으로 나온 드라마 '숨겨진 재산'은 인기가 고공비행했었는데 이번엔 어떨지 새삼 귀추가 주목되었다. 재산이라는 글자가 들어가는 게 공통점이라 볼 수 있었다.

작년 2021년도 드라마 '숨겨진 재산'이 1월 4일에 월화 드라마로 시작했었는데 올 2022년 드라마 '사라진 재산'도 1월 4일에 월화 드라마로 시청자 곁으로 찾아갔다.

작년 그 드라마에서 빌딩 미화원 출신 단비에게 길거리 캐스팅으로 밀려난 최숙희와, 반빛나는 이번에 자신들이 주인공으로 뽑히려고 안간힘을 다하였으나 단비의 인기가 하늘을 찔렀기 때문에 속절없이 그녀에게로 돌아갈 수밖에 없었다.

작년 이맘때 홍단비가 빌딩 미화원이던 시절 극적 스토리의 명장면을 연출했던 모란역 2번 출구 라일락쇼핑 빌딩 바로 앞에서 첫 회는 장렬히 막을 올렸다.

그것도 채광역과 홍단비가 서로 아주 진한 키스를 하는 장면으로 시작했다.

이들은 이미 작년 봄부터 결혼 발표를 할 정도로 무척 뜨거운 사이였다. 올 3월쯤 할 수도 있으리란 말들은 수도 없이 나오는 중이었다.

이번 드라마 '사라진 재산'은 재산이라는 글자만 같지 스토리는 전혀 다른 색채를 띠었다.

게다가 여자 신인 탤런트들이 대거 출현하는 게 특징이라 볼 수가 있었다.

오늘을 빛나게 해 주는지는 모르겠지만 정월달치고 꽤 따스한 기운이 감돌았다. 점심 식사를 마치고 조금 휴식을 취한 뒤 바로 촬영에 들어갔다. 문제는 광역이 결혼 예정자인 단비에게 집중해야 할 텐데 드라마 촬영 도중 신인 여배우들에게 자꾸만 이성적으로 눈길을 돌리는 것이었다. 그녀들 중 유난히 돋보이는 한 여자 신인이 있었다. 조보라였다. 나이는 22세며 광역이 올해 나이 37세라 무려 15년 차가 났다. 특히 그녀의 보조개는 가공할 만했다. 그것도 웃을 때 모든 남성들의 간담을 써늘하게 만들기도 했다. 촬영 연습 도중 잠시 휴식을 갖는데 그 시간에 보라는 유유히 걸어 광역 가까이가 슬며시 앉았다.

"안녕하세요. 이렇게 훌륭하고 위대한 배우님과 같은 드라마를 찍게 되어 무한한 영광으로 생각합니다. 호호호."

"아닙니다. 뭘, 별 말씀을 다 하네요. 이렇게 함께 진행한다는 것에 저도 영광으로 생각합니다. 하하하하."

보라는 원래 직선적인 성향의 여성이다. 그래서인지 대화 도중 대선배 광역의 손을 잡고 놓질 않았다. 따뜻한 그녀의 손에 그도 싱숭생숭해지기 시작했다.

그렇지 않아도 광역은 연습 시작 전에 엄청 반한 상태였는데 그녀가 자신의 손까지 잡고 놓질 않으니 어떻게 몸 둘 바를 몰라 했다.

이 장면은 먼발치에서 단비가 다 집중하며 보고 있었다. 단비는 아직은 그리 대수롭게 여기지 않았다.

왜냐하면 여기 모인 모든 연기자들은 광역과 단비가 곧 결혼을 할 거라는 걸 알기에 무슨 엉뚱한 마음을 먹지 않으리라! 판단했던 것이다.

감독은 "아이! 많이 쉬셨죠? 다시 연습 들어가겠습니다. 자! 준비하세요." 하고 큰 소릴 질렀다. 그러자 연기자들은 일제히 다들 일어나 아까 그 장면에 이어질 그 위치로 돌아갔다.

이미 광역과 보라는 가슴이 뜨거워져 버렸기에 촬영 집중이 제대로 될 리가 없었다.

서로는 한 번이라도 더 쳐다보려고 애를 썼다. 이런 모습들이 단비에 의해 다 포착됐다. 한 시간 더 연습하고 휴식을 한 차례 더 가졌다. 바로 이때 보라는 광역에게 다가가 자신의 번호를 알려 줬다. 그는 얼른 입력하고 감추듯 핸드폰을 가방에 넣었다. 이 장면은 단비가 보지 못했다.

해 질 녘, 다 끝나고 각자의 거처로 돌아갔다. 벌써 이상 조짐이 엿보인 대목은 그가 자신의 차 BMW 7로 단비의 집 수진동에 바래다주지 않고 그냥 가 버렸다는 점이었다.

이에 단비는 속이 부글부글 끓어오르기 시작했다.

수진동 집에 들어가서도 혈압이 올라 안절부절못했다.

그러는 사이 딸 다희가 들어왔다.

엄마 단비가 괴로운 표정으로 침묵을 지키자 다희는 고개를 갸웃거리며 자신의 방으로 들어갔다.

침통한 심정으로 밤을 지새운 단비는 다음 날 라일락 빌딩 앞으로 가려고 일어났다. 어제 아침만 해도 광역이 그 차를 몰고 와 태우고 갈 정도였는데 이젠 거의 다 흩어지는 인연으로 변하는 순간이었다.

오늘은 단도직입적으로 광역에게 쏘아붙일 각오였다.

점심을 먹으려고 어제 그 식당으로 다들 들어가는데 앉아 밥을 기다리는 도중 단비가 벌떡 일어나 "야, 광역아. 너 나하고 결혼할 거야? 말 거야? 하기 싫으면 관둬! 넌 나하고 나이도 안 맞고 모든 면에서 맞질 않아! 야, 이 자리에서 다 끝내자." 하고 확 나가 버렸다.

그러자 그가 깜짝 놀라며 뒤따라 나가며 "아니. 누나, 누나, 왜 그래? 왜 그러는 거야? 내가 뭘 어쨌길래 그래?" 하고 그녀의 팔을 잡아당겼다.

"내가 모를 줄 알아? 다 알아."

단비는 그가 순간 방심한 틈을 타 확 뿌리치고 전력 질주로 막 달려 나갔다. 이로써 여자 주인공 단비가 무단이탈해 버리자 관계자들은 비상에 걸려 몹시 당혹스러워했다.

식사를 마치기도 전에 감독은 이 위기를 막고자 급히 최숙희를 대체로 불렀다.

바로 그냥 신인 조보라로 투입하고 싶긴 했지만 무단이탈로 빠져나간 단비와 나이 차가 어느 정도 맞는 사람으로 할 수밖에 없는 현실적 상황이라서 그랬다.

이 소식을 전해 들은 숙희는 너무 기뻐 "예에, 내가 다시 투입된다고요? 와아 신난다. 와하하하하." 하고 번개같이 자신의 집 방배동에서 차 마세라티 기블리를 타고 콧노래를 부르며 모란역 라일락 빌딩 앞으로 내달렸다.

한편, 엊그제 구급대원 철수에 의해 구사일생으로 살아난 황미는 그가 끝내 전화를 하지 않자 심히 낙담 상태로 들어갔다. 한숨만 푹푹 쉴 때 그에게서 전화가 걸려 왔다.

"와아! 네 여보세요. 차철수 구급대원님 왜 얼른 제게 전화를 하지 않으셨어요? 보고 싶었습니다. 히히히."

"아, 네. 사실 어제 제가 문자 답장을 하려다가 다른 바쁜 일이 생겨서 못 했습니다."

"네, 그렇습니까? 그럼 오늘 시간 가능하시면 이따가 저녁때 퇴근하고 저를 한 번 만나시죠?"

이로써 둘은 또다시 저녁 6시 반경에 성남소방서 앞에서 만나기로 약속했다.

이윽고 그 시간에 만났는데 엊그제 그 식당으로 또 들어갔다.

그녀는 아주 가까워지려고 애교스러운 멘트를 이어 갔지만 이에 비해 그는 어느 정도 거리를 두고 말을 이어 갔다.

"혹시 구급대원님 애인 있어요?"

"네, 작년에 있을 뻔했지만 없습니다."

"하하하. 그럼 없단 말이잖아요. 말도 참 되게 어렵게 합니다."

전황미는 "저는 모란대 미대를 다니고 있죠. 참, 제 이름도 알리질 않았군요. 이름은 전황미예요. 미대를 나와 최고의 화가가 되는 것입니다."라며 자신의 신상을 밝혔다. 그러자 철수는 다소 놀라며 "아하! 저도 그 모란대를 다니다가 관두고 경기도 소방직 시험을 쳐서 들어온 거예요. 철학과라 나와도 뾰족한 수가 없을 것 같아서요. 작년에 그 학교에 애인까진 아니지만 제가 좋아한 여학생이 있었는데 외대로 편입하여 들어간 후 연락이 완전 끊겼어요. 이게 전부입니다." 하고 고개를 떨궜다. 이 말에 황미는 같은 대학 출신이라 매우 잘됐다는 표정을 지으며 무척 달콤해했다.

"호호호. 너무 반가워요. 같은 모란대를 만나다니……!"

지금 이 순간 철수는 다희의 모습이 떠오르자 괴로워 눈물이 핑 돌았다. 그는 "아아! 밥을 다 먹었으니 일어나 집으로 갑시다." 하며 냉정한 자세를 취했다. 이에 못내 아쉬워하는 심정이 역력한 황미였다.

"아, 그럼 구급대원님이 그 여자와 그렇게 아무것도 아닌 걸로 끝났으면 이젠 새롭게 나를 만나야 할 것 아닙니까?" 하며 다소 화가 난 투로 말했다.

이런 행동에 아랑곳하지 않고 그는 벌떡 일어나 집으로 가 버렸다. 그가 나간 뒤에도 그녀는 핏대를 올리며 아무도 없는 허공에 대고 "야! 구급대원 차철수, 그럼 여길 왜 나와? 왜 밥을 같이 먹냐?" 하며 삿대질까지 해 대며 희한한 행동까지 서슴지 않았다. 계속 그러자 다른 손님들에게 적잖은 방해와 또 들어오는 손님들에게도 좋지 않은 영향을 줄 수가 있어 주인이 황급히 다가가 제재했다.

"아아! 손님 화를 푸시고 딴 손님들 방해되니 진정하세요. 그만 자자." 하며 황미가 나가게 유도했다.

얼굴이 굳은 채로 일어나 그녀는 가게를 나갔다.

이들은 아직은 같은 동네에 산다는 걸 알지 못했다. 이들의 한 가지 차이점이라면 철수는 극빈층이고 황미는 최고 부유층이라는 점이었다.

벌써 차량만 봐도 알 수가 있었다. 그는 구급대원이 된 후 중고로 모닝을 샀지만, 그녀는 아우디 A8을 몰고 다녔다.

지난 연말에 화재가 난 중원구의 한 10층 빌딩도 그녀의 소유였다. 아버지가 물려줬기 때문이었다. 그 빌딩 말고 인근에 그녀의 소유의 빌딩

이 하나 더 있었다.

그때 불이 난 까닭은 그녀가 10층 빌딩에서 가스레인지를 틀고 그림을 그리다가 졸려 잠이 든 상태에서 그렇게 된 것이었다. 집에 들어간 그녀는 아쉬운 심경에 냉장고에 든 캔 맥주를 2개를 꺼내어 안주도 없이 그냥 확 마셔 버렸다.

그렇게 중원구에 빌딩 2개는 아버지가 물려준 것이다. 외동딸인데 먹고 놀면서 그림에 몰두하라는 것이었다.

성남동 고급 주택에서 황미와 그녀의 부모는 지난 연말에 빌딩 화재 건을 떠올리며 다시 한번 아찔했던 순간들을 회상해 경각심을 갖는 시간을 채웠다. 그녀는 이제야 오늘 그때 진압 요원이었던 구급대원을 만나 교제를 시도했다가 실패한 사연을 밝혔다.

"뭐야! 네가 그랬단 말이야? 야 황미야 소방관을 만난다는 것은 어째 좀 그렇다. 넌 화가이니까 예술가답게 그것에 걸맞는 남잘 만나는 게 낫지 않겠니? 그 남자가 아까 그냥 나가 버렸다고 하니 오히려 더 잘된 것 같다. 거참."

"하지만 난 그 남자가 너무 마음에 들고 괴롭다고. 으으."

"……."

딸이 그 남자에 대해 미련을 버리지 못해 괴로워하자 부모는 아무 말도 못하고 우두커니 앉아 있을 뿐이었다. 마음씨는 황미가 다희보다 더 착하고 고고한 것 같은데 철수는 그래도 다희를 못 잊어 헤매고 있었다. 벌써 반년이란 세월이 흘렀는데도 그녀를 잊지 못했다.

이날 찾아온 황미를 만나 되레 다희가 더더욱 가슴 사무치게 떠오르는 묘한 시간을 느꼈고 밤사이 잠을 제대로 이루기 어려울 정도로 뒤척였다.

그래도 잠을 이루려고 발악을 떨었다. 그래야만 내일 출근을 할 수 있기 때문이었다. 그는 잠든 사이 무슨 꿈을 하나 꾸었는데 조만간 이름 모를 어떤 카페에서 다희를 보게 되는 꿈이었다. 서로는 무척 반가워하다 그가 바로 꿈에서 깨났다.

"으으악악 아! 에잇, 꿈이었구나! 다희를 꿈에서 보게 되다니. 휴우~"
하며 깊은 한숨을 푹 쉬었다.

그래도 꽤 기분은 좋은 내용이라고 느끼는 것은 오늘 아무런 감정도 없는 황미를 만나 뒤숭숭한 때에 이 심정을 완전히 반전시킬 수 있는 점이라는 것이었다.

다시 잠이 들어 아침까지 잘 수 있었다.

그는 힘차게 성남소방서로 출근 도장을 찍으러 갔다. 한편 이날부터 단비는 어제 광역과 사실상 깨지게 된 건데 작년 히트작을 배출하여 자신이 벌어들인 돈을 탕진하게 되는 충동에 사로잡혔다. 그와의 결별이 주는 아픔과 상처를 사치와 과소비를 통해 위로받고자 하는 심리가 극도로 작용하고 있었다.

단비는 강남 청담동 일대와 명동, 압구정동 일대를 돌아다니며 명품을 구입하며 막 퍼붓기 시작했다. 차도 없어 대중교통을 이용하거나 광역의 차에 동승하며 연기 생활을 하였으나 이젠 차도 무척 호화로운 벤틀리 플라잉스퍼 흰색으로 뽑았다.

작년 1년간 유명 탤런트로서 번 돈을 다 써 버리겠다는 위험한 발로였다.

엄마 단비의 이런 행동에 대해 딸 다희는 그저 뭐라고 말을 할 수가 없었다. 얼마나 스트레스가 포화되면 저럴까! 그러고 말았다. 하지만 그 여파는 다희에게도 몰려올 수 있었다.

아직 대학교 3학년이라서 돈이 상당히 많이 들어가기 때문이다.

이렇게 정월 초부터 시작한 단비의 지나친 과소비는 수개월이 흐르자 점점 깊게 드러나기 시작하였다. 카드 빚을 못 갚는 사태가 여기저기에서 속출하기도 하였다.

게다가 카드깡 사태까지도 발생하는 심각한 상황으로도 치달았다. 단비는 정신 나간 여자처럼 6개월간 거액의 돈을 다 탕진해 버렸다.

그렇게 6월 여름을 맞았다. 아직은 초여름이지만 그래도 낮에는 더위가 가득 찼다.

무려 광역과 깨지고 반년이 되자 점점 그가 상당히 못된 놈이란 걸 더더욱 실감했다. 문제는 빚더미가 큰일이었다. 다희도 타격을 받아 외대를 다니는 데 무척 힘겨움을 느꼈다. 그래도 조금도 엄마에게 불평을 토로하지 않았다.

다희는 이미 수개월 전부터 이걸 대비하여 수정구 수진동 사거리 한 카페에서 알바를 시작했다. 과외를 하려 하였으나 이때 국가에서 과외를 원천적으로 엄하게 금지하는 특별법이 생기는 바람에 그리하지 못했다.

오늘도 다희는 그 카페로 알바를 하러 들어갔다. 날이 더워지니 뜨거운 것보단 차가운 아메리카노를 찾는 손님들이 상당히 많아짐을 실감했다.

저녁 6시 반이 조금 넘어간 시간이었다.

다름 아닌 철수가 이곳에 들어왔다. 그는 카운터 쪽으로 걸어가 그녀를 바라보며 "저어, 차가운 아메리카노 한 잔입니다."라고 말하는 순간 다희와 두 눈이 정면으로 딱 부딪치며 움찔했다.

철수는 문득 올 정월 초에 황미를 만난 뒤 그날 밤에 자다가 꾼 그 꿈이 머리를 스쳤다. 그때 꾼 내용은 이름 모를 어떤 카페에서 다희와 철수 둘이 만나는 것이었다.

그때 그날 후로 금방이라도 그런 날이 올 거라고 고대했건만 오지 않았었는데 반년이 된 지금 이 시점, 지금 이 순간이 도래한 것이다.

꿈이 현실로 이뤄지는 시점이 무려 그렇게 걸린 셈이었다. 늦으면 늦고 빠르면 빠른 것이다. 다희는 몹시 당혹스럽기 짝이 없었다. 작년 6월 중순 그녀가 마지막으로 그에게 보낸 문자가 가공할 만했기 때문이었다.

'야, 인간아. 나보고 딴 남자 만나면 100만 원 준다면서. 그래 좋다. 난 대한민국 최고 대학 외대 영문과에 들어갔으니 내 수준에 맞는 딴 남자를 만날 테니 내게 100만 원을 이체해 줘! 지금 계좌번호 보낼 테니 말이야! 이런 쪼다 같은 자식아!' 이런 내용이었다. 설사 그 당시 그가 이런 뜻을 밝히지 않았어도 다희가 그에게 기울 가능성은 제로였다. 이 말이 더욱더 큰 기폭제가 됐을 뿐이었다.

다희는 아무런 말없이 커피를 내려놓고 눈길을 옆으로 돌렸다. 철수는 가져가며 "어떻게 여기서 보네, 다희야. 잘 지냈니?"라고 묻자 그녀는 끝내 아무런 대답을 하지 않았다. 다희는 철수가 지금 현재 성남소방서의 구급대원이란 사실은 알 리가 만무했다.

그냥 속으로 '어휴! 저거 지금 모란대 철학과 3학년 다니고 있겠구나!' 정도로 알고 있었다. 작년 2학년일 때 6월 중순쯤 갈라섰기 때문이었다.

철수는 탁자 위에 찻잔을 놓고 한참 동안 카운터 쪽 다희를 주시했다.

그녀는 못내 화가 치밀어 오르기 시작했다. 어느 정도 먼 지점인데도 그는 "다희야, 네가 꿈에 그린 외대 영문과는 잘 다녀?"라고 물었다.

그래도 아무런 말을 하지 않고 버텼다. 그녀는 문득 작년 9월경 일간지에 외대 선배 양배가 신종 까마귀두창에 걸려 서울대병원 응급실로 실려 갔다는 기사가 떠올랐다.

그때 받은 불쾌한 감정과 이를 잊고자 잠시 영국으로 떠났을 때도 자신에게 접근했던 영국인 남친도 양배와 똑같은 음화 촬영 소지 반포 행위를 저질렀던 끔찍한 사건이 동시에 떠올랐다.

소위 잘났다고 느껴진 남자들에게서 받은 불쾌감이었다. 그래도 철수는 비전 없는 모란대 철학과생이지만 그런 짓은 안 했으니 어쨌든 조금 낫다고도 느꼈다.

게다가 엄마 단비의 드라마 상대역이자 재혼 예정자였던 광역이 신인 여배우에게 홀려 결혼이 갑자기 깨졌던 사례도 동시에 떠올랐다. 그런 생각들이 다희의 머리를 스칠 때 철수가 벌떡 일어나 카운터 쪽으로 달려왔다.

"야, 다희야. 내가 네게 딴 남잘 만나면 100만 원을 이체해 주겠다고 했지만 아직 네가 안 만난 것 같으니 안 보냈어. 하지만 연습 삼아 지금 보내 볼게."라고 소릴 지르더니 느닷없이 핸드폰을 꺼내 들고 폰뱅킹으로 다희의 계좌 번호로 그 금액을 보냈다.

띵동 하고 요란한 소리가 울려 퍼지더니 돈이 그녀에게 들어왔다.

깜작 놀라며 "야, 철수야. 너 왜 내게 돈을 보내? 이게 뭐 하는 거야?"

하고 결국 침묵을 깨고 입을 열었다.

"다희야, 깊은 철학이란 좋아하는 상대방에게 좋아하는 일 그 무엇이든지 다 해 줄 수 있어야만 하는 거다. 이걸 심오한 철학이라고 하는 것이다. 하하하."

그는 다희가 외대 편입한 후 벌어진 일들은 전혀 알 길이 없었다. 그저 예전 좋았던 기억으로 그러는 것이었다. 설사 안다고 하더라도 아랑곳하지 않을 게 뻔했다.

다희는 문득 그의 눈가에 보인 인상들이 점점 그윽하게만 보였다.

"야, 너. 저 커피 다 먹었어? 다 먹었으면 내가 한 잔 더 줄게! 이것도 여기 사장 없을 때나 가능한 거다. 있으면 꽝이다. 내가 특별히 서비스를 하는 거다. 가서 앉아 있어."

빛줄기

 이 말에 그는 얼굴이 확 펴지며 뭔가 자신에게도 희망의 빛이 살아남을 느꼈다.
 잠시 뒤 커피가 나오자 다희는 가져다주며 한술 더 떠 자리에 앉았다.
 순식간에 변하는 사랑의 감정이라고 할 수가 있다.
 "철수, 넌 그 심오한 철학과에 잘 다니고 있어?"
 "아니야, 난 작년 9월쯤 자퇴서 내고 경기도 소방직에 합격하여 지금 근무 중이야. 구급대원이라고……."
 "뭐야? 그런 걸 하고 있었단 말이야! 어어."
 더더욱 놀랐다. 이들이 잠시 얼굴을 지그시 바라볼 때 문이 열리며 손님들이 우르르 들어왔다.
 셋에서 들어오는데 부모와 딸로 보였다. 다희가 종업원이라 벌떡 일어나며 "아! 어서 오세요. 무엇을 드릴까요?"라고 묻자 그들은 "네, 우린 다 차가운 아메리카노요."라고 주문했다. 바로 그 순간 손님으로 들어온 전

황미가 철수를 보게 되었다.

"어어! 이 분은 나를 살려 준 구급대원님."

눈이 크게 휘둥그레 떠졌다. 그러자 그녀의 부모도 그를 처음으로 보는 순간을 맞았다. 반년 만에 보게 되어 무척 반가운 마음이 앞선 그녀였다.

"아빠, 엄마 이 분이 바로 나를 구해 준 그 구급대원님이야."

그러자 부모도 깜짝 놀라며 "뭐야! 이 분이 우리 빌딩 화재진압하고 널 구해 준 분이라고……?" 하며 반색했다.

주방 쪽에서 한참 커피를 내리던 다희는 귀에 들리는 소리에 밖의 상황이 조금 솔깃했다. 철수가 하는 업종이라서였다.

커피가 다 되어 앞에 놓으며 "커피 나왔습니다."라고 하자 황미가 나와 들고 갔다. 황미는 탁자에 커피를 놓자마자 부모에게 자신이 좋아했던 구급대원인데 잘 안됐다며 괴로운 심경을 토로했다.

이 소리가 철수, 다희에게 다 들릴 정도였다. 다희는 이 말에 이제부터 상당히 경계심 가득한 모드로 들어갔다.

아까부터 철수에게 반전된 사랑의 감정으로 들어간 시점이라서 그랬다. 계속되는 황미의 구급대원 철수에 대한 간접적 접근으로 인해 결국 그녀의 부모가 돕기 위해 전면에 나서기 시작했다.

자리에서 벌떡 일어나더니 그에게 다가가 "저어 매우 실례가 됩니다마는 제가 저 여자의 애비 되는 사람입니다. 저희 딸 황미가 구급대원님을 보고 너무 좋아하는 감정이 생겨서 힘들어하고 있습니다. 그래서 말인데 어떻게 안 되겠습니까?" 하고 아버지가 대리로 구애하며 매달렸다.

이 소리에 더욱더 긴장의 시점으로 빠져드는 종업원 김다희였다.

빛줄기

아버지의 간접 구애에 힘을 실어 주고자 어머니와 당사자인 황미도 벌떡 일어나 다가가 "호호호. 저는 황미의 애미 되는 사람이에요. 구급대원님이 너무 잘생기셔서 우리 황미가 엄청 힘들어합니다. 우리 딸에게 관심을 가져 주시길 바랍니다."라고 말하자 황미는 "구급대원님 난 지금 자존심이고 뭐고 완전 실종된 상태입니다. 그때 그날 이후로 지금까지 반년이나 엄청난 괴로움에 빠져 지냈습니다. 당신을 그리워하며 그린 그림도 한두 개가 아닐 정도입니다. 당신을 그린 그 그림들은 이젠 다 전시할 것입니다. 하단엔 모란대 미대 3학년 화가 전황미의 예술 출품작이라고 붓으로 쓰고 내가 사랑하는, 나를 살려 준 생명의 은인 구급대원 차철수 소방 구급대원이라고 깊이 새겨 넣을 것입니다. 자아, 이제 반년간 보이지 않던 당신을 여기서 또 보게 된 건 하늘이 당신과 나를 진정한 애인으로 태어나라는 심오한 뜻이 담긴 거라고 사료됩니다. 자아 저희와 동석하십시오."라며 부모의 간접 구애에 직접 가담하며 적극 공세에 나섰다.

이 모든 멘트는 주방 쪽에 앉아 있던 종업원 다희에게 치명타가 되는 한마디 한마디였고, 뜨끔뜨끔한 마치 송곳 같았다.

더군다나 그녀의 가슴에 비수를 꽂는 장면이 하나 포착되었다. 황미가 철수의 팔을 잡아당기며 "자아, 저기 우리 테이블로 가서 더 많은 얘길 나누어요."라고 말했다.

이를 보다 못한 다희는 속이 부글부글 끓어오르며 얼굴이 화끈거리기 시작했다.

더 이상 참질 못한 종업원 다희는 "이봐요. 조용히 좀 해 주세요. 여기가 당신들 안방인 줄 알아요?" 하며 삿대질을 해 댔다.

당황스러운 이들은 우두커니 그녀를 쳐다봤다. 황미는 조금 기분이 언짢았다.

"아니, 이봐요. 사장님, 뭘 그렇게 우리가 크게 말했습니까? 너무 지나친 것 아닙니까?"

궁극엔 다희가 뛰쳐나와 "왜냐면 여기 이 남자는 내 애인이란 말입니다. 나도 모란대를 다니다가 외대로 갔지만 모란대 시절부터 나를 엄청 사랑했던 남자랍니다. 그러니 그 정도로 알고 그만 다들 나가 주세요. 이 남자는 날 만나러 온 겁니다. 왜 엉뚱한 사람들이 끼어들어 생난리를 칩니까? 정말 재수 없게 말이야!" 하고 으름장을 놓았다.

그러자 황미는 이 여자가 지난 1월 초에 철수가 모란대 시절 시도했다가 실패했다고 밝힌 바로 그 여자였구나! 하고 알아챘다.

그런데 지금 이 순간 이 여자가 철수를 향해 애인이란 표현까지 서슴없이 하자 그렇게 변한 진위가 여간 궁금한 게 아니었다.

철수의 진심을 알고 싶었다. 이에 황미는 "차철수 구급대원님 이 여자가 말하는 내용이 맞습니까? 왜 그렇게 이 여자가 돌변한 겁니까? 그 동안 무슨 심경의 변화가 일어났나요?"라고 철수에게 물었다.

"그냥 그렇습니다. 김다희 씨 말이 모두 다 맞습니다. 그럼 전황미 씨와 부모님은 그만 나가 주시길 바랍니다."

지금 이 순간 차철수와 김다희가 완전히 하나로 일치되는 역사적인 순간을 맞았다.

전황미와 부모는 망연자실 아연실색하며 커피도 다 먹기 전에 상당한 충격을 받고 그냥 발길 돌려 밖으로 나가 버렸다. 카페에 남은 철수는 다희가 한 말에 너무 감격하여 무척 흐뭇한 표정으로 아메리카노를 아주 달콤한 기분으로 한 모금 마셨다.

"다희야, 너무 고마워! 네 진심을 알게 되니 이제 살맛이 난다. 하하하하."

"아니야! 나도 그동안 느낀 게 너무 많아! 히히히히. 근데 저 사람들은 뭐야?"

"작년 연말에 화재 진압을 했는데 그때 내가 구해 줘 살아난 여자가 날 좋다고 막 매달리는 거야! 오늘은 어떻게 여기서 부딪쳐 그 여자의 부모까지 그러네!"

"아하! 넌 인기가 좋은 애로구나!"

그렇지 않아도 둘은 사이가 좋아지려는 찰나에 다른 방해 요소가 끼어드는 바람에 오히려 애정이 더욱더 견고하고 확고해졌다. 그러면서 다희가 "내일 시간되면 이 시간에 여기 들러. 그럼 내가 커피를 그냥 줄게."라며 만남을 제안해 계속 웃음기를 이어 갔다.

"소방 업무 마치면 올게."

짧게 말하고 그가 카페를 나갔다. 철수는 오늘 우연히 이곳 카페에 온 걸 행운의 여신에게 감사할 따름이었다.

돌고 돌아 운 좋게 다희를 만난 기쁨으로 그의 에너지가 솟구치는 것 같았다.

조금 더 카페 일을 하다가 그녀도 마치고 수정구 수진동 집으로 들어갔다.

이미 엄마 단비는 들어와 소파에 앉아 휴식을 취하고 있었다.

"어! 오니? 다희야?"

"음."

단비는 자신의 정신적 공황 상태로 지나치고 무분별한 사치와 낭비로 가세가 급격히 기울었다. 그로 인해 다희에게도 큰 타격을 준 것 같아 엄마로서 너무 미안한 감정이 드리워져 마음이 몹시 괴롭고 아팠다.

게다가 다희가 공부에 제대로 집중을 못하고 돈을 벌기 위해 알바를 하고 들어오는 것 자체가 여간 안타까운 게 아니었다. 다 자신의 부덕으로 빚은 참사라 판단했다.

그런 느낌이 들자 다희는 엄마를 편하게 해 주려고 싱글벙글 웃으며 옆에 앉아 오늘 일어난 구급대원 철수에 대한 애길 꺼냈다.

"엄마, 나 오늘 일하는데 그 철수란 소방관이 들어왔어."

"아니, 그건 또 뭐야?"

다희는 작년에 한차례 했던 그 말을 다시 한번 재차 말했다.

"음, 그때 그 철학과 2학년인 친구가 있었다고 했잖아. 걔가 그때 학교를 관두고 경기도 소방직을 봤는데 돼서 근무 중이야! 걔가 우연히 카페에 들어온 거라고……."

"그래, 그랬단 말이야? 참 별일이 다 생기네!"

"이름은 차철수라고 하지. 곰곰이 생각해 보니 다른 것들보다 가장 낫다고 생각해. 하는 일은 조금 그래도……."

다희의 이 말에 엄마 단비도 이제야 고개를 조금씩 끄덕였다.

"그렇다. 나도 느껴 보니 그런 것 같아! 드라마 상대역 광역도 그렇고 인간들 다 그저 그런 것 같다."

지난날을 회상하며 얼굴이 침울해졌다.

모녀는 모처럼 함께 소주 한잔하기로 마음먹고 냉장고 안의 삼겹살과 소주를 꺼내어 요리를 하기 시작했다.

"야, 저녁은 이렇게 때우면 돼! 그렇지 뭐!"

"그래, 엄마."

한참 소주를 먹더니 모녀는 취기가 심해져 더 이상 마시면 안 되겠다고 판단하고 각자의 방으로 들어가 잠을 취했다.

날이 밝자 단비는 그저 하염없이 깊은 잠에서 깨어날 줄 몰랐다. 아직 이렇다하게 새로운 드라마를 맡질 못해서 그랬다. 올 정월 초 광역이 촬영 연습 중에 신인 배우와 눈이 맞은 것에 대해 격분하여 무단이탈해 버린 후 아직까지 소강상태인 것이었다.

다희는 제 시간에 벌떡 일어나 오늘은 주말이라 도서관에 가 공부할 계획이었다.

아침 일찍 도착하여 영어책을 보던 중 어디선가 전화가 왔는데 보니 철수였다.

다희 자신이 이따가 점심때 전화를 하려고 생각하고 있었는데 그가 먼저 한 것이었다.

"어! 내가 이따가 하려고 했는데 먼저 하네!"

"지금 어딘데?"

"음, 난 지금 모란 도서관이야 오늘은 학교에 수업이 없어서 그만. 하하."

"그래 잘됐다. 나도 오늘은 근무가 없어서 그러니 지금 모란 도서관으로 가려고 그래."

"와."

철수는 성남동 원룸에서 모란 도서관에 갈 채비를 하고 길을 나섰다. 소방직 들어간 후 구입한 모닝으로 갔다. 금세 도착하였다. 반면 다희는 차가 없었다.

오전 10시가 조금 넘자 모란 도서관 휴게실에 도착하여 그녀에게 전화를 넣자 곧바로 그녀가 나왔다. 어제에 이어 오늘 또 만나는 둘은 새롭고 행복하기만 했다.

휴게실에서 자판기 커피를 빼 먹으며 어제 못다 한 얘길 주고받았다.

이들이 매우 화기애애한 대화를 이어 갈 때 누군가 초췌한 모습으로 도서관 휴게실 문을 열려고 했다가 갑자기 문을 닫고 그냥 밖으로 나가 버렸다.

성남동에 사는 황미였다. 황미도 집이 이곳에서 가까운 편이라 여기로 온 건데 둘의 데이트 장면을 보게 된 것이었다.

어제 그녀는 우연히 수진동 사거리 카페에 들러 그 장면을 보고 옥신각신 거리다가 물러갔는데 오늘 또 기이한 장난으로 또 보게 되었다.

유쾌하지 않은 장면에 기분을 반전하기 위해 얼른 종합 자료실로 들어가 이것저것 책들을 훑어봤다. 그러다 디자인과 색상이 예술적인 책을 하나 꺼내 자리에 앉아 쭉쭉 읽어 봤다. 그러나 제대로 머리에 들어오질 않았다. 다시 나가 물을 먹으려는데 그들이 나와 밖으로 나갔다. 멀리 나가는 장면을 황미는 유리창으로만 바라볼 수밖에 없었다. 그들은 인근 식당을 찾아 들어갔다. 황미는 기분이 더더욱 불쾌해져만 갔다.

그래서 주차장으로 돌아가 차에서 음악을 듣는 걸로 괴로움을 잊었다.

그녀의 차 아우디 A8에 타 듣는 팝송은 전율 그 자체였다. 한참 음악을 들으며 의자에 기대어 누워 있는데 그들이 들어왔다.

그러더니 철수는 다희를 자신의 차 모닝에 태우고 어디론가 떠나는 것이었다.

이를 본 황미는 곧바로 그 뒤를 따라붙었다.

철수는 다희를 수진동 집에 내려 주고 자신은 성남동 집으로 돌아갔다. 그 뒤를 황미가 따라붙어 그의 성남동 집을 포착하고 있었다. 그는 성남동 하나원룸 앞에 모닝을 세우고 들어갔다. 주변엔 다른 원룸들이 몰려 있었다. 황미는 하나원룸이란 것을 기억한 후 자신의 집으로 돌아갔다.

그녀의 집과 불과 차로 5분 거리밖에 되지 않았다.

철수란 남자의 집이 성남동 하나원룸이란 것만으로 황미로선 더 이상 어떻게 해 볼 도리가 없었다.

그냥 힘없이 집에 들어가 텔레비전을 틀자 한국도 이상 기후가 심해져 올 여름엔 대형 지진이 발생할 수도 있다는 뉴스가 나왔다. 그녀는 한숨만 푹 쉬며 "그래, 천재지변이잖아! 어쩌라고 그냥 그렇지 뭐!"하고 다른 채널로 확 돌려 버렸다.

황미의 고민은 점점 깊어만 갔다. 이참에 그냥 그 남자를 포기해 버릴 것인가, 아니면 여자의 자존심이란 자존심은 송두리째 뭉개 버리고 쇄도 할 것인가! 이것이다.

이따 저녁때 부모님이 들어오면 상의를 할까 생각했지만 이런 건 상의 한다고 해결되는 성질이 아니란 것도 익히 잘 알고 있었다.

다른 채널들도 그저 그렇고 그래서 경음악만 나오는 채널로 돌려 청취할 뿐이었다.

그녀는 그야말로 황당무계한 발상을 했다. 이따가 저녁때 부모님이 들어오면 중원구에 있는 빌딩 2개로 구급대원 철수를 유혹하는 방안을 모색해 볼 공산이었다.

물량 공세로 그를 잡아낸다는 실현 가능 여부가 상당히 불투명한 전략을 강구한 후 황미는 브라운 관상의 경음악을 들으며 슬며시 낮잠에 빠져들었다.

어제에 이어 오늘도 철수에 대한 생각으로 몰입하다 보니 꿈자리도 뒤숭숭하게 나타났다.

한참 꿈나라 스토리가 요란하게 진행될 즈음 집으로 부모님이 들어왔다.

눈을 비비며 소파에서 일어나자 부모는 "야, 황미야. 너무 피곤한가 보다! 넌 원래 낮잠 같은 건 잘 안 자는 편인데 말이야! 거참." 하며 다소 안쓰러워하는 표정을 지었다.

"음, 어제 그놈 때문이지 뭐! 그 구급대원 말이야."

이들은 일단 저녁 식사를 한 후에 그 대목에 대해 논의해 보자는 쪽으로 가닥을 잡고 밥부터 차려 먹었다.

다 먹고 난 후 과일을 깎아 먹으며 말을 이어 갔다. 단연 딸 황미가 먼저 꺼냈다.

"내가 아까 우연히 그 남자의 집을 알아 놨어. 여기 성남동에서 차로 5분 거리밖에 안 돼. 원룸촌 중간 지점에 하나원룸이라고 있어 거기에서 사는 남자야."

"뭐야, 원룸에 산다고 어휴~ 이런 너무 한심하고 무능한 남자이긴 하구나! 쯧쯧."

커피를 한잔 마신 황미는 이젠 본론으로 들어갔다.

"나와 엄마 아빠가 같이 그 하나 원룸에서 기다리고 있다가 나오면 다가가 우리가 소유한 중원구 빌딩 2개를 내세우며 유혹해 보는 거야! 구급대원님이 우리 빌딩을 지켜 줘서 고맙다고 하면서 말이야! 아빠는 이렇게 말해……. 우리 딸은 외동딸인데 우리 딸에게 오면 그 빌딩 2개를 다 구급대원님에게 주겠다고. 이렇게라도 유혹하고 꼬드겨 그 남자를 낚아내야 할 것 같아! 히히히."

"그래, 내일은 일요일이라 그 사람도 쉬는 날일 것 같은데 아침 일찍 그곳으로 가 대비를 하자. 그게 네 소원이라면 못 먹는 감 찔러라도 봐야지 안 그래?"

"그렇지."

이 말을 듣던 엄마는 옆에서 아무 말 없이 고개만 끄덕였다.

"야, 야, 야, 이제 다 정리됐으니 재밌는 텔레비전이나 보다 자고 내일 아침에 그곳으로 가자."

"그래."

만만의 대비를 위해 조금 일찍 잠에 들었다.

"야, 황미야. 내일을 위해 좋은 꿈 좀 꿔라. 그 남자가 네게 달려오는 그런 꿈 말이야!"

"그래, 엄마, 아빠도 그 남자가 우리 집에 찾아와 딸을 달라고 애원하는 그런 꿈을 꿔 봐!"

이들 가족들은 서로서로 정신 무장까지 하는 비장함을 보였다. 그러다가 슬며시 잠이 들었다. 이윽고 다음 날 일요일이 되자 벌떡 일어나 밥을 먹고 성남동 원룸촌으로 내달렸다. 불과 5분 거리이니 금세 도착했다. 황미가 짝사랑하는 한 남자를 잡기 위해 가족들이 총출동되는 촌극이 펼쳐졌다.

오늘은 황미의 차 아우디 A8은 그냥 놓고, 아버지의 차 롤스로이스도 그냥 놓고, 어머니의 차 벤틀리 플라잉스퍼를 몰고 갔다. 있는 걸 과시하기 위함이었다.

이들이 고대하는 철수는 일요일 쉬는 날임에도 불구하고 구급대원으로서 체력 보강을 위해 일찍 일어나 산행을 하고자 등산복차림으로 나오고 있었다.

시간은 아침 8시 10분가량 됐다.

골목을 돌아가는 순간 3명의 가족들은 그를 에워싸며 "자, 이봐요. 구급대원님 여기를 보라고요. 우리 딸 때문에 또 왔습니다. 으으." 하며 그를 빤히 쳐다봤다.

철수는 깜짝 놀라며 "어어! 아니 어떻게 알고 여기까지 왔습니까? 이게 뭡니까? 도대체." 하고 충격적인 모습으로 변했다.

어차피 철저한 정신적 대비를 마친 가족들은 "아아아. 자자자, 어딜 가서 말할 시간이 없다면 여기서 본론, 그러니까 핵심만 간추려 말하겠습니다. 차철수 소방 구급대원님이 우리 딸 황미와 교제를 한다면 제가 중원구에 있는 빌딩 2개를 소방관님에게 드리도록 하겠습니다. 그뿐만이 아닙니다. 돈이고 뭐고, 땅이고 뭐고 달라는 건 다 드릴 수 있어요. 그러니 제발 우리 딸 황미와 데이트 좀 하시죠. 네? 그럴 겁니까? 제발요?"라며 늘어졌다.

이에 엄청 황당한 표정을 지으며 "참 나, 이보세요. 가족 여러분 정말 어이가 없습니다. 어쩌다가 이 지경이 됐습니까? 제가 대한민국 소방관 중에 가장 자존심이 센 구급대원인데 그런 물량 공세에 넘어갈 사람으로 보입니까? 그까짓 재물과 사랑의 감정을 맞바꿀 수 있다고 보나요? 어처구니가 없네요. 빨리 돌아가서 다들 볼일 보세요. 저는 이렇게 쉬는 날도 체력 보강을 하러 산을 오릅니다. 다들 비켜서세요. 자자, 자."

그는 그들이 비켜설 수 있게 소리를 질렀다. 그래도 안 비키자 손으로 살짝 밀고 빠져나가 이를 악물고 전력 질주로 달려갔다. 재빨리 도망치는 그를 가족들은 따라잡을 기력이 하나도 없었다.

"으으으으, 아아아아, 어렵구나! 안 되는구나"

"그러네! 쉽진 않을 것 같았다고……."

완전히 낙담하며 하늘만 쳐다봤다.

여자의 자존심이 송두리째 무너지는 상처와 아픔을 겪었다. 게다가 부모까지 대동한 작전이었던 터라 아픔은 배가 되는 상황이었다.

급기야 이들은 화가 치밀어 올라 그 무엇이든 이용하여 그를 쓰러뜨릴 궁리를 했다. 모든 발단은 딸 황미 때문이었다. 그녀는 미대에서 그림을 그리다가 조금만 실수해도 끝끝내 성공할 때까지 온갖 수정을 가하여 완성해 내었다. 그녀의 고집과 집착은 하늘을 찔렀다. 긍정적으로 보면 집념과 의지라고도 볼 수 있었다.

그러던 중 아버지는 그야말로 위험천만한 발상을 했다.

"야, 황미야. 우리 빌딩에 세입자 중 임대료를 제때 못 낸 놈들이 몇 있지? 그것도 2년이나 말이야, 내가 쫓아내려고 했는데 그것들이 봐 달라고 사정사정하길래 내가 대인배 정신으로 지금껏 눈감아 준 거다. 그들을 포섭하여 저 구급대원을 잡아 우리 집으로 오게 하는 거야! 그들에게 꽉 붙들고 있으라 해 놓고 다시 한번 네가 그 소방관에게 애원해 보는 거야."

"뭐라고? 아빠, 우리 빌딩의 세입자들에게 그런 걸 시킨단 말이야? 그들이 그런 걸 하려고 할까?"

"야, 황미야. 임대료 미납 채무 불이행으로 민형사 고소를 한다고 윽박지르면 그들은 하는 수 없이 할 수도 있어! 소방관이 우리 집에 강제로라도 끌려온다면 네가 서론, 본론, 결론으로 잘 애정 표현해서 그 남자가 넘어갈 수도 있다고!"

대낮에 길거리에서 가족들은 이런 황당한 계략을 짰다. 이에 아내와 딸은 계속 고개를 갸웃거렸다. 실현 가능성이 보이지 않는다는 느낌 때문이었다.

이들은 한순간 한순간이 지쳐 갔다. 그래서 허기가 지는지 밥을 먹으러 인근 식당을 찾았다.

황미의 아버지는 식사가 나오기 전 핸드폰으로 세입자 중 2년 이상 임대료를 제때에 못 낸 사람들을 추려 냈다. 결국 이들은 압박 내지 회유하려는 전략을 세웠다.

"내가 애비로서 딸을 위해 진짜 별 짓을 다 한다. 그래도 내 딸인데 이 정도 네 소원을 못 들어 주랴. 네가 그토록 그 남잘 좋아하는데 말이야! 참나."

"그래, 난 아빠밖에 없다고……!"

"하하하하."

그러자 어머니는 옆에서 호탕하게 웃어 버렸.

장어탕집으로 들어온 이유는 가족들이 앞으로 흔들림 없이 힘을 내 에

너지를 발산하자는 발로였다. 식후 옆에 카페로 들어가 그는 목록대로 전화를 하나하나 넣었다.

오늘 오후 3시까지 빌딩 앞 라키 카페로 오라는 것이었다. 미납 세입자들은 또 무슨 일인가 하며 다들 그 시간에 모여들었다. 이 카페에 나갈 땐 황미 아버지 혼자서 나갔다. 미납자들은 무려 7명이나 됐다.

"잘 계셨나요? 회장님?"

"난 안녕치 못합니다. 여러분들이 제때에 임대료를 내질 않아서요. 왜 그립니까? 그렇게 먹고살기가 어렵습니까?"

"그렇지요. 경기가 너무 안 좋아서요."

"죽을 맛입니다. 그러다가 진짜 죽겠어요. ㅇㅇㅇㅇㅇㅇ."

"미치겠습니다. 흑흑흑"

7명의 세입자들의 곡소리가 위와 같이 나왔다.

시종일관 침묵을 지키던 한 세입자가 입을 열기 시작했다.

"왜 저희를 오라고 하셨습니까? 회장님?"

그러자 황미 아버지는 하나하나 풀어서 설명했다. 그들이 해야 할 과업에 대해 말했다.

이에 세입자 7명은 너무 놀랍고 황당하여 "아니, 회장님. 우리가 어떻게 소방관을 붙잡아다가 그렇게 합니까? 그럼 그게 무슨 죄가 될 것 같기도 하네요. 우리 보고 죄를 저지르란 말입니까? 이건 못 합니다. 안 돼요." 하며 완강히 거절했다.

그러자 황미 아버지는 작심했던 그 말을 얼굴을 붉히며 협박조로 밝혔다.

"아니, 이봐요. 당신들은 우리 빌딩에서 지내면서 2년 이상, 다른 사람은 3년 가까이 임대료를 미납한 사람도 있고 내가 특별히 보증금도 면제해 준 경우도 있어요. 이렇게 양해를 해 주는 사례가 어디에 있습니까? 여러분들이 먹고살기가 힘들다고 하여 제가 대인배 정신으로 깊게 봐준 거라고요. 만약 제 부탁을 안 들어준다면 난 당신들을 채무 불이행으로 민형사 책임을 물게 할 거요. 다들 각오하세요."

"……."

그러자 7명은 아무 말도 못 하고 가만히 쥐 죽은 듯 있었다.

똑같은 압박을 계속 가하자 그들은 하는 수 없이 "알겠어요."라고 대답했다.

"그래요. 진즉에 그렇게 나올 일이지! 성남동 우리 집에서 5분 거리에 하나원룸이라고 있습니다. 오늘 그는 무슨 산행을 하러 갔는데 이따가 저녁때에는 집에 돌아올 것 같아요. 그러니 우리가 저녁 6시에 하나원룸 앞으로 가 있다가 그가 오면 여러분이 그 구급대원을 생포하시오. 그 뒤, 차에 싣고 우리 집으로 가는 겁니다. 그 후 우리 딸이 그에게 애원할 것입니다. 제발 부디 내 사랑을 받아 달라고 말이에요. 이게 수순입니다. 그래도 싫다면 마는 것이죠. 그냥 돌아가라고 할 거예요. 누가 싫다는 걸 억지로 합니까? 우리가 무슨 깡패 집단입니까? 우리는 정의 사회를 꿈꾸는 성남 시민들이잖아요."

"그렇습니다. 참! 회장님의 따님이 얼마나 그 구급대원을 좋아하면 그러겠습니까? 여자의 순정을 남자여 알아 다오. 이것 아니겠어요? 하하하하."

이들은 회장에게 채무 불이행으로 인한 법적 조치를 당하지 않으려고 일사 분란하게 움직일 각오가 되었다.

어영부영하다 보니 어느새 오후 5시가 지나가고 있었다. 이들 중 한 명이 스타렉스 9인승을 타고 온 터라 집단적 행동으로 차량이 꽤 좋다.

"자! 그만 갑시다. 우리 회장님의 원을 들어드립시다. 자! 가자고요."

총 8인은 승합차에 타 하나원룸 앞으로 내달렸다.

황미 아버지의 예상 그대로 저녁 5시 50분쯤 되자 소방관 철수가 산행을 마치고 돌아오고 있었다. 그의 차 모닝을 세우고 나와 걸어 들어갈 때 느닷없이 아버지를 제외한 7명이 달려들어 그를 붙잡고 차에 태워 그 주택으로 이동했다.

"어어어, 어억, 당신들은 뭐야? 뭐하는 사람들이야? 아아아아악."

5분 거리라 금세 도착하여 이들은 그를 끌고 집으로 들어갔다. 철수는 완전 양아치들에게 날벼락 감금을 당하고 있다는 두려움과 공포에 빠졌다.

응접실에 그를 풀어놨는데 아침에 하나원룸 앞에 나타나 생떼를 쓴 가족들이 눈에 보였다.

그것도 황미의 어머니는 "호호호. 소방관님을 우리가 이렇게 무례하게 집단행동해 너무너무 미안하고 죄송하여 얼굴을 제대로 볼 수가 없군요. 저희 딸 황미가 얼마나 소방관님을 사랑하면 이러겠습니까? 그러니 이젠 따뜻한 홍차 한잔하면서 우리 딸 황미와 이곳에서 오붓한 데이트를 해 보시지요? 네?" 하며 야릇한 미소를 띠었다.

부아가 치밀어 오르는 철수는 얼굴이 붉어지며 "아니, 정말 이 사람들이 이게 뭐야? 아무리 그래도 그렇지 나는 명색이 대한민국 재난을 지키는 소방관인데 나를 이런 식으로 붙잡아 가두고 당신의 딸의 사랑을 받으라고……!" 하고 버럭버럭 고함을 쳤다.

그러다가 그가 빠져나가려고 몸부림을 치자 미납 세입자 7명이 그를 못 나가게 가로막고 밀고 누르고 다시 주저앉혔다.

"이거 봐라, 이건 당신들 협박 감금죄라고……"

6월 5일 저녁 6시, 황미의 고급 주택에 갇힌 철수의 흥분은 금방이라도 터질 듯했다.

그는 격분이 포화된 채로 경찰에 신고하려고 폰을 꺼내 들었다. 그러자 그들은 안절부절못하며 당황스러워 어쩔 줄 몰라 했다.

"아니, 소방관님. 너무 그렇게까지 하진 마시고요. 우리 딸아이의 아픔을 한 번쯤 생각해 달란 거죠. 하하하"

"아닙니다. 절대 그런 것 없습니다."

당혹감을 감추지 못한 그들은 주춤주춤할 때 황미 아버지는 더 이상 안 되겠다 싶어 그들에게 "자자, 그만 여기 소방관님이 나가시게 그냥 옆으로 비키세요. 물리력으론 안 될 것 같습니다. 으으으." 하며 포기하려는 몸짓을 취했다.

그랬으나 철수는 "아아! 이젠 다 소용없습니다. 그런다고 선처 같은 건 절대 없어요. 기다리세요. 곧 경찰 옵니다. 현행법대로 하겠습니다. 당신들은 여러 명이 날 그렇게 감금한 거라 특수 감금죄가 됩니다. 당신들은 물리력으로 목적을 관철하기 위한 것이었죠. 그렇다면 아마 일반 감금보다 더 무거운 형량이 기다리고 있을 거요. 최소 징역 7년 또는 벌금 천만 원 정도 예상됩니다."

그러는 사이 경찰들이 황미의 주택으로 들이닥쳤다.

"자자, 뭡니까?"라고 경찰이 묻자 차철수 소방관은 "여기 이 사람들이

나를 잡아 둔 겁니다. 자기 딸의 애정을 받아 주라는 거예요. 이런 무지막지한 특수 감금이 어디에 있습니까? 자, 여기 봐요. 인원이 한둘도 아니잖아요. 8명이나 됩니다. 엄청난 특수 감금이죠."

"네, 맞습니다. 인원으로 볼 때 해당됩니다. 자, 잠시 파출소로 갑시다."
이때 미납 세입자 7명은 한결같이 자신들의 사연과 입장을 낱낱이 밝혔다. 즉 빌딩 주인이 자신들의 장기간 미납된 부분에 대해 법적 조치하겠다고 으름장을 놓고 대신 이런 행동을 해 준다면 봐주겠다고 압박을 가하는 바람에 하는 수 없이 그럴 수밖에 없었다고 주장했다.

그러나 경찰은 "일단 가서 진의를 따져 봅시다."라고 밝혔다. 황미와 엄마도 심히 괴로웠다. 인근 파출소로 모두 다 가게 되었다.

간 뒤 하나하나 따져 보니 미납 세입자들은 자신들의 의지와 무관한 부분이 발견되었다. 한 경사가 개요를 설명했다.

"자, 미납자들은 즉 강요된 행위가 됩니다. 저항할 수 없는 폭력이나 자기 또는 친족의 생명, 신체에 대한 위해를 방어할 방법이 없는 협박에 의하여 강요된 행위는 벌하지 아니한다. 이런 조문이 있습니다. 이런 행동을 안 하면 미납된 임대료에 대해 민형사 책임을 묻겠다고 압박을 가하였기 때문에 여러분들이 어쩔 수 없이 동조한 거라 그렇습니다. 그래서 강요된 행위는 벌하지 아니한다가 맞습니다. 강제 상태로 인해 적법 행위의 기대 가능성이 없음으로 말미암아 형법이 책임 조각 사유로 규정한 것입니다. 그러나 빌딩 주인은 사주했으므로 처벌받습니다."

한편 아까 아침에 황미 가족들이 공모를 하긴 하였으나 적극적인 주체가 아버지임으로 다른 가족은 해당되지 않았다. 다른 가족들은 옆에서 듣기만 한 것이다.

구급대원

결국 위기에 몰린 황미 아버지는 소방관 구급대원 차철수와 합의를 이끌어 내야겠다고 판단하고 이 대목을 물고 늘어졌다.

"아하! 소방관님 한 번 봐주시지요. 우리 딸 황미가 얼마나 구급대원님을 좋아하고 사랑하면 그렇게까지 했겠습니까? 그러니 이해하시고 이 선에서 적당히 합의를 하는 게 어떻겠어요? 네?"

"이게 합의로 될 일입니까? 어휴~ 열 받아! 으으으."

그러자 황미와 엄마도 나서기 시작하였다.

"합의합시다, 구급대원님. 소방관님이 저희 빌딩 화재 진압을 너무 잘해 주시고 저희 딸을 구출해 주는 계기에 황미가 소방관님을 보고 뿅 간 것입니다. 그러니 양해하시고 합의해 주시지요. 합의금은 얼마든지 지급하겠습니다. 네? 대원님?"

"뭐라고요? 합의금은 얼마든지라고?"

가뜩이나 자존심이 강한 철수에겐 합의금이란 돈으로 흥정하는 느낌을 좀처럼 지울 길이 없었다.

더더욱 화가 치밀어 오른 그는 "아아! 됐어요. 됐다고요. 합의금 따윈 필요 없고 그냥 돌아가시오. 내 그냥 선처해 줄 테니까! 앞으론 절대 그렇게 살진 마세요. 무슨 남녀 간의 애정 문제를 누굴 시켜 감금이나 하고 말이야! 으으으으."

이로써 이들은 모두 다 끝나고 각자 돌아서 갔다.

6월 5일 저녁 7시 반 이들은 인근 파출소에서 해산했다. 철수가 용서를 선택하며 대인배 정신을 발휘했다.

결국 철수 스스로 이날 다희가 자신의 진정한 여자임을 확인하는 시간으로 채웠다.

그는 집으로 돌아간 뒤 다희에게 오늘 벌어진 일들을 다 알려 줬다. 깜짝 놀란 그녀는 "참 기가 막힌다. 그 인간들이 그런 짓까지 했단 말이야? 너무 극성이다. 진짜."

"그런데 이상한 건 그 사람들이 내 집을 어떻게 알고 그랬는지 이게 이상해!"

"그러네! 나도 그게 이상하다고 생각해! 앞으로는 조심해."

철수는 아무 생각 없이 내일 출근을 위해 잠에 들었다. 더 이것저것 골치 아프게 생각하긴 싫었다.

다희도 내일을 위하여 잠에 들어야 하는데 철수의 그 말이 꽤나 신경을 거슬리게 했다. 그러다가 문득 자신이 그의 집에서 동거를 할까! 라는 생각을 했다. 부부처럼 말이다.

그러면 오늘 같은 그들의 급습 출몰은 사라지지 않을까! 판단했다.

그러나 그러기엔 너무 섣부른 측면도 있다고 생각되어 순간 멈칫하는 마음도 들었다.

월요일엔 이들에게 그래도 상당히 새로운 기쁜 일들이 생길 거라고 느껴지는 날이었다.

날씨가 워낙 좋아서 그랬다. 그는 소방 업무에 여념이 없었는데 그녀에게서 전화가 걸려 왔다. 받았더니 그녀는 "이따가 퇴근 후 내가 일하는 카페로 올래?"였다.

"알았다."라고 말하고 다시 근무에 들어갔다.

다희는 이젠 짬짬이 철수와 이런저런 문자를 주고받는 게 일상이 되었다.

다희는 이날 점심때 핸드폰을 들고 철수에게 이런저런 문자를 보내면서 길을 지나가고 있었는데 너무 지나치게 폰만 쳐다보고 가는 바람에 미처 앞에 오는 사람을 보질 못했다.

문제는 그 앞에 오는 행인도 마찬가지였다. 그래서 서로 머리가 정면으로 부딪치는 사고가 터졌다.

둘은 다른 지나가던 사람에 의해 119 신고가 들어가 응급실로 갈 수 있었다.

또 다른 문제는 김다희 환자가 드라마 '숨겨진 재산'으로 유명해진 탤런트 홍단비의 딸이란 게 알려져 매스컴에 도배되었다. 단비가 병원에 오는 걸 본 사람들에 의해 알려진 것으로 보였다. 이 기사를 접한 황미는 김다희라는 이름은 정확히 모르지만 며칠 전 수진동 사거리 그 카페에서 소방관 차철수를 놓고 격돌을 펼칠 때 있었던 카페 종업원 같다는 걸 직시했다.

또 그가 김다희란 말을 한 번쯤 했던 것 같은 기억도 문득 스쳤다. 일간지 기사를 좀 더 세세히 읽어 보니 정확히 그 여자가 맞았다. 그 카페에서 알바하는 학생이란 것도 나왔다.

이 순간 황미는 해선 안 될 짓을 저지르기 시작했다. 자신이 운영하는 SNS에 김다희를 비난하는 글을 올리는 것이었다.

심지어 자신의 모란대 미대 출신 주특기를 살려 다희가 행인과 머릴 부딪쳐 사고가 난 장면을 그림으로 그려 올려놓고 '이런 멍청한 사람도 있다. 길을 다닐 땐 앞을 잘 보고 다녀야지!'라고 조롱하는 내용의 글도 올린 것이다. 심지어 다희의 엄마 단비가 드라마 자진 탈퇴한 것도 싸잡아 맹비난을 늘어놓았다. 얼마나 다희가 철수와 엮인 게 배가 아프고 분하면 그러겠는가! 생각하지만 완전 도를 넘어도 보통 넘어간 게 아니었다.

심각한 모욕이 될 수 있기 때문이었다. 이 사실을 다희와 엄마 단비, 철수가 확인하였지만 침묵으로 일관하고 참고 넘어갔다.

다희의 치료는 잘되어 갔고 특히 철수가 매일 병원에 찾아가 보살핌으로써 정신적으로 많은 안정을 찾게 됐다.

그 후로 점점 시간은 흐르고 흘러 6월 말로 기울었다. 6월 초 올여름엔 대형 지진이 발생할 수도 있다는 예고가 있었던 대로 그 난리가 나기 시작했다.

이윽고 큰 사태가 일어날 수도 있다는 예보가 나왔던 시기인 6월 말 여름으로 기울자 오밤중에 6.5에 해당되는 지진이 수도권에 강타하고 말았다. 그것도 하필 중원구와 수지구 광교 일대에 더 많이 집중되어 버렸다. 밤에 건물이 흔들려 자다가 깨어난 사람들의 수가 굉장히 많았다. 이에 밤에 속보가 뜨기도 하였다.

"아아! 수도권 일대에 강진이 발생하여 건물 붕괴와 땅의 균열 사태가 날 수도 있으니 각별히 대비하시길 바랍니다. 이상입니다."

이런 짤막한 멘트들이 줄줄이 이어졌다. 아침에 일어나 중원구에 아버지로부터 물려받은 황미 소유의 빌딩 2개가 주저앉아 무너져 버렸다는 속보가 새롭게 떴다.

아침에 인근 주택에서 이 사실을 접한 아버지는 억장이 무너지는 심경으로 아내와 딸 황미를 깨웠다.

"이봐, 당신. 저걸 봐, 저걸. 우리 빌딩이 저렇게 됐다고. 으흐흐윽흑 아아아악." 하고 비명을 질렀다.

아내와 딸도 깨어나 이 기사를 접하며 통곡 소리를 절로 냈다.

"어어어억."

이 빌딩들은 상가 건물들인데 보통 아침 8시가 넘어야 사람들이 들어오는 곳이라 인명 피해는 없었다. 하지만 건물 소유주인 황미의 가족들의 피해는 막심했다.

이 피해는 동시간대에 광교 츠레바아파트도 마찬가지였다.

츠레바아파트는 건물이 심각한 균열이 벌어지고 흔들림 현상도 감지될 정도였다.

입주민들은 여러 동에서 비명을 지르며 신고가 속출됐다. 관계 기관에서 황급히 대피 명령도 발동된 상태였다. 방수지와 친구인 차준희는 황급히 밖으로 나가 다른 곳으로 대피하며 빨리 다른 곳으로 이사 갈 것을 논의했다.

"야, 수지야. 난 밤에 어디 낭떠러지로 떨어지는 줄 알았어! 아악 우리 빨리 다른 데로 떠나자? 음?"

"그래 맞다. 그래야 할 것 같다. 여기 있다간 난리 나게 생겼다. 지금이라도 얼른 가자고"

이들이 다급히 서두르는 이유는 아침 속보에 이 지역으로 여진이 올 수도 있음을 예고했기 때문이었다. 이들 뿐만이 아니라 츠레바의 입주민들은 한결같이 어서 피해야겠다는 쪽으로 생각이 일치되고 있었다.

수지, 준희는 이삿짐을 챙겨 일단 상대적으로 지진 여파가 거의 없는 신갈 쪽으로 갔다. 둘이서 임시로 사용하기 편한 오피스텔을 하나 얻기로 했다.

기흥호수공원이 걸어서 15분 남짓한 지점이다.

당분간 이들은 휴식을 취하며 앞으로 살아갈 일들을 연구해 볼 계획이었다.

수지의 주특기 코인 시장도 예전만 못하여 망하게 될 위기에 처했다. 친구 준희는 수지를 무척이나 많이 걱정했다.

"얘, 수지야. 원래 인생사란 자기 마음대로 되는 게 아니다. 공수래공수거인가?"

"……"

잠시 침묵을 지키던 수지는 담배를 하나 꺼내 물고 라이터를 켰다. 그 뒤 또다시 침묵을 지켰다. 수심에 찬 친구에게 준희는 "야, 우리끼리 한번 호프집을 운영해 볼까?"라고 물었다.

"……"

수지의 침묵이 계속되었다. 그러자 또 준희의 말이 이어졌다.

"야, 수지야. 원래 인생사란 그래도 먹는장사가 남는단 말도 있긴 해! 그렇잖아?"

결국 입을 여는 수지는 "그래, 네 말이 맞기도 하다. 인간들이 굶어 죽을 순 없잖아! 그래, 네 말대로 우리 호프 한번 차려 보자! 우린 다 미모가 되니 손님들도 무지막지하게 들어올 거야! 특히 남자들 말이야! 히히히히" 하며 웃음 아닌 웃음을 보였다.

그녀들은 며칠간 집 근처 기흥호수공원에서 바람을 쐬었다.

둘은 각자의 돈을 모아 공동으로 호프를 차려 영업을 시작했다. 시작한 지 벌써 보름이나 지나가는 시점에 밤 10시쯤 한 남자 손님이 불쑥 들어왔다. 상당히 낯익은 사람이었다. 호프 안의 조금 어두운 불빛으로 처음엔 제대로 알아보지 못했지만 그가 점점 더 가까이 다가와 자리에 앉고 난 후 물을 갖다주는 과정에 얼굴을 정확히 보게 되었다. 수지가 너무 기겁할 정도로 놀란 이유는 마치 고인인 김광복과 거의 100% 가까이 똑같은 사람이 앉아 있었기 때문이었다.

마치 살아서 다시 환생한 듯한 착각을 일으키게 만드는 지경이었다.

그녀가 그를 쳐다보며 놀라는 듯한 표정을 짓자 그도 무척 의아한 표정으로 그녀를 바라봤다.

"으으."

"어어."

서로가 놀라는 소리가 연발했다.

급기야 남자 손님은 "사장님, 혹시 저를 아시나요?"라고 물었다.

"어! 제가 알았던 사람과 너무 비슷하신 것 같아서 그랬어요. 하하. 아닙니다. 손님, 무엇을 드시겠습니까?"

"네, 감자튀김과 생맥주를 주십시오."

그녀는 문득 떠올려 보니 고인인 광복과 목소리도 거의 똑같다는 게 어렴풋하게 기억났다. 너무 기이한 일이었다. 그녀가 지금 이러는 이유는 지난 2월 중순 광복에게 하루 동안 희한한 동병상련을 느끼며 교감에 빠졌었기 때문이다.

개업한 지 벌써 보름이나 지났지만 남자 손님이 들어와 그녀에게 대시를 한다든가 그런 일은 아직 단 한 차례도 없었는데 오늘 이 시각 일어날 듯한 기운이 감돌았다.

남자 손님에게 수지가 보인 묘한 반응이 그에겐 상당한 여운을 남겼기 때문이었다.

그녀가 말한 '비슷한 사람 같아서 보게 됐다'란 말이 접근의 의미로 해석해 버린 그였기 때문이다.

수지가 감자튀김과 생맥주를 들고 가자 그는 있는 용기와 없는 용기를 다 내어 "하하하. 사장님, 잠시 저와 맥주 한잔하면서 대화를 나눌까요?" 라고 제안 겸 대시를 했다.

"그럴 수 있어요."

그녀는 마다하지 않았다. 되레 잔뜩 반기는 듯한 몸짓을 취했다.

앉아서 서로를 바라보며 맥주를 먹는데 손님을 보면 볼수록 고인 광복과 완전 판박이었다.

"이 호프는 개업한 지 얼마 되지 않았습니다. 광교지구 아파트에 있다가 대형 지진이 나서 그만 이곳으로 피신 온 거죠. 으으으."

"아이고, 정말 큰일 날 뻔했군요. 사고를 당하지 않은 것만 해도 천만다행입니다."

최근 벌어진 지진에 대한 얘길 나누더니 그는 자신의 이름을 밝혔다.

"네, 저는 김왕복이라고 합니다. 하는 일은 마을버스 기사를 하고 있습니다. 직업이 조금 그렇지요. 흠흠."

"어! 김왕복이시라고요? 어어어."

그녀가 지금 이 순간 너무 놀라는 까닭은 어떻게 이름도 김광복, 김왕복이라서 그랬다. 직업은 전혀 다른 업종이라 관련성은 없었다. 국회 의원과 마을버스 기사라서 그랬다.

그녀는 침착해지려고 노력하면서 "아아, 그럼 혹시 나이는 어떤가요?"라고 묻자 그는 "네, 저는 52세입니다."라고 대답했다.

"어억!" 하며 진짜 너무 놀라 입이 쩍 벌어졌다. 나이도 광복과 똑같았다.

재차 침착해지려고 노력하면서 "하하하. 저도 52세입니다. 우린 서로 나이가 같아요." 하고 이젠 웃음을 보이며 평온을 찾아갔다. 그래도 마음 한구석에는 고인인 그가 살아 돌아온 듯 공상 속에 빠져 있는 것만 같은 기분을 좀처럼 지울 수 없었다.

수지는 과부로서 외로움을 많이 탔다. 그래서 낯선 남자와의 대화가 꽤 즐겁고 행복을 느꼈다. 이 남자는 홀아비는 아닌데 고독과 외로움을 꽤 많이 탔다. 자기 부인에 대해 만족감을 느끼지 못하기 때문이다. 그래서 직업인 마을버스를 운행하면서도 꽤 마음에 드는 여자들이 타면 온갖 잡다한 말을 끊임없이 걸었다.

심지어 어떤 여자 승객들은 버스 회사에 전화를 걸어 짜증 나고 귀찮다며 도저히 이 마을버스를 못 타고 다니겠다고 항의하는 사태까지 벌어지고 말았었다.

지금 이 시각 서로 고독과 외로움을 많이 타는 두 사람의 만남이 아주 자연스레 이뤄졌다. 문제는 그녀의 고약한 심보인지 성향인지 모르지만 남자를 홀려 놓고 상대가 달아올라 더 깊게 접근해 들어오면 확 내팽개쳐 버리는 악습을 지니고 있었다는 것이다.

그러면서 쾌감과 희열을 느끼곤 했다.

그래서 예전에도 왕태에게 그랬고 장한에게, 또 광복마저 그러려다가 그가 죽음을 맞이하면서 중단된 일이 있었다.

이젠 호프를 경영하면서 손님으로 들어온 남자에게 시도했다.

술을 한두 잔 하더니 그녀는 막 웃어 가며 "예전에 내가 알던 애인과 얼굴이 100% 똑같습니다. 당신도 이젠 내 애인이 될 것 같군요." 하며 호기로움을 드러냈다.

"남편은 없어요?"

"없죠."

그러자 마을버스 기사 김왕복은 "네, 저도 집사람이 없습니다. 사별했습니다. 우린 똑같군요."라고 새빨간 거짓말을 했다.

"하하하하. 손님은 이름도 너무 재밌네요. 김왕복. 마을버스 기사이신데 이름이 왕복입니다. 마을버스를 왕복한다는 건가요? 이히히히히. 너무 웃긴다."

"우하하하하. 그게 그런가요? 제 주변인들에게 그런 소리 많이 들었습니다."

이들은 급격히 크게 웃어 가며 빠른 속도로 친밀해져 갔다.

이들이 무척 희희낙락거리자 주방 안쪽에서 라디오를 듣던 준희는 조금 씁쓸한 기분을 느꼈다. 자신도 굉장히 고독하고 외롭기 때문이었다. 시간은 어느새 훌쩍 지나 밤 11시를 가리켰다. 준희는 천천히 걸어 나오며 "이제 너무 늦었다. 그만 마쳐야 할 시간이 된 것 같다."라고 말했다.

"그래, 그래야지."

왕복은 "하하하. 저도 그만 가겠습니다. 다음에 또 오겠습니다." 하고 계산하고 나갔다. 마지막 정리를 하고 그녀들은 집으로 들어갔다.

꽤 무더운 날씨에 들어가자마자 에어컨을 켰다.

"어휴~ 너무 더워. 더워서 죽겠다."

"그래."

그녀들은 지쳤는지 별다른 얘기 없이 그냥 씻고 잤다. 경험해 보지 않은 일을 하는 그녀들은 이젠 보름 정도 지나자 조금씩 조금씩 익숙해져만 갔다.

한편 올 정월 초에 새롭게 등장한 월화 드라마 '사라진 재산'도 정점으로 치닫고 있었다. 작년에 방영됐던 '숨겨진 재산'만큼은 흥행을 이끌지 못했다는 혹평이 난무했다. 시청률 최저만 보더라도 알 수가 있었다. 그 결정적인 이유는 작년 최고의 인기를 달린 '숨겨진 재산'의 빌딩 미화원 출신 홍단비가 채광역의 외도에 반발하여 무단이탈하면서 작년 길거리 캐스팅으로 성공하여 보여 준 엽기적인 연기력과 예술적인 연기력을 볼 수 없었기 때문이었다. 그녀의 존재감이 워낙 컸다. 그러나 현재는 이를 따라갈 자가 없었다.

올해 시작된 새로운 드라마도 막바지에 다다랐는데 한 가지 심각한 문제가 터지고 있었다. 주인공 채광역의 한참 후배인 신인 남자 탤런트가 광역과 눈이 맞았던 신인 여자 탤런트를 빼앗아 가 실제 애인이 돼 버리면서 발단이 되었다.

그러자 결국 광역도 분을 이겨 내질 못하고 남자 후배와 격렬히 언쟁을 벌인 후 무단이탈해 버리는 사태가 일어나고 말았다.

그러자 촬영 감독은 "아니, 광역 씨. 지금 거의 다 끝나 가는데 하필 막판에 이탈하면 어쩌라고 그럽니까? 몇 편만 더 찍으면 되니 조금만 더 참아 줘요."라고 애걸복걸하였으나 그는 "내 여자를 빼앗아 간 엄청 시건방진 후배 새끼 때문에 같이 호흡을 맞출 수가 없어요."라며 결단코 복귀할 의사가 없음을 내비쳤다.

광역과 1월 새로운 드라마 시작부터 애인이 된 신인 배우 조보라는 나이가 22세인데 그녀와 최근 급조되어 눈이 맞은 남자 신인도 같은 22세였다.

동갑이라 친구처럼 스스럼없이 툭툭 터놓고 촬영 연습을 하다 보니 그녀는 15년 연상인 광역보다 그에게 더욱 친근감을 느낀 것이었다.

그녀를 빼앗아 간 신인 남자와 광역은 단순 언쟁만으로 끝난 것도 아니고 촬영 연습 도중 갑자기 서로 거친 욕설과 몸싸움도 펼치며 다퉜다.

누가 보면 드라마 연기의 한 장면이라고 착각을 일으킬 수도 있는 장면이기도 하였다.

방송 관계자들이 재빨리 달려와 뜯어말렸기에 가까스로 더 큰 사태는 막았다.

광역 입장으론 상당히 충격적이고 굴욕적인 날로 기억될 것이었다. 베테랑 배우가 15살 연하 신인에게 봉변을 당하고 애인마저 뺏기는 것은 참혹함 그 자체였다.

7월 중순 잔혹한 무더위와 함께 광역은 비통함을 겪으며 야탑동 집에서 매일 혼술을 먹어 가며 시간을 때웠다. 이런 대목은 개인의 프라이버시 차원도 있어서 연예계 기사에서 제외해 주면 좋긴 한데 그들은 하나라도 더 화젯거리를 만들어 먹고사는 인간들이라 이런 걸 놓칠 리가 없었다.

연일 '대스타 채광역, 대스타 홍단비를 버리고 신인 조보라를 초이스한 후 드라마 막판에 신인 남자에게 보라를 뺏긴 참극'이란 제목으로 연예계 방송과 일간지에 덕지덕지 도배되었다.

그로선 이런 언론 문화 때문에 더더욱 절통한 심경으로 빠져들었다.

"아! 저것들 또 지랄이네! 아예 먹잇감을 차지하려고 덤비는 정글의 하이에나 떼를 보는 것 같다. 사자 한 마리가 나타나니까 하이에나 30마리가 달려들어 물어뜯고 결국 삼키는 짓 말이야! 완전 똑같아, 어휴~ 징그럽다."

부아가 치밀어 올라 텔레비전을 확 꺼 버렸다. 원래 당초 스케줄은 드라마 '사라진 재산'이 1월 초에 시작하여 8월 말에 마지막 회를 장식할 계획이었다.

그러나 광역이 7월 중순쯤 이탈해 버렸기에 대체 인물을 찾는 것도 그리 쉽진 않은 실정이었다.

이 기사를 집에서 칩거하며 끝없이 우울한 시간을 보내던 홍단비는 쾌재를 부르며 회심의 SNS를 올렸다.

'야, 이 자식아. 내가 너보다 10년이나 더 먹었으니 욕 좀 하겠다. 네가 나와 결혼하겠다고 최소한 6월 안으로 한다고 네가 5월 중순경 가평으로 여행 갔을 때 얼마나 떠들었냐? 그때 난 너와 첫 섹스가 벌어졌다. 물론 그 전에 그러고 싶었지만 방송 촬영 때문에 뒤로 미룬 것이다. 그때 가평유원지에서 그럴 때 난 황홀경에 빠져 헤어나질 못했어! 그 말을 믿은 내가 바보다. 하지만 이젠 너와 난 다시 공수가 바뀌었다. 너와 눈이 맞은 15살 연하의 신인은 동갑네 남자 신인에게 홀려 넘어갔다. 그래 꼴좋다. 그 맛이 어떠냐? 죽고 싶지? 정말 미치겠지? 이젠 너도 당해 보니 알겠지! 나도 너 때문에 1월에 새로운 드라마도 포기하고 이탈할 때 정말 죽고 싶고 미칠 뻔했다. 그 아픔을 이젠 네가 그대로 고스란히 다 안고 가는 거다. 너도 죽겠으니 이번 드라마 끝나기도 전에 무단이탈해 버렸더라고. 그럼 우린 동병상련인가? 묻고 싶다. 답해 봐라? 야, 썩을 자식아! 푸하하하하. 그래 그리고 지금 이 글을 본다면 넌 네 거울 한번 봐라. 네 거울에 비친 네 얼굴, 네 모습을 말이다.'

이런 장문을 모든 SNS에 퍼뜨렸다.

이에 광역은 더욱더 속이 부글부글 끓고 타들어 갔다. 그는 단비에게 뭐라고 홧김에 악성 댓글을 날리고 싶었으나 그럼 같이 진흙탕으로 뒹구는 사태라 숙고 끝에 포기했다. 그러나 문득 자신의 거울을 스치듯 보게 됐는데 거울에 비친 자신의 얼굴이 도무지 알아볼 수 없을 정도로 안개가 자욱이 끼어 있었다.

"어! 왜 내 거울에 이렇게 많은 안개가 끼어 있지. 완전 안개 거울이잖아!"

이로써 광역과 단비는 옛 연인이었고 결혼 예정자이었으나 감정의 골이 점입가경으로 치달았다.

드라마 '사라진 재산' 제작진은 여기저기 광역의 대체자를 찾으려 노력한 끝에 결국 무명이라도 한 명 투입하는 데 성공하였다. 나이와 이미지가 얼추 맞는 대상이었다.

이번은 완전 망해 버린 실패작이었다. 결정적인 패배 요인은 정월 초 단비가 무탈한 게 가장 컸고 다음으로 광역 또한 막판에 이탈한 것이 불난 집에 기름을 끼얹는 꼴이었다.

한편, 수지와 준희는 점점 호프 운영을 완숙하게 해 나가기에 이르렀다.

시원한 에어컨 바람 쐬러, 시원하게 마시는 생맥주를 즐기러 들어오는 사람들이 상당히 늘어나고 있는 추세였다. 그녀들의 동업 관계는 다 좋았는데 한 가지 며칠 전 마을버스 기사 김왕복이 들어와 수지와 친밀해지면서 남자 손님들에게서 그런 접근을 받질 못한 준희는 상대적 박탈감을 느꼈다. 그렇다고 왕복 같은 남자가 준희의 이상형은 아니었다. 그렇지만 다른 남자라도 그런 호재가 없는 것 자체가 외롭고 마음이 아팠다.

그러면서 더더욱 무더위가 극으로 치닫는 7월 말로 접어들었다. 지난 밤에 호프에 들려 수지와 친해진 왕복은 요즘 발길이 뜸했다. 그래서 수지는 "언제 오나." 혼잣말로 중얼거리며 내심 기다리는 마음이 앞섰다. 그러는 순간 누군가 밤 9시에 들어왔다.

그인가 하고 얼굴을 확 돌려 봤지만 아니었다.

꽤 젊은 남자가 여자를 데리고 들어왔다.

"감자튀김과 생맥주를 주십시오."라고 주문했다.

철수가 성남소방서 일을 마치고 다희가 일하는 카페에 들러 다희를 태우고 광교호수공원으로 바람 쐬러 갔다가 여기저기 드라이브하던 중 신갈오거리 쪽으로 와 이곳에 들어온 것이었다. 그도 오늘은 다희에게 더 깊은 사랑 고백을 하며 그녀를 데리고 모텔로 들어가려는 야심을 꿈꾸고 있었다. 철수로선 첫사랑을 가슴 깊이 새기고 싶었다.

다희는 철수가 첫사랑은 아니었지만 듬직하고 우직한 자세를 견지한 점에 감명을 받아 지금은 그에게 홀려 있었다.

그런데 이상한 건 아직까지 철수는 다희의 엄마가 드라마 '숨겨진 재산'의 대스타 홍단비라는 사실을 모르고 있었다.

"야, 철수야. 우리 엄마도 네 얘길 하니까 그런 남자가 좋다고 하더라고. 하하하."

"음, 그런가?"

"우리 엄마에 대해선 알지?"

"뭘?"

"누군지 말이야 인기 탤런트라는 걸?"

이 말에 그는 깜짝 놀라며 "어! 난 그런 사실을 전혀 모르는데……!" 하고 얼굴이 굳어졌다.

"야, 방송에 다 나온 얘긴데 모른단 말이야?"

"음, 난 생계 문제로 공부만 하다 보니 그런 걸 못 봤어! 모르겠는데."

그러자 그녀는 "음, 그럼 내가 얘길 해 주지, 홍단비라고 이 탤런트가 우리 엄마야 작년 대히트 친 드라마 '숨겨진 재산' 말이야."라고 밝혔다.

그러자 그는 아무 말 없이 깊은 생각에 잠겼다.

문제는 이들이 방금 전 주고받은 대화를 감자튀김과 생맥주를 들고 오던 호프집 사장 수지가 다 듣게 된 것이다.

그녀는 순간 속으로 움찔했다. 홍단비에 대한 얘기 때문이었다.

인기 탤런트 단비는 예전에 왕태의 아내였기 때문이었다. 수지는 꽤나 신경이 쓰이기 시작했다. 꽤 오래된 과거사라 불필요한 신경이긴 하지만 그 당시 자기가 단비에게 피해를 준 격이고 그로 인해 왕태와 단비가 갈라서는 결정적 사태가 일어나기도 했기 때문이다. 지금 손님으로 온 단비의 딸 다희가 이 사실을 알리는 만무하지만 말이다.

수지는 상당히 굳은 자세로 음식을 놓고 돌아갔다. 돌아가서도 그녀는 저들의 소릴 굉장히 집중하며 들었다. 그래도 신경이 많이 쓰인다는 증거였다.

둘은 약 1시간가량 잡담을 나누다 나갔다. 신갈오거리 부근에 모텔들이 몇몇이 눈에 들어왔다. 철수는 손으로 그 방향을 가리키며 다희의 옆구리를 당기자 그녀는 몹시 화가 난 얼굴로 그의 얼굴을 확 밀어 버렸다.

"하하하. 왜, 싫어?"

그녀는 속으론 좋지만 내숭을 떨고 있었다. 예전에 외대 선배 양배가 이랬을 땐 이게 웬 떡이냐! 하고 얼른 따라 들어갔지만 지금은 양상이 바뀌었다.

"넌 애가 상당히 엉뚱한 놈이다. 이게 뭐하는 짓이야?" 하고 얼굴을 한 번 더 확 밀치고 앞만 보고 전력 질주로 달려갔다.

그녀의 뒤를 그가 힘껏 달려갔으나 다희는 어느 건물 뒤편에 숨어 버린 채 철수를 주시했다. 끝내 그는 다희를 찾질 못해 전화를 넣자 "야, 철수. 난 지금 4차원 세계에 들어와 있다. 넌 2차원 세계이니 그냥 네 집으로 들어가라. 히히히." 하며 희롱했다.

그는 "야, 다희야. 너 그러지 말고 빨리 여기 신협 건물 앞으로 와."라고 외쳤으나 끝까지 오지 않아 그는 그 주변을 계속 빙빙 돌며 찾고 찾다가 결국 다희를 찾지 못했다. 철수는 그냥 차를 그곳에 주차해 놓고 성남동 쪽으로 가는 버스를 타고 떠났다.

이 버스를 타는 장면을 멀리서 쳐다본 다희는 혼자 "킥킥"거리며 한참 동안 웃었다. 다희도 수진동 방향으로 돌아갔다.

다희가 생각할 때 무척이나 듬직하고 우직하게만 보이는 철수는 실은 다소 이중인격적인 요소가 있었다.

지금껏 눈에 보이는 측면으론 아니었지만 타인들이 보이지 않는 곳에선 그랬다. 그는 성남동 원룸에 도착하여 뜬금없이 황미에게 전화를 걸었다. 꽤 늦은 시간에 그에게서 걸려오는 전화에 그녀는 너무 기쁘고 감격스러워 "와우~" 하고 환호성을 터뜨리며 얼른 받았다.

"어어! 구급대원님께서 이 밤에 제게 다 전화를 하시고요. 너무 반갑고 눈물이 납니다. 어서 이런저런 말 좀 해 보세요. 네?"

"아, 네. 황미 씨, 제가 지금 오랜만에 술을 좀 먹어서 알딸딸한 기분에 전화 드렸어요. 예전에 있었던 일들은 다 잊고 우리 한번 교제를 해 볼까요? 하하."

이 말에 그녀는 소파에 앉아 있다가 갑자기 벌떡 일어나며 "어어! 그래요. 그런가요? 그게 사실인가요? 소방대원님? 어어!" 하며 너무 기뻐 흥분되어 어쩔 줄을 몰라 했다.

"아아! 철수 대원님, 지금이라도 우리 만날까요?"

"아아! 황미 씨, 지금은 시간이 너무 늦었습니다. 내일 만날 수 있으면 만납시다. 내일 제가 소방서에 출근한 다음에 시간 내어 전화를 드리겠습니다."

"어머! 그래요. 꼭 제게 전화를 주세요. 알겠어요. 기다리겠습니다. 와우~"

시곗바늘은 어느새 밤 11시를 훌쩍 넘어가 버렸다. 그녀는 너무 설레어 잠이 오지 않았다. 너무 감격해 아버지, 어머니에게 뛰어가 이 사실을 밝히자 그들은 "야, 야, 황미야, 원래 지성이면 감천이란 말도 있잖아! 우리가 그때 얼마나 지극정성으로 공을 들였냐? 다 그게 이젠 결실을 보는 거라고……." 하며 함께 기쁨을 누렸다.

부모도 함께 들떠 잠을 이루질 못했다.

이윽고 이들이 고대하는 다음 날이 되자 실제로 철수는 성남소방서에 출근하여 황미에게 전화를 넣었다.

"이따가 퇴근할 시간에 여기 소방서 정문에서 만나요?"라고 정식 데이트를 제안했다.

"어머머 구급대원님, 아침 일찍 제게 데이트 신청을 하시다니 너무 감격입니다. 이따가 제가 그곳으로 달려가겠습니다. 호호호."

그녀는 눈 빠지게 시간이 빨리빨리 흘러가길 기원했다. 이윽고 오후 4시쯤 되자 그녀로선 전율의 시간이 왔다. 화장대 앞에서 얼굴을 이리저리 다듬고 또 다듬었다. 황미는 자신의 멋진 차 아우디 A8을 몰고 성남소방서 앞으로 신나게 달려갔다.

조금 지나자 그가 나타나 그녀는 "철수 님, 제 차에 타시지요."라고 제안했다. 그는 "그럼 제 차는 그냥 두고 아우디에 올라타 볼까요?" 하며 옆자리로 올라탔다.

아우디, 광교호수공원

그녀는 느닷없이 있는 용기 없는 용기를 다 내어 그의 입술을 향해 자신의 입술을 갖다 대고 꾹꾹 누르고 한참 동안 머무르다가 옆으로 돌렸다.

철수는 좀체 피하지 않고 즐기며 이 순간을 만끽했다.

멈추고 운전을 하며 광교호수공원 쪽으로 신나게 달렸다. 이들은 어제 철수가 다희와 데이트를 한 그 코스와 똑같이 갔다. 그는 어제 다희와 데이트한 노선을 그대로 동선으로 황미와 지금 데이트를 펼쳤다.

핸들을 잡은 황미에게 "광교호수공원으로 가요."라고 안내했다.

그곳에 내려 간단한 식사를 마치고 호숫가를 돌아다니며 더위를 식혀 보려 했지만 워낙 더운 시기라 좀처럼 되질 않았다.

"황미 씨, 우리 신갈오거리 쪽에 인테리어가 아주 예술적인 호프가 하나 있는데 거기 가서 이 무더위를 날릴 시원한 맥주와 감자튀김을 한번 먹어 볼까요?"

"아! 그래요. 너무 좋아요. 가요. 히히히히."

황미는 마냥 즐겁고 기뻐 날뛰었다. 그만큼 철수와 함께 있는 것 자체가 행복이었다.

돌아 나와 다시 그녀가 멋진 아우디 A8을 잡고 그 방향으로 내달렸다. 옆에 동승한 철수는 매일 모닝만 타고 다니다가 이런 멋진 절정의 차를 타고 내달리자 너무 흥분되어 어깨가 들썩들썩 거렸다.

"와아~ 황미 씨, 차가 확실히 다르긴 다르군요!"

"아! 그럼요. 차도 그렇지만 내 옆에 철수 씨가 앉아 있으니 더 흥분됩니다. 히히."

아까 이미 차에 타자마자 입술 도발을 감행한 그녀라 이젠 기회만 되면 눈에 뵈는 게 아무것도 없었다.

눈 깜짝할 사이에 금세 도착했다. 어제 그가 다희와 왔을 때 주차한 곳에 이 차를 세우라고 알려 줬다. 그 뒤 둘은 그 호프집에 들어갔다. 들어가는 순간 주인 수지와 준희는 그의 얼굴을 알아봤다. 속으로 '어! 저 남자 여자가 바뀌었네! 저 젊은 남자는 참 재주도 좋다!'라고 생각했다.

둘은 자리에 앉았다. 수지가 다가가 "무엇을 드실까요?"라고 묻자 그가 "네, 감자튀김과 맥주 주십시오."라고 주문했다. 어제와 똑같았다. 그런데 이 순간 또 다른 문제가 하나 더 싹트고 있었다. 철수는 주문을 받고 뒤돌아서 가는 주인 수지의 뒤태를 보고 무한한 황홀경에 빠져든 것이었다. 속으로 '으악! 저렇게 매혹적인 몸매라니. 참! 대단한 호프집 사장이야!'라고 되새겼다. 반면 황미는 철수의 눈을 뚫어지게 바라봤다.

몇 분 뒤 주문한 음식들이 나왔다.

이 순간에도 그는 사장의 얼굴을 뚫어지게 바라봤다. 약간 눈치를 챈 황미는 못내 신경질적인 표정으로 바뀌었다.

약 1시간 정도가 지나자 이들은 나갈 채비를 하고 나갔다. 나간 후 황미는 그의 팔을 잡아당기며 어디론가 가서 더 함께 있고 싶어 하는 말들을 이어 갔다.

"철수 대원님, 여기서 이렇게 헤어지면 너무 괴로워요. 좀 더 다른 데 가서 얘길 나누어요."

"오늘은 첫 만남이라 이 정도로 하죠. 다음에 또 만납시다. 그만 들어가서 쉬어야겠어요."

"안 돼요. 아까 내가 그쪽에게 입술 공세를 펼치지 않았습니까? 그럼 다음 절차가 무엇입니까? 다 아시지 않습니까? 네?"

결국 황미의 요구는 직설적인 표현은 하지 않았지만 섹스를 원하고 있었다. 이미 다 알고 있는 철수는 속으로 '아 도망쳐야겠구나!'라고 판단하고 전력 질주로 도망쳤다. 이에 황미는 이를 악물고 뒤쫓아 갔다.

그러나 더 빨리 달아난 그가 어느 건물 뒤에 숨어서 황미를 주시했다.

끝내 그녀는 철수를 찾질 못해 전화를 넣어 "황미 씨, 난 지금 4차원 세계에 들어와 있어요. 당신은 2차원 세계이니 그냥 당신의 집으로 들어가 주세요. 하하하." 하며 희롱했다.

그녀는 "아니, 철수 대원님. 당신 그러지 말고 빨리 여기 신협 건물 앞으로 와요."라고 외쳤으나 끝까지 오지 않아 그녀는 그 주변을 계속 빙빙 돌며 찾고 찾다가 결국 찾지 못했다. 황미는 그냥 차를 그곳에 주차해 놓고 성남동 쪽으로 가는 버스를 타고 떠났다.

이 버스를 타는 장면을 멀리서 쳐다본 철수는 혼자 "으하하하." 거리며 한참 동안 웃었다. 철수도 성남동 방향으로 돌아갔다.

어제와 사람만 바뀌었지 스토리는 완전 똑같은 일들이 벌어지고 있었다.

그러면서 철수는 어제 다희가 달아난 것에 대해 오늘 엉뚱하게 황미에게 복수를 하며 희열을 느끼는 희한하고 이상한 행동을 일삼았다.

대부분의 사람들이 볼 땐 그는 듬직하고 우직한 것 같아도 실은 이처럼 이중적이며 변태적인 요소가 많았다.

한 술 더 떠 그는 성남동 원룸에 도착하여 다희에게 전화를 넣는 해괴망측한 짓을 했다.

다희는 무척 반갑게 전화를 받으며 "음, 나 어제 몸이 안 좋아서 먼저 빨리 갔던 거야! 이해해 줘. 음?" 하며 애교스러운 투로 말했다.

"그래, 됐다. 됐어! 네가 얼마나 날 좋아하면 그런 애교스러운 장난을 다 치겠니. 다 괜찮아! 너무 좋아. 음하하하하."

그러다가 서로 전화를 끊었다.

철수는 잠이 들려는 순간 황미에게서 전화가 오는데 받진 않고 문자를 날렸다.

'아! 황미 씨, 어쩌지요. 제가 아까 몸이 너무 안 좋아서 먼저 빨리 갔던 거라고요. 이해해 주세요. 네?' 하며 다소 애교스러운 투로 글을 날렸다.

방금 전 다희가 자신과 통화할 때 썼던 그런 애교적인 표현을 그대로 똑같이 적용하는 것이었다. 황미는 정확한 내막도 모르고 이런 답장을 보냈다.

'그렇습니까? 철수 소방대원님께서 얼마나 급한 용무가 계셨으면 그러셨겠습니까? 다 이해하겠습니다. 그럼 내일은 만나면 절대 오늘 같은 그

런 행동은 삼가 해 주시길 간청 드립니다. 이상입니다.'

상당히 공적이고 차갑게 답장을 보냈다.

그는 그러면서 잠들기 전 신갈 호프집 사장 수지의 뒤태를 떠올리며 야릇한 상상을 하곤 슬며시 눈을 감았다.

날이 밝자 화려한 불금의 아침이 찾아왔다. 철수는 깨어나면서 다희도 아니고 황미도 아닌 호프집 사장 수지의 모습을 떠올리며 눈을 비비고 일어났다.

모닝을 몰고 성남소방서로 출근한 후 조금 지나자 다희와 황미에게서 전화가 걸려 왔다. 철수는 전화를 다 받지 않고 문자만 똑같이 보냈다.

'난 지금 성남 시민의 안전을 지키고 재난으로부터 미리 대비하고 보호하려는 막중한 임무를 띠며 긴장된 모드로 들어간 상태.'라고 날렸다.

그러자 그녀들은 그래도 듬직하고 우직한 그라고 여기며 고개를 끄덕였다.

그러나 이미 그는 오늘 퇴근 시 신갈 그 호프집에 가려고 잔뜩 벼르고 있었다. 호프집 사장 수지에게 반했기 때문이다.

저녁 6시 퇴근과 무섭게 그 방향으로 세차게 내달렸다.

혼자 들어가자 주인 수지는 조금 놀라는 표정을 지었다. 3일 연속 들어왔기 때문이었다. 그것도 오늘은 혼자 들어오니 더더욱 그랬다.

그는 3일 연속 먹는 음식이 똑같았다.

"오늘도 감자튀김과 생맥주입니다. 하하."

"네, 알겠습니다."

음식이 나오자 그는 있는 용기 없는 용기를 다 내어 "저어, 사장님. 저와 함께 생맥주를 드시죠?"라고 제안했다. 그러자 그녀는 "아하! 그런 것도 좋지요." 하고 새 잔을 가져왔다. 아주 자연스럽게 둘은 술을 함께 먹게 됐다.

계속 먹다 보니 주방 쪽에서 일하는 준희는 슬슬 배가 아프며 시샘하는 기분으로 빠져들었다. 친구 수지가 엄청난 영계와 함께 술을 마시기 때문이었다. 점점 술을 먹는 양이 늘어나자 그는 인사불성이 되어 이것저것 해선 안 될 말실수를 연발했다.

지금껏 소방직 공무원으로 일하면서 주로 저지른 비리를 서슴없이 내뱉는 것이었다.

빌딩 주인들에게 벌금 대상인데도 이를 물리지 않고 눈감아 주면서 받아 낸 돈의 내역들이었다.

"하하하. 그런 돈 좀 있으면 내게 좀 줘? 돈 벌었다고 자랑만 하지 말고."

"누나를 위해 그 돈으로 여행을 갑시다. 하하."

"너무 넘겨짚은 것 같은데. 너무 빠르다, 빨라. 히히."

이런 농담조인 듯했지만 두 사람은 급격히 친밀해져 갔다.

"난 돈을 많이 빼돌렸는데 없는 척하려고 일부러 모닝을 타고 다니는 겁니다."

"완전 국회 의원들이 서민 흉내 내는 것과 똑같네! 어휴~"

한껏 무르익자 이들은 신체 부위에 대한 짓궂은 농담도 서슴없이 내뱉기도 했다.

이 소리가 주방 쪽으로 다 들리자 준희는 정말 미칠 지경이었다.

"으으으으으."

준희는 친구고 뭐고 이젠 완전 독이 오를 때로 독이 올라 이성을 잃기 시작했다.

점점 그녀들의 동업 관계는 이런 문제로 균열이 생기기 시작했다.

손님 철수가 나가기 전에 자신의 번호를 수지에게 알려 주고 가는 소리까지 들리면서 이젠 균열은 완전히 점입가경으로 치달았다.

때마침 철수가 며칠 뒤 다희를 데리고 신갈 호프로 들어오고 있었다. 이에 준희는 어떻게든 수지와 저 젊은 남자 사이를 와해시키고 싶은 충동에 사로잡혀 궁리하던 중 남자가 데리고 온 여자에게 고발하고픈 충동에 빠졌다.

그러나 그러기엔 결정적인 기회가 있어야겠다고 판단했다. 아무 때나 나서다간 심한 부작용이 있었기 때문이다.

그래서 오늘은 그냥 넘어가리라! 마음먹고 다음 기회로 미뤘다.

철수는 다음 날도 또 무슨 객기가 발동했는지 황미를 데리고 그 호프로 들어갔다.

때마침 이땐 수지의 친구 김안지가 와 있었다. 안지는 구석에서 맥주를 마시고 있었다. 준희는 지금 이 순간 자신에겐 절호의 기회가 왔다고 판단했다.

수지에게 찬물을 끼얹어 젊은 영계와 깨지는 상황을 만들고 싶은 충동이었다.

그래서 기회를 엿보던 중 한참 술을 먹던 철수가 화장실이 급했는지 자리를 뜨자 준희는 황미에게 다가가 귓속말로 "저기 저 남친이 여기 호프 사장을 꼬시려고 오는 겁니다. 그러니 속지 마세요."라고 말하고는 재빨리 다른 데로 가 버렸다.

이 소리가 실내 음악 소리 때문에 안 들릴 것 같아도 미세하게 수지의 친구 안지의 귀에 스며 들어가 버렸다. 안지는 속으로 얼른 수지에게 이 정보를 흘려 줘야겠다고 마음먹었다. 김안지는 오로지 친구 수지 편이기 때문이었다. 지금 이 순간 황미는 그 소릴 듣고 엄청난 충격으로 여간 심기가 불편한 게 아니었다. 철수는 조금 늦게 화장실에서 나와 제자리로 돌아왔다. 그를 아주 매섭게 노려보는 그녀였다. 황미가 갑자기 그러자 철수는 의아한 기분 속으로 빠졌다.

"아니, 왜 그럽니까? 황미 씨, 왜 그렇게 날 노려봅니까? 황미 씨?"
"아닙니다. 일단 그냥 앉아요. 다 그런 걸요."

준희가 수지를 물 먹이려는 전략이 먹힐지 아직 몰랐다. 황미는 아직은 내색하지 않고 묵묵히 데이트를 이어 갔다.

더 많은 상황을 지켜보리라! 다짐했다. 이것저것 다 놓치지 않으려는 그의 지나친 욕심에 화를 키우고 있는 형국이었다. 약 1시간이 지나고 이들은 가게를 나갔다.

나가면서 그는 사장 수지를 바라보고 지긋이 미소를 지으며 갔다. 안지는 수지에게 완벽한 흐름에 말하려고 계속 상황을 지켜만 보고 있을 뿐이었다.

때마침 준희가 화장실로 들어갔다.

안지는 이때다 싶어 재빨리 수지에게 "야, 야, 수지야, 잠깐 잠시만 이쪽으로 와. 긴히 할 말이 있어!"라고 말했고 안지의 말에 수지는 구석으로 갔다.

"준희가 조금 전에 들어온 젊은 남자 손님의 여친에게 다가가 '저기 저 남친이 여기 호프집 사장을 꼬시려고 오는 겁니다, 그러니 속지 마세요'

라고 귀띔을 하더라고. 그러니 너도 저 준희를 경계하라고. 굉장히 발칙한 년인 것 같아!"

이 말을 들은 수지는 온몸이 오싹하고 얼굴이 굳어지며 손이 부르르르 떨렸다.

"뭐야! 준희가 그랬단 말이야? 참 나, 이럴 수가 있나! 어떻게 내 절친 준희가! 둘도 없는 준희가! 준희가! 으으으으." 하며 탄식을 쏟아 낼 때 준희가 화장실에서 나오고 있었다.

그러자 그녀들은 쥐 죽은 듯 조용히 입을 다물고 가만히 있었다. 수지는 마인드컨트롤을 하며 침착해지려고 애를 썼다. 조금 잠잠해지는 듯했는데 아까 나간 철수가 황미를 돌려보낸 후 시간차를 두고 이번엔 다희를 데리고 또 들어왔다. 정말 간이 탱탱 부어오른 행동을 자행하고 있었다.

도대체 무슨 꿍꿍이 속인지 도무지 알 길이 없었다.

주인 수지는 눈치를 채고 아무 말 없이 "무엇을 드시겠어요?"라고 물었다.

"네, 과일 안주와 생맥주 두 잔 주십시오."

화장실에서 나온 준희는 철수가 또 다른 여자를 데려온 걸 보며 굉장히 이상하단 생각이 들어 멍하니 벽만 쳐다봤다. 혹 얼마나 저 젊은 남자놈이 수지를 조금이라도 더 보고 싶었으면 이런 계기라도 만들려고 더 발광을 떠나! 생각했다. 그런데 왜 하필 제 여친들을 계속 대동하는지 그것도 여간 이상한 게 아니었다.

한편으론 이 여자에게도 누설하여 더욱더 강한 쐐기타를 날릴까! 야심을 드러냈다.

반면 수지도 지금 이 상황이 의아하다고 느끼는 건 마찬가지였다.

그러면서 대충 그가 혼자 오고 싶긴 한데 그러기엔 다소 신경이 쓰여 제 여자 친구들을 이용하는 차원으로 그러는가 보다라고 어느 정도 짐작했다. 결국 수지는 자신을 좋아하기 때문에 일어나는 일이라고 긍정적으로 해석했다. 왜냐면 엊그제 그가 혼자 여기 왔을 때 들려준 말들이 이를 충분히 뒷받침 해줬다.

아주 뻔뻔하고 교활한 소유자 철수는 다희와 앉아 화기애애하고 다정다감하게 대화를 이어 갔다. 준희는 오로지 호시탐탐 철수가 화장실에 가기를 기다렸다. 그 틈에 또다시 저 젊은 여자에게 폭로하려는 발로였다.

수지와 안지는 서로 눈으로 사인을 보내면서 안지가 수지에게 카톡으로 쥐도 새도 모르게 상황을 전달했다.

'수지야, 지금 이 상황에서도 준희가 또다시 아까 같은 짓을 저지를 수도 있어.'라고 보냈다. 그러자 수지는 '으악! 그럴 것 같다.'라고 답장을 보냈다.

실제 상황이 벌어질 순간이 도래하였다. 철수가 화장실로 들어갔다. 그러자 이를 눈치챈 수지, 안지가 일부러 자리를 피해 주방 구석 쪽으로 가 염탐했다.

준희가 또 그런 행동을 할 수 있는 기회와 공간을 만들어 주는 것이었다. 그러자 준희는 더 이상 망설일 것도 없이 곧장 다희에게 귓속말로 "저기 저 남친이 여기 호프집 사장을 꼬시려고 오는 겁니다. 그러니 속지 마세요. 또 아까는 다른 여자 친구도 데리고 왔어요. 완전 난봉꾼이에요."라고 말하고 재빨리 다른 데로 가 버렸다.

이 소리가 실내 음악 소리 때문에 안 들릴 것 같아도 미세하게 주방 구석에서 집중하고 있던 수지와 안지에게 다 들렸다.

이제 수지는 결단을 내릴 타임을 노렸다. 다희의 충격도 만만찮았다.

지금 이 시각 황미는 자신의 집에 들어가 평소 아주 듬직하고 우직한 성격과 성향이라고 여긴 그가 그랬던 것에 대해 심각한 충격에 빠져들었다.

굉장한 의외라고 여기고 있었다.

여기 호프에 머무는 다희도 마찬가지로 아주 듬직하고 우직한 철수의 행동에 대해 온몸이 굳어지며 상당한 충격 속에 빠져 헤어나질 못했다.

그러는 사이 화장실 간 철수가 제자리로 돌아왔다.

이 호프에 있는 모든 이들은 침묵을 유지하고 있었지만 핵이 터질 것만 같은 찰나의 상황이 점점 가까이 오고 있었다. 다들 속이 부글부글 끓어올랐다.

그사이 다른 손님이 문을 열고 들어왔다. 바라보자 지난달 중순에 한 번 들러 수지와 맥주를 먹고 간 마을버스 기사 김왕복이었다.

그는 살짝 웃으면서 들어왔다.

그는 사장 수지가 자신을 꽤나 반길 거라고 생각했지만 지금은 아니었다. 그는 의아한 표정으로 자리에 앉아 우두커니 메뉴판만을 바라봤다.

수지가 다가와 "뭘 드실까요?"라고 묻자 그는 지난번처럼 "하하하. 반가워요, 사장님. 잠시 저와 맥주 한잔하면서 대화를 나눌까요?"라고 제안했다.

그랬으나 지난번과 다르게 그녀는 "아닙니다." 하고 그냥 돌아서 가며 주문한 음식을 만들었다.

손님 왕복은 조금 당황스러운 기분이 밀려왔다. 그는 수지에게 실패하자 또 다른 객기가 발동되어 보란 듯이 뻔뻔하게 벌떡 일어나 다른 사장인 준희에게 다가가 "사장님, 술이나 한잔합시다."라고 제안했다. 그러자 그녀는 "아하! 저는 남편이 있는 사람입니다. 저도 절대 타인들과 술을 먹지 않습니다." 하며 매우 단호하게 거부의 뜻을 표했다. 두 여인에게서 거부를 당한 그는 "아, 네. 다 좋습니다. 미모의 사장님들이 다들 저를 거부하시는군요. 그럼 저 마을버스 기사 김왕복은 그저 그냥 차량 왕복이나 하겠습니다. 이름이 왕복이니까 왕복이나 해야죠. 내일 아침에 일어나 차 왕복하러 저 왕복은 이만 물러가렵니다. 안녕히들 계세요. 하하하." 하며 맥 빠진 얼굴로 나가 버렸다. 주문한 음식도 취소하고 그냥 나가 버리자 수지, 준희는 투덜거리며 상당히 불쾌한 말들을 이어 갔다.

어느 정도 시간이 지나자 다희가 먼저 "자, 그만 가자, 철수." 하고 일어나 나가 버렸다. 그는 뒤따라 나가며 수지를 지그시 바라봤다.

준희는 여전히 불만 가득한 얼굴이었다. 이날 늦은 시간, 황미는 황미대로, 다희는 다희 대로 화가 치밀어 오르기 시작했다. 오늘 그 호프에서 자신들에게 정보를 흘린 한 여자 사장이 그냥 하는 말은 아닌 것으로 여겨졌다. 그녀들은 각자 대비책을 세우는데 생각이 거의 같았다.

한동안 철수의 전화를 받지 않으면서 신갈 그 호프에 가 염탐을 해 본다는 전략이었다. 더욱더 확실한 증거를 확보하고픈 발로였다.

깨질 때 깨지더라도 못된 행동을 하는 장면을 목격하고 깨진다는 심사였다.

아닌 게 아니라 그녀들은 바로 다음 날 저녁에 철수와 약속도 없이 곧장 그 호프집에 나타났다.

시간도 그의 퇴근 시간이 조금 지난 시간으로 맞췄다. 완전히 적중되고 있었다. 철수가 저녁 7시에 신갈 호프집에 나타나 사장 수지와 맥주를 먹으며 짓궂은 농담을 하고 장난까지 서슴없이 치고 있었다.

다희와 황미는 서로 정면으로 부딪치자 매우 당혹스러워했다. 한때 수진동 그 카페에서 철수를 놓고 심한 언쟁이 일어났었기 때문이었다. 그러나 지금 현재는 씁쓸한 패장의 쓴맛을 볼 수밖에 없는 노릇이었다.

다희는 화가 치밀어 올라 막 달려들어 느닷없이 철수의 귀싸대기를 한 대 세게 후려쳤다.

"야, 이 새끼야! 너 여기서 지금 뭐 하는 짓이야? 나이 어린놈이 중년 아줌마나 좋아하고 말이야! 이 새끼 이거 미친 거 아냐! 어휴~ 캭캭 퉤퉤."

이 장면을 보자 황미도 격한 감정에 느닷없이 달려들어 그의 귀싸대기를 더 세게 후려쳤다.

"성남소방관 구급대원님, 여기서 정말 이럴 줄은 몰랐습니다. 나는 당신이 우직하고 듬직하여 엄청 좋게 여겼는데. 아닌 것 같습니다. 실망입니다. 진짜 더러워, 더럽다. 캭캭 퉤퉤."

다희와 황미는 서로가 이런 상황과 정보는 어떻게 알았는지 알고 싶지 않았다. 그저 지금 이 현실이 역겹고 속이 터지며 미칠 것만 같았.

이로써 그녀들은 그와 깨지는 순간을 맞았다.

수지는 벌떡 일어나 그녀들에게 "이런 어린년들이 몰려와서 지금 이게 뭐하는 짓이야? 왜 아무 이유도 없이 소방관을 막 때리고 그래? 네들이 도대체 뭔데 그래? 경찰에 신고해야겠다. 소방관을 때린 년들이라고." 하고 가로막으며 막 밀어 버렸다.

그러자 다희, 황미는 황급히 달아났다.

신고하려고 핸드폰을 들자 철수는 "아이! 누나, 누나, 그러지 마. 나는 공무원이라 이런 일들이 알려지면 문제가 돼! 그냥 덮고 넘어가는 게 상책이야." 하며 극구 말렸다. 계속 부아가 치밀어 오르는 수지는 주방에 있는 준희에게 달려가 막 따졌다.

"내가 다 안다. 네가 저 어린년들에게 여기 소방관에 대해 폭로하는 바람에 저년들이 저러는 것 아냐? 내가 다 알고 있었다고! 어휴~ 진짜 넌 나쁜 년이다. 내가 영계를 만나니까 배가 아파서 그런 추악한 추태를 저지른 거잖아? 시발년아."

욕을 듣자 준희도 맞받아 욕설을 내뱉으며 수지와 몸싸움을 벌렸다.

놀란 철수가 벌떡 일어나 이들을 가로막으며 진정시켰다.

"아아아. 사장님들, 그러지 마세요. 이러시면 안 됩니다. 자자, 조금만 떨어지세요."

말리는 과정에 그녀들이 휘두른 주먹에 맞아 그의 얼굴에서 줄줄 피가 났다. 어느 정도 지치면서 진정된 뒤 준희는 더 이상 동업을 할 수 없다는 의사를 표하고 나가 버렸다.

"나 정말 더러워서 수지 너 같은 년하곤 같이 동업 못 하겠다. 에잇."

"그래, 나간다고 누가 잡을 줄 알아! 이런 시발."

한바탕 대형 회오리가 몰아친 듯한 전운이 감돌았다. 이제 신갈 호프에 남은 건 철수와 수지 두 사람이었다. 머릿속이 혼란하여 그녀는 오늘은 더 이상 영업을 하지 않으려고 간판 등을 꺼 버렸다. 이들은 실내 등마저 거의 다 끄고 한 칸만 켜 그 자리에서 계속 술을 마셨다.

이참에 수지는 무리하여 그에게 애정 표시를 감행했다.

"아! 소방관 동생, 그 위험한 직장 버리고 나와 함께 여기서 동업하자? 음?"

혀가 잔뜩 꼬부라진 투로 말하자 그도 무척 싱숭생숭해지기 시작했다. 점점 둘은 만취되어 갔다.

"난 보기보단 돈도 꽤 많은 여자야. 나만 믿고 여기서 함께하자고. 진짜 철수 동생 같은 듬직하고 우직한 소방 구급대원 출신이 옆에 있으면 내 인생은 최고다! 최고! 으하하하하."

쨍그랑, 쨍그랑, 몇 병째 술이 막 들어가더니 그는 "그래, 누나 소원이 그런 거라면 내가 얼마든지 소방관 관두고 여기서 누나 일 도우며 동업할 수도 있어요. 하하." 하고 호탕하게 웃어 버렸다.

한편 2022년 8월 말을 끝으로 새롭게 등장했던 드라마 '사라진 재산'은 막을 내리고 있었다.

바로 다음 달 첫 번째 토요일에 신인 조보라는 촬영 연습 중 눈이 맞은 동갑내기 신인 남자 배우와 화려한 결혼식을 올렸다.

이에 채광역은 쓰디쓴 기분에 사로잡혀 엄청난 방황을 거듭했다. 그는 보라에게 신혼여행 십 리도 못 가서 발병 나라고 악담을 퍼붓는 SNS를 올릴까! 하다가 그냥 접었다. 그래도 유명 배우로서의 명예와 위치와 체면과 위신을 고려한 처사였다.

홍단비는 그래도 채광역에게 미운 감정도 상당하지만 미련도 많아 애증이 이만저만이 아니었다.

그런 감정으로 9월 초 조보라와 남자 신인이 결혼식을 올렸다는 소식이 연예계 기사에 도배되자 단비는 자존심을 버리고 곧바로 광역에게 카카오톡을 날렸다.

'광역 씨, 결과는 이렇다고. 다 알지? 네가 한때 충동으로 좋아한 젊고 어린 여자가 어떤 결과를 냈는지 말이야? 그럼 이젠 다 훌훌 털고 다시 나와 만날 마음 있으면 답장 좀 보내 봐.'

애정과 증오가 뒤섞인 듯한 문자 내용을 발송했다.

그러자 광역은 한참 동안 한숨만 깊게 푹푹 내쉬었다. 이 문자에 대해 하루 종일 아무런 답을 내놓질 않다가 저녁때가 다 되어 아주 짧게 입장을 보냈다.

'단비 누나, 그간 내가 누나를 피곤하게 해서 정말 미안해! 이제라도 다시 새롭게 시작하자.' 이런 내용이었다.

다음 날 월요일이 되자 단비가 직접 전화를 걸자 그가 받았다.

"오늘 만날래?"

"어디에서?"

"우리가 처음에 만남의 발단이 일어난 곳 라일락 빌딩 앞에서 만나! 저녁 정각 6시에 나와."

"음, 알겠어."

엄마 단비는 그와 전화를 끊고 나서 딸 다희에게 이 사실을 알렸다.

그러자 다희는 너무 기뻐 펄쩍펄쩍 뛰며 "그래, 엄마라도 잘돼서 난 너무 기뻐! 난 남친 새끼 철수가 개판 치는 바람에 다 끝난 거야! 그놈 엄청나게 진실되고 듬직하고 우직한 줄 알았는데 사실은 난봉꾼이었어! 완전 믿는 도끼에 발등 찍힌 거지 뭐! 엄마 파이팅." 하며 응원하는 구호까지 보냈다.

덧붙이는 글

안개 거울인데 실제 내용은 이게 어떻게 안개 거울인가! 라고 생각할진 모르지만 안개란 말 그대로 안개이다. 거울은 말 그대로 거울이다.
거울에 안개가 자욱이 끼어 있다는 것이다. 거울은 자기 자신의 내면세계를 의미한다.
희뿌옇게 낀 안개로 자기 자신의 모습을 제대로 볼 수가 없다. 왜냐하면 바로 혼잡한 오만 가지 안개 때문이다. 안개는 사욕의 부산물일 수도 있다.
그럼 제대로 자기 자신의 모습을 보기 위해선 그 거울에 낀 안개를 닦아 내야만 한다.
하나 문제는 닦는다고 하더라도 제대로 안 닦이면 또 다른 더 큰 문제가 된다. 까닭은 대충대충 닦아 냈기 때문이다.
이에 대한 대책은 제대로 닦아 내야만 제대로 자기 자신의 모습을 바라볼 수 있다.
하루하루 일기를 쓰며 자기 자신의 마음을 정화해 나가는 것처럼 인생살이도 그런 것 같다. 거울을 보존하기 위해 안개를 닦고 마음을 보존하기 위해 일기를 쓴다.
거울은 육신일 수도 정신일 수도 있다. 일기도 대충 쓰면 되레 독기만 가득 차고 한갓 장난으로 가득 찰 뿐이다.

일기를 쓸 때 한 줄 한 줄 가슴 깊이 새겨 가며 써야 정화가 된다.

거울을 닦을 때도 똑같다.

가슴 깊이 닦아야 더 이상 안개가 끼어들지 못한다.

부디 앞으로 더 이상 안개 거울은 존재하지 않길 기원한다.

2023년 2월 7일 화요일

박종삼